OH HAPPY DAY

DES MÊMES AUTEURS

Chez Fleuve Éditions
Et je danse, aussi, Fleuve Éditions 2015 ; Pocket 2019

Anne-Laure Bondoux
Bibliographie sélective

Valentine ou la belle saison - Fleuve Éditions 2017 ; Pocket 2018

Chez d'autres éditeurs
L'aube sera grandiose, Gallimard jeunesse 2017 ; Folio 2020
Tant que nous sommes vivants, Gallimard jeunesse 2014
Le temps des miracles, Bayard 2009
La magnifique, Bayard 2005
La vie comme elle vient, L'école des loisirs 2004
Les larmes de l'assassin, Bayard 2003

Jean-Claude Mourlevat
Bibliographie sélective

Chez Fleuve Éditions
Mes amis devenus, Fleuve Éditions, 2016

Chez d'autres éditeurs
L'enfant Océan, PKJ 1999
La rivière à l'envers 1re partie et 2e partie, PKJ 2000 et 2002
Le Combat d'hiver, Gallimard Jeunesse 2006
Le Chagrin du roi mort, Gallimard Jeunesse 2009
Terrienne, Gallimard Jeunesse 2011
Silhouette, Gallimard Jeunesse 2013

ANNE-LAURE BONDOUX

JEAN-CLAUDE MOURLEVAT

OH HAPPY DAY

fleuve
ÉDITIONS

MIXTE
Papier issu de sources responsables
FSC® C003309
FSC
www.fsc.org

Fleuve Éditions, une marque d'Univers Poche,
est un éditeur qui s'engage pour
la préservation de l'environnement
et qui utilise du papier fabriqué à partir
de bois provenant de forêts gérées
de manière responsable.

ISBN : 978-2-265-14435-4

Dépôt légal : mars 2020

Le 27 novembre 2018

De : Pierre-Marie Sotto
À : Adeline Parmelan

Adeline,

Après quatre ans de silence, je ne sais plus comment m'adresser à toi. J'ai essayé le *Chère Adeline*, le *Bonjour Adeline*, le *Hello Adeline* et jusqu'au ridicule *Coucou*. Finalement j'ai estimé que le mieux, c'était *Adeline*.

Écoute-moi : je ne veux te tourmenter en aucune façon avec cette reprise de contact. Je sais bien que je n'ai pas été grandiose au moment de notre séparation. Je ne viens pas mendier ton pardon. J'assume et je me tais.

Je voudrais juste te demander une faveur. C'est une petite chose vraiment, tu vas voir : aurais-tu mis la main chez toi sur un carnet noir format 9×13. Je l'ai cherché en vain à mon retour et je n'ai pas osé te solliciter pour si peu, surtout après ma dérobade (appelons ça comme ça). Or il se trouve que j'avais noté sur ce carnet quelque chose que j'avais trouvé intéressant à l'époque. C'est une phrase de trois lignes pas plus, mais qui constituait dans mon esprit (à tort ou à raison) un possible déclencheur pour un nouveau roman. Seulement je l'ai oubliée, cette phrase. Parfois je suis à deux doigts de la retrouver, mon cœur se met à battre, et puis non, elle m'échappe. C'est très agaçant. Et je crois même que ça m'a empêché tout ce temps d'entreprendre quoi que ce soit d'autre.

Pourrais-tu, s'il te plaît, me dire si tu as retrouvé ce carnet et, dans ce cas, pourrais-tu l'adresser à : Pierre-Marie Sotto 104, route de Dieulefit 26160 La Bégude-de-Mazenc (oui, j'ai déménagé). Je te rembourserai l'envoi. Ou bien, si tu n'es plus à Espère, veux-tu me donner ta nouvelle adresse postale afin que je t'envoie une enveloppe affranchie ?

Je te remercie par avance et je serais dans tous les cas heureux de savoir que tu vas bien.

Pierre-Marie

P.-S. : Moi, ça va.

Pierre-Marie Sotto relut son mail avec attention. Il trouva la fin trop technique et il soupesa la possibilité d'y mettre plus de chaleur. Il suffisait de peu de chose. *Je pense souvent à toi* aurait suffi et cela n'engageait à rien. Il hésita. Mettre du sensible, c'était comme réarmer le circuit de gaz après un changement de bouteille : on repartait pour des mois. Et Adeline n'était pas stupide, elle aurait tout de suite compris que c'était justement ce qu'il espérait : renouer le fil. Il ne fallait pas l'effaroucher. Il prit une profonde inspiration et cliqua sur « envoyer ». Puis il enfila son pull, son manteau et suivit le couloir.

Il passa devant le placard mural en bois et se rappela y avoir donné beaucoup de coups de tête ces trois dernières années. Au point même d'avoir fendu une des portes. La souplesse du panneau lui permettait de cogner très fort sans s'ouvrir le front. Mais c'était fini, ça. Depuis le mois de juin précisément. Depuis cinq mois. Plus de coups de tête, plus d'effondrements émotionnels incontrôlables, plus de « merde » plaintifs et répétés cinquante fois, soixante fois, recroquevillé dans un coin de son bureau, plus de matinées entières à rester prostré dans son lit. Cela avait duré trois ans et un beau jour c'était passé soudainement, comme dans la chanson de Barbara : *Et sans prévenir ça arrive, ça vient de loin*... Il n'en était pas revenu lui-même et quelques jours plus tard il avait recommencé à penser à Adeline. Restait bien sûr la chose, qui était la cause de tout et qu'il ne savait pas nommer. Drame, cauchemar, catastrophe... Aucun de ces mots spectaculaires ne lui convenait. « Désastre » convenait assez bien, mais le seul mot supportable pour dire ce qui lui était arrivé, c'était ce mot simple et modeste : « malheur ». Il lui était arrivé un grand malheur. Un malheur qui l'avait rendu épouvantablement, insupportablement... malheureux, si insupportablement qu'il ne l'avait pas supporté et qu'il était tombé malade, malade de cette maladie qui ne se voit pas et qui vous décourage de vivre. Mais c'était fini, à présent. Enfin presque fini.

Il sortit. C'était un beau froid. Il contourna la maison par l'arrière et suivit le chemin qui s'en allait entre les abricotiers. Il y avait bien longtemps que l'automne finissant ne lui avait pas semblé aussi beau. Ni aussi chargé de promesses.

Le 5 décembre 2018

De : Pierre-Marie Sotto
À : Adeline Parmelan

Bon, Adeline, je me dis que c'était décidément une très mauvaise idée te t'écrire. Mais si par hasard tu as retrouvé mon carnet, n'aie aucun scrupule à me l'adresser par la poste, même sans aucun commentaire. Je m'accommoderai comme je pourrai de cet envoi « sec ».

J'espère seulement que ton silence signifie que tu vas bien.

Pierre-Marie

P.-S. : Ève, ma fille aînée, que tu as vue à Cahors l'été 2014, tu t'en souviens, a rencontré quelqu'un comme on dit, et elle a l'air heureuse.

Voilà, se dit Sotto, *j'ai été suffisamment lourd. Je ne bouge plus. Si elle ne répond pas, au moins je saurai à quoi m'en tenir.* Il avait épluché son courrier postal chaque jour depuis plus d'une semaine. Pour rien. Et dans sa boîte electronique la plupart des mails lui proposaient un équipement auditif, un monte-escalier ou bien s'inquiétaient de sa prostate.

Il monta dans sa voiture et roula en direction de Bricoflash. Il avait entrepris depuis quelques jours de remettre en état l'immense et très ancienne toile de tente familiale du clan Sotto, leur guitoune historique. Après être passée de mains en mains depuis trente ans, elle était devenue quasiment impossible à monter. L'acte de réparation lui procurait beaucoup de plaisir, bien plus que celui d'achat, or il était dans une période de sa vie où il comptait bien raccommoder ce qui pouvait l'être. Il avait donc commencé par laver la toile à grande eau puis l'avait confiée à Sandra Retouche pour la faire recoudre, rapiécer, raccommoder. Lui-même s'était chargé de la structure métallique. Il avait redressé, soudé, renforcé, manchonné et il ne lui restait plus qu'à se procurer un jeu complet de sardines neuves pour parachever son œuvre. Il imaginait déjà le mail collectif qu'il allait adresser à ses six enfants et neuf petits-enfants : *Chers petits campeurs, chères petites campeuses, notre célèbre toile de tente, oui, celle que nos voisins de camping ont comparée au chapiteau du cirque Bouglione, oui, celle que j'ai mis sept heures à monter la première fois, notre vaillante et chère toile de tente est enfin réparée et disponible. Je vous embrasse fort.*

En même temps qu'il se moquait ainsi de lui-même et de sa nouvelle passion pour le bricolage, il se dit qu'il aurait adoré raconter cela à Adeline. Et la faire rire.

Écrire à Adeline et recevoir ses réponses lui manquaient cruellement. Pire : en quittant cette femme, quatre ans plus tôt, il avait sans doute commis l'erreur la plus magistrale de toute sa vie amoureuse. Une erreur irréparable, semblait-il, et qu'il allait sans doute payer d'une vingtaine d'années de solitude avant de tirer sa révérence.

~

Espère
Le 5 décembre 2018

Adeline quitta l'écran des yeux et se tourna vers la fenêtre.

Lorsqu'elle avait visité cette vieille baraque, à la fin de l'été 2013, c'est la douceur de la vue depuis cette pièce qui l'avait décidée : les collines, les vergers, les bâtisses avec leurs pigeonniers, l'église et son cimetière. Pour la première fois de sa vie, en s'installant ici à Espère (Lot), elle s'était sentie vraiment chez elle. Alors Ben pouvait toujours insister, s'énerver, lui expliquer que ce serait plus commode, moins coûteux, etc., pas question de revendre ce havre. La voiture, d'accord (sa petite Citroën avait vite trouvé preneur sur lebon coin), mais sa maison, c'était non. D'abord parce qu'elle l'avait achetée grâce à l'héritage de sa mère, ensuite parce qu'une petite voix, au fond d'elle, lui soufflait « on ne sait jamais ».

Cinq heures sonnèrent au clocher du village. Elle revint à l'écran.

Il y avait belle lurette qu'elle avait cessé de croire au hasard. À quelques semaines du grand saut qu'elle s'apprêtait à faire, le premier mail de Pierre-Marie avait provoqué une tempête, puis une sorte de court-circuit. Depuis le 27 novembre, elle était absente, lointaine, comme en orbite. C'était l'image qu'avait employée Ben, la veille, pendant le dîner. « Qu'est-ce qui se passe Adeline ? J'ai l'impression de vivre avec Thomas Pesquet », avait-il lâché en se servant une deuxième part de gratin de courge.

Et maintenant, pour ne rien arranger, ce second message.

Si à l'oral Pierre-Marie pouvait se révéler impulsif et gaffeur, à l'écrit (elle le savait trop bien), il pesait avec soin chacun de ses mots. Qu'avait-il voulu insinuer en rédigeant ce *post-scriptum* au sujet d'Ève et de son bonheur d'avoir rencontré quelqu'un ? Elle relut les quelques lignes pour la énième fois, cherchant à ressusciter la colère qui l'avait envahie quand Pierre-Marie s'était lâchement évaporé, quatre ans plus tôt. Mais elle n'y parvint pas. La colère s'était diluée au fil des mois, notamment dans ce travail d'écriture qu'Adeline avait accompli, jusqu'à céder le pas à autre chose. Renoncement ? Acceptation ? Pardon ? Difficile de qualifier ce qu'elle ressentait. En tout état de cause, même à cinq cents kilomètres de là, Pierre-Marie avait dû sentir qu'une brèche s'était ouverte dans le rempart de silence qui, tout ce temps, les avait protégés l'un de l'autre. Une brèche qu'il valait mieux colmater. Et vite.

Le 5 décembre 2018

De : Adeline Parmelan
À : Pierre-Marie Sotto

Oui, Pierre-Marie, je vais bien. Très bien, même. Je te remercie.

Ton message arrive au bon moment. Nous déménageons dans quelques semaines, et je vais bientôt vider la maison. Si je tombe sur ton carnet, promis, je te l'envoie. Cette phrase que tu y avais notée a dû te manquer cruellement, car je n'ai pas vu de nouveau livre de toi en librairie depuis ce que tu appelles ta « dérobade ». Dommage. Tu avais l'air si content, à l'époque, d'avoir décroché cette résidence d'écriture… Je suis désolée que Boston n'ait pas su t'inspirer ce « grand roman américain » que tu espérais. La Bégude-de-Mazenc te soufflera peut-être les mots d'un bon roman de terroir ? Il paraît que les gens adorent ça.

Contente pour Ève. Quand la vie propose une deuxième chance, c'est idiot de ne pas la saisir, n'est-ce pas ?

Compte sur moi pour le carnet.

Adeline.

Ouf ! Voilà enfin une bonne chose de faite ! Il y avait dans son message beaucoup de sarcasme (Pierre-Marie ne l'avait pas volé) et de mensonge, mais pouvait-elle faire autrement ?

La nuit était tombée. Elle sursauta en entendant claquer la porte d'entrée et aussitôt, la voix de Ben qui l'appelait. Elle ne prit pas le temps de se relire. Elle envoya le mail, replaça le carnet noir format 9×13 au fond d'un tiroir de son secrétaire, se pinça les joues comme Scarlett dans *Autant en emporte le vent*, et descendit rejoindre son homme.

~

Le 7 décembre 2018

De : Pierre-Marie
À : Adeline

Adeline, ne t'en fais pas pour le carnet : si j'avais dû écrire, je l'aurais fait. Le mal est plus profond.

Mon long silence de quatre ans ne signifie pas indifférence et tu te doutes bien que ce « nous » que tu utilises éveille ma curiosité. Mais ta nouvelle vie ne me regarde pas, me diras-tu, et tu auras bien raison. De mon côté, pas de « nous ». Tu serais étonnée de voir comme rien n'a changé en ce qui me concerne, à part le déménagement. Dieulefit était trop grand pour moi. J'ai vendu et pris plus petit, à quelques kilomètres de là.

Si j'ai évoqué Ève, c'est parce que tu avais vite sympathisé avec elle, il me semble, à Cahors, et je me rappelle m'en être réjoui. J'ai un lien particulier avec elle, tu le sais, et son divorce nous a encore resserrés. J'ai beaucoup gardé ses enfants (dont la petite Zoé, celle qui me comparait à un chameau quand je la portais sur mes épaules).

Bien, je ne prends pas davantage de ton temps. Tu dois t'occuper de ton déménagement, enfin de *votre* déménagement.

Pierre-Marie

P.-S. : Je suis bien allé à Boston pour cette résidence d'écrivain, mais je n'y suis resté que six semaines. J'ai abandonné quand je me suis aperçu que tout le monde parlait parfaitement anglais dans cette ville, sauf moi. Et je me sens très mal quand je parle moins bien que les autres, je n'ai pas l'habitude. Et puis mon chat me manquait.

Sotto relut son mail et ne put s'empêcher de sourire. Comment pouvait-on mentir à ce point ? Il avait écrit « ce « nous » éveille ma curiosité » et il pensait en réalité : ce type avec qui tu déménages est à coup sûr un bouffon qui ne m'arrive pas à la cheville. « Dieulefit était trop grand pour moi .» Ah qu'en termes délicats ces choses-là étaient dites. La vérité, c'est qu'une nuit de mars 2015, un mois après le *malheur*, donc, il avait été malade, fiévreux, presque délirant et qu'il s'était retrouvé à arpenter les couloirs glaciaux de cet immense paquebot en appelant : « Y a quelqu'un ? » et que personne n'avait répondu. Aucune des quatre femmes de sa vie, aucun de ses six enfants, aucun de ses petits-enfants. Toutes et tous avaient habité ici. Il les avait aimés, protégés et maintenant qu'il avait besoin d'elles et d'eux, maintenant qu'il appelait au secours, seul et claquant des dents, la maison était vide et personne ne répondait. Dès le lendemain il avait commencé à chercher plus petit.

Autrefois, du temps où il lui écrivait des mails de trois kilomètres, il aurait pu raconter cela à Adeline. Il se confiait à elle, il lui disait la vérité. En la vouvoyant. Aujourd'hui il lui disait tu et il lui mentait. Mentait-elle aussi en disant qu'elle allait *très* bien ? En tout cas, son mail réfrigérant laissait supposer que rien de plus chaleureux ne viendrait d'elle. Ce constat lui fit mal, mais il ne pouvait s'en prendre qu'à lui-même. Adeline affirmait qu'on avait tous droit à une deuxième chance. Dans son cas, la question se posait autrement : a-t-on droit à une sixième chance ? Et la réponse était sans doute non. Il rajouta le P.-S. à propos de Boston, là au moins il ne mentait pas, et il cliqua sur « envoyer ».

~

7 décembre 2018

De : Adeline
À : Pierre-Marie

Statut : brouillon – courrier non envoyé

Ton chat te manquait ??? Vraiment, Pierre-Marie ?? Tu oses m'écrire une phrase pareille après quatre ans de silence ? Après m'avoir laissée comme tu m'as laissée ? ~~Tu ne mérites même pas que~~ Mieux vaut être aveugle que

12 décembre 2018

De : Adeline
À : Pierre-Marie

Statut : brouillon – courrier non envoyé

Je ne devrais même pas répondre à ton dernier message, mais tu me fais de la peine, Pierre-Marie. ~~J'espère que tu as~~ Si j'étais aussi franche (ou cruelle) que toi, je te dirais que Véra a eu raison d'aller chercher entre les bras de Vincent ce que tu ne

21 décembre 2018

De : Adeline
À : Pierre-Marie

Statut : brouillon – courrier non envoyé

Bon, j'ai retrouvé ton fameux carnet, Pierre-Marie. Si je te le poste aujourd'hui, il devrait arriver avant le 24 à ta nouvelle adresse. Considère que ce sera mon cadeau de Noël. Je ne t'ai pas répondu plus tôt, car ton dernier message a ranimé une colère que je croyais morte, chapeau !

Passe de bonnes fêtes, pour ma part je

1er janvier 2019

De : Adeline
À : Pierre-Marie

Pierre-Marie,

Je suis en train de faire une bêtise, et le pire, c'est que je le sais.

Il est exactement 4 h 12 du matin, l'année 2019 vient juste d'éclore, Ben (c'est mon compagnon, il s'appelle Benjamin, mais personne ne l'appelle jamais par son prénom entier sauf pour l'énerver) s'est endormi comme un sac dans le canapé du salon et moi, je n'ai AUCUNE envie de me coucher. J'ai envie de pleurer. Ou de rire et de danser comme une furie. Ou de m'effondrer dans des bras accueillants, au choix. J'ai envie de crier. J'ai envie de sauter à poil dans le Lot pour qu'on vienne me sauver. T'écrire, c'est un peu tout ça à la fois.

Au prétexte de fêter l'année nouvelle, j'ai bu, bu et re-bu (suis-je donc un rebut ? ahahah), alors je te préviens, tout ce que je vais écrire cette nuit sera sujet à caution. Tant pis. Tu n'avais qu'à pas m'envoyer ce mail au sujet de ce stupide carnet, le 27 novembre dernier. Nom d'un chien, qu'est-ce qui t'est passé par la tête, Pierre-Marie ? Quelle est la *véritable* raison qui t'a poussé à sortir du silence au pire moment qui soit ?

Je te l'ai expliqué cent fois à l'époque : je ne crois pas au hasard. Ce n'est qu'un mot bien pratique pour désigner ce qu'on ne veut pas regarder en face. Et moi, je te l'avoue, il y a des tas de choses que je ne veux pas regarder en face. Tu n'imagines pas dans quoi je me suis embarquée. Je me fais l'effet d'un cheval de course à qui on a mis des œillères et qu'on cravache. Comment ai-je pu perdre à ce point le contrôle de mon destin, moi qui me prétendais si lucide ? Ces derniers temps, je me le demande tous les jours.

Quand tu as déserté ma vie, il y a quatre ans, mes vieux démons sont sortis illico de la boîte où je les avais enfermés. Imagine une horde de mauvais génies ricanants, lancés dans une ronde infernale et scandant leur sale rengaine : « Tu ne vaux rien, Adeline ! Tu n'es pas assez jolie ! Pas assez drôle ! Pas assez sexy ! Trop grande, trop grosse, pas assez mystérieuse (je t'épargne la liste des adjectifs) pour qu'un homme veuille vraiment rester avec toi. Tu n'es pas taillée pour ce bonheur, pauvre cloche, oublie tes rêves de vie à deux ! »

Dans ces moments-là, je revoyais en boucle notre séjour sur les bords du lac Léman, quelques mois plus tôt. Chaque fois que nous passions devant la vitrine d'une agence immobilière, je m'arrêtais, tu te rappelles ? Je te montrais les belles maisons. J'énonçais les avantages de l'une, les inconvénients de l'autre. Je disais : « Dans celle-là, on pourrait loger ta famille au complet pour les grandes occasions ! Et dans celle-ci, ce serait génial, tu pourrais écrire face au lac ! Et dans le salon de celle-là, tu nous y vois ? » Moi, je m'y voyais, dans ces maisons. Dans n'importe laquelle, en vérité, pourvu que ce soit avec toi. Pareil à un vieux sage, tu te contentais de sourire devant mon enthousiasme enfantin, et je prenais ce sourire pour un assentiment. Quelle gifle quand j'ai compris que depuis tout ce temps, en secret, tu te projetais dans l'avenir, mais en Amérique et surtout, sans moi ! Mes démons avaient de quoi se moquer de ma naïveté ! Et pourtant, tu sais quoi ? Je ne me suis pas laissé faire. Je les ai affrontés, une fois de plus. Un par un. Je les ai combattus avec la seule arme qu'il me restait : la colère que j'avais contre toi.

Le 18 septembre, soit dix jours après que tu m'avais annoncé ton départ (ta fuite) pour Boston (et, petit rappel, que tu ne souhaitais pas que je t'y accompagne, car tu avais besoin de rester concentré sur ton travail – excuse minable, mais message reçu), je me suis inscrite sur un site de rencontre. C'était ça ou crever de chagrin.

Quelques jours plus tard, je me suis rendue à un premier rendez-vous. J'ai couché avec le type, je suis rentrée chez moi, et je ne lui ai plus donné de nouvelles.

Puis j'ai remis ça avec un autre. Je ne saurais même pas te dire s'il s'appelait Gilles ou Marc, mais on a bien rigolé sur le siège arrière de son Nissan Qashqai.

Ce site, c'était fascinant. Il suffisait de cliquer sur une photo, d'échanger quelques bêtises, de trouver un lieu, un créneau de deux heures, et hop, un pansement de plus sur ma blessure narcissique ! Des grands, des costauds, des chevelus, des barbus, des Noirs, des Blancs, des plus vieux, des plus jeunes, j'avais rendez-vous avec l'infini des possibles. J'avais surtout rendez-vous avec tous ceux qui voudraient bien m'aider à t'oublier, Pierre-Marie. Toi, Boston et ton silence piteux lorsque je t'avais bêtement demandé si ça valait la peine que je t'attende. Et figure-toi que – chose étonnante – les candidats se bousculaient au portillon.

Début décembre, déjà un peu lassée, j'ai accepté une rencontre en me disant que ce serait la dernière avant une bonne hibernation. Le gars semblait charmant, il avait l'air fantasque et intéressant, mais tellement jeune (28 ans) que je ne risquais pas grand-chose en dehors d'une vigoureuse séance de jambes en l'air.

Quatre ans plus tard, c'est ce jeune homme (de 32 ans désormais) qui ronfle dans le canapé du salon (je te laisse imaginer ma surprise quand, quelques mois après notre rencontre, il a accepté avec enthousiasme l'idée qu'on s'installe ensemble ! J'ai pensé : *Ah bon ? C'est donc si simple avec les gens normaux ?*) et c'est sous son impulsion que je m'apprête à quitter Espère. Mais pas pour atterrir à neuf kilomètres, comme tu l'as fait, toi. Je pars à Toronto.

Non, Pierre-Marie, tu n'as pas la berlue, j'ai bien écrit TO-RON-TO. Pas Tocqueville-en-Caux, ni La Trinité-Porhoët. Toronto, capitale de l'Ontario, province du Canada. Là où il fait - 30° en hiver et + 35° en été. Là où ça parle anglais. Là où ça joue au hockey sur glace et au base-ball. Le Nouveau Monde.

Nos meubles partent lundi prochain par bateau. Nous, nous prenons l'avion le 14 janvier, à Roissy. Je ne sais pas si tu as eu l'occasion de remonter dans un avion depuis ce qui est arrivé à Vincent et Véra, moi non, mais je crois que ça ira.

Il y a beaucoup d'autres choses que je devrais te dire, Pierre-Marie. Beaucoup.

Mais je commence à dessoûler, il fait froid sous les toits (j'ai transformé la petite chambre jaune en bureau, je n'avais pas envie qu'un autre vienne y dormir) et il serait plus raisonnable de ranger ce long message dans la catégorie « brouillon » de ma boîte mail. Sauf que si je ne te l'envoie pas maintenant, je ne te l'enverrai jamais. Et dans les deux cas, je sais que je m'expose à des regrets.

Il y a tant de choses que l'on fait en sachant que ce sont des erreurs. C'est comme contempler le vide en jouant avec l'idée qu'on pourrait sauter.

Alors, *so long*, Pierre-Marie, comme on dit dans les westerns.

Prends soin d'Ève, de Zoé, de ton chat et de toute ta tribu. Toi, tu n'as pas besoin d'être deux pour dire « nous », n'est-ce pas ?

Et pense à moi quand je vais poser le pied de l'autre côté de l'Atlantique !

Adeline

P.-S. : Au fait, maintenant que tout est vidé, empaqueté, trié, étiqueté, je suis désolée de te dire que je n'ai pas retrouvé ton fameux carnet.

Adeline n'avait toujours pas sommeil, mais elle n'avait plus envie de crier ni de se jeter dans le Lot. Elle avait faim. Elle éteignit l'ordinateur, descendit les deux étages et traversa le salon sur la pointe des pieds. En passant, elle jeta un regard à Ben, enroulé dans un plaid sur le canapé.

Ce n'était pas la première fois qu'il y avait des tensions entre eux, mais en public un soir de fête, si. Ça avait commencé à table alors que la conversation tournait autour de la politique locale. Les convives étaient déjà un peu ivres, les avis fusaient. Comme Adeline exprimait le sien, Ben avait brusquement éclaté de rire. Puis il lui avait arraché son verre des mains, et sous les yeux de tous, il l'avait bu à sa place, cul sec. Évidemment, Adeline n'avait pas pu finir sa phrase. Passé un moment de gêne, quelqu'un avait fait une blague sur les femmes qui ne tenaient pas l'alcool et n'y connaissaient rien en politique, et on avait changé de sujet. Sauf Adeline, qui n'en revenait pas. Absente à la fête et étrangère à la bonne humeur, elle avait continué de boire en douce, et peu après minuit, alors que tout le monde portait un toast aux « tourtereaux » en partance pour Toronto, elle n'avait pas levé son verre. Ben lui avait décoché un regard noir. Ensuite, il avait dit : « On y va. »

Dans la voiture, alors qu'il conduisait à 20 km/h sur la départementale, il était allé droit au but : « Tu réalises que j'ai eu l'air d'un con, à cause de toi ? Qu'est-ce que tu as depuis toutes ces semaines ? Tu ne veux plus partir, c'est ça ? » Le vertige. Le vide. Un silence. Puis ce soupir terrible de Ben : « Pauvre Éliette. Elle compte tellement sur toi… »

Adeline eut un frisson. Elle alla s'enfermer dans la cuisine.

La pendule du four affichait 5:24. Dans le frigo, un reste de raviolis à la bolognaise. Elle les mangea, à peine tiédis au micro-ondes, dans le noir, debout devant la fenêtre.

Il pleuvait un peu sur les carreaux. La phrase au sujet d'Éliette tournait dans sa tête.

Elle prit une profonde inspiration. Un bail qu'elle n'avait pas vu la neige, se dit-elle.

~

Le 4 janvier 2019

De : Pierre-Marie
À : Adeline

Vlan ! Prends-toi ça, sur le râble, Sotto ! Je croyais jouer dans la neige avec le bout de ma chaussure et j'ai déclenché une avalanche. Une avalanche d'Adeline. Trois jours après, je pointe tout juste la tête à la surface. J'ai survécu. Coucou c'est moi. Enfin ce qu'il en reste.

Après plus de trois semaines, je désespérais de recevoir un mail de toi. Quand je l'ai vu, je me suis dit : c'est un petit mail de bonne année, un mail de courtoisie, assorti de deux ou trois infos bien inoffensives.

Et puis voilà.

Bon, autant parler franc, comme tu l'as fait toi-même. Inutile de te dire que je me suis senti nauséeux à la lecture de tes acrobaties sur le siège arrière du Nissan Qashqai.

Dire que j'ai été ton coach en « affaires amoureuses » comme disent les Anglais ! Étais-tu vraiment obligée de me raconter tout ça ? Il y a cinq ans, je me serais follement amusé de ces fredaines à la « Suivez-moi, jeune homme » et je t'y aurais même encouragée. Aujourd'hui j'ai envie de soulever ce Qashqai à mains nues et de le mettre sur le toit avec vous deux dedans. J'ai envie de rentrer dans le lard de tous ceux qui t'ont touchée, y compris ce Benjamin (je dis volontairement son nom en entier). Je t'entends déjà me hurler dessus : mais de quel droit ? Tu te défiles lamentablement, tu me laisses comme un vieux bas de pyjama oublié au fond d'un lit, tu nous trahis, oui tu nous trahis et maintenant tu me juges ? De quel droit, je peux savoir ?

D'aucun droit, Adeline (pardon, je fais les questions et les réponses), le droit n'a rien à voir là-dedans.

Pour commencer, tu dois savoir ceci : j'ai *déserté ta vie* parce que j'étais mal. Pas à cause de toi. Toi, tu as été parfaite. Aucun homme n'aurait pu souhaiter avoir mieux que ce que j'avais. J'ai adoré être avec toi dans la petite chambre jaune devenue bureau (tu as bien fait), j'ai adoré entendre ta voix et ton rire après tous ces mois « numériques », j'ai adoré qu'on regarde ensemble TOUS les Hitchcock, j'ai adoré visiter Lascaux ou Giverny avec toi, et être avec toi comme en perpétuelles vacances. Le problème, c'était moi. J'ai eu le sentiment de glisser semaine après semaine dans un confort périlleux. Je me demandais : qu'est-ce que tu fous là, Sotto, au milieu des touristes hollandais ? Tu devrais être en train d'écrire, et pas de choisir une vingt-huitième chambre d'hôte. Alors j'ai fait une chose que je n'avais jamais faite jusqu'à ce jour : je suis allé relire ce que j'écrivais il y a dix ou quinze ans, j'ai pioché au hasard et j'ai pris une sacrée gifle. Putain que c'était bien ! C'était juste, c'était puissant, inspiré ! J'ai mesuré ma déchéance. J'ai pensé que c'était la fin de moi écrivain, tu comprends ? J'étais en train de m'endormir, de m'enterrer. Faire ce constat m'a accablé. Tu as raison, c'est bien au lac Léman que j'ai éprouvé le plus fort cette panique muette. Et plus tu te projetais dans notre futur, plus ça m'angoissait. Je te voyais heureuse et enthousiaste, j'aurais voulu partager ça avec toi. Impossible. J'en étais malade.

N'empêche, je m'en veux d'être parti sans avoir eu le courage de m'expliquer. Je m'en veux d'avoir monté le dossier Boston dans ton dos et de t'avoir mise devant le fait accompli. Je m'en veux surtout de t'avoir causé tant de chagrin. Je te demande pardon pour tout ça, Adeline.

Oublie tes doutes : tu es jolie, tu es drôle, tu es sexy (et comment !) et tu es à peu près le contraire d'une pauvre cloche.

Le pire, c'est que je connaissais la fin avant même que ça commence. De nous deux, je suis l'homme, et donc par définition celui qui ne comprend rien, qui n'a pas d'intuition, mais c'est pourtant moi qui avais prédit des mois à l'avance qu'on allait casser notre jouet en se rencontrant, souviens-toi.

Tu me rappelles que je suis parti seul à Boston au prétexte de me concentrer sur mon travail. Ce n'était pas un prétexte. J'étais sincère, je te le jure. Mais ça devient assez comique quand je considère ce que j'ai réellement foutu là-bas. Mon « grand roman américain », tu parles ! En six semaines, je n'ai pas écrit une seule ligne. En revanche, j'ai dû faire au moins huit cents kilomètres à pied dans cette ville, sans parler à personne ou presque, dans un bizarre état de suspension. J'allais tous les soirs dans le même café, sur les hauteurs de Beacon Hill, et je buvais de la Guinness en lisant quoi ? John Fante ou Raymond Carver en anglais ? Non, je lisais... *Don Quichotte*, en français. Très cohérent !

Et puisqu'on en est à se dire la vérité, ce n'est pas mon chat qui me manquait, mais toi.

À propos de cette bête, sache qu'elle a disparu quelques jours après mon retour de Boston. Est-ce que cette tête de lard m'a patiemment attendu juste pour me faire payer ma longue absence ? En tout cas il s'est bel et bien carapaté. Je lui ai déposé pendant des semaines des gamelles de poisson autour de la maison. Tous les chats du quartier s'en sont fait péter la bedaine, mais pas lui. Je ne l'ai jamais revu.

Tu me demandes la véritable raison pour laquelle je t'ai envoyé ce mail le 27 novembre. C'est parce que je ne supportais plus le silence entre nous. Je m'y suis longtemps tenu, à ce silence, d'abord parce que je n'étais pas très fier de moi, mais surtout parce qu'il m'est arrivé un malheur en mars 2015 et que ça m'a bien éprouvé. Je t'en parlerai un jour s'il le faut. Après cela, disons que je n'étais plus présentable, même à distance. Après tout ce temps, je vais mieux et j'ai eu envie d'un signe de toi. La voilà, la vérité.

Toronto !

Mais est-ce que tu sais que ça ne te ressemble pas du tout, de t'expatrier ? Tu es terriblement d'ici, Adeline ! Et tu vas devoir parler anglais ? Toi ! Je me rappelle qu'un après-midi, c'était à Lascaux, il me semble, tu as indiqué leur chemin à des touristes suédois et ça a été un grand moment. Ton *Go a little bit plus loin* m'a scié les pattes !

C'est étrange : en t'écrivant longuement, comme ça, je retrouve quelque chose que je croyais perdu, une musique familière et rassurante, et ça me fait du bien.

Toronto ! C'est loin, ça. Tu es bien sûre de toi ?

Dans tous les cas, tu pourras m'écrire si tu en as envie. Je te répondrai toujours. Et je sens que je te pardonne déjà un peu le Qashqai.

Pierre-Marie

P.-S. 1 : Ne sous-estime pas mon côté aventurier. De ma maison de Dieulefit à celle de La Bégude, il n'y a pas 9 km comme tu le prétends, mais 9,7.

P.-S. 2 : ton mail est tourné d'une telle façon que je ne sais pas au juste si tu me dis d'aller me faire foutre ou bien si tu m'appelles au secours.

P.-S. 3 : Je t'en supplie, ne va pas te jeter dans le Lot, ni dans le lac Ontario, à moins de m'avoir prévenu sans faute quarante-huit heures h à l'avance.

P.-S. 4 : au fait, pourquoi était-ce le *pire moment* pour t'écrire ?

Espère
Le 6 janvier 2019

Hésitante, Adeline feuilleta une fois encore le carnet noir 9×13 qui appartenait à Pierre-Marie. Qu'en faire ? Le laisser ici ou le flanquer au fond de ce carton qui, dès le lendemain, serait lui-même jeté au fond d'un conteneur en partance pour le Canada ?

Lorsqu'elle l'avait découvert dans un tiroir du meuble de l'entrée, Pierre-Marie était déjà à Boston depuis plusieurs semaines, son silence était accablant. Plus qu'une lettre d'adieux, cet objet inerte, abandonné dans ce tiroir, lui avait arraché des torrents de larmes.

Mais Adeline n'en était hélas pas à son premier drame. Elle savait qu'il faut parfois plonger dans la tristesse pour en éprouver toute la profondeur, toute la froideur, presque s'y noyer. Alors ce jour-là, avec une complaisance délibérée, elle avait écouté en boucle et à fort volume cette chanson de Julien Clerc qui disait « N'écris pas, n'apprenons qu'à mourir à nous-mêmes/ […] Ne montre pas l'eau vive à qui ne peut la boire/Une chère écriture est un portrait vivant », et plus elle l'écoutait (le carnet posé sur son cœur), plus elle pleurait, plus elle touchait le fond, plus elle pouvait envisager de remonter à la surface.

Le contenu du carnet n'avait rien de spécial. Il s'agissait de notes éparses, la plupart du temps sans queue ni tête, de citations piochées dans des lectures, de mystérieux mots en lettres capitales entourés au feutre rouge (« LES RACINES » « SUR LE SEUIL » ou plus loin « BOUGER ENCORE ») bref, d'une suite de hiéroglyphes destinés à être déchiffrés un jour par quelque exégète de l'œuvre de Pierre-Marie Sotto. Rien d'engageant. Sauf une phrase qu'elle n'avait pas trouvée tout de suite.

Pendant l'été 2016, Ben avait dû retourner au Canada afin de régler une histoire de famille, et elle était restée plusieurs semaines seule à Espère. Cela n'était pas arrivé depuis que Ben avait lâché le petit appartement qu'il louait à Cahors pour vivre chez elle à plein-temps : quatorze mois de vie commune, de dîners en tête à tête, de grasses matinées délicieuses, de menus travaux, de tâtonnements et de petits bonheurs qui l'avaient distraite de Pierre-Marie. Mais dans la touffeur de cet été-là, soudain livrée à elle-même, elle s'était laissé reprendre par la nostalgie. Comme on rouvre une blessure, elle avait rouvert le carnet. C'est là que la phrase lui avait sauté aux yeux.

Pierre-Marie l'avait écrite au bas d'une page, côté gauche. Elle était limpide et sans détour : « Penser à rassembler les courriers échangés avec A. entre février et octobre 2013/ transposer ?en faire un roman ? »

Adeline avait été foudroyée. D'abord par un épouvantable sentiment de trahison, puis par l'indignation et quelques mois plus tard, par cette évidence : c'était une bonne idée. Voilà à quoi elle repensait en cet instant, debout devant le carton ouvert, lorsque Ben passa la tête dans l'embrasure de la porte.

— Qu'est-ce qu'on fait de ça ? demanda-t-il en brandissant un tableau qui représentait une nature morte dans un cadre en stuc. Tu y tiens vraiment ?

Adeline fronça les sourcils. Il n'avait jamais été question de vider toute la maison. Pourquoi Ben était-il allé déterrer ce tableau ?

— On avait dit qu'on ne touchait pas à la cave, répondit-elle, contrariée.

— J'ai pensé qu'on pourrait faire un peu de place, se justifia Ben. Quand tes locataires vont arriver, ils seront contents de pouvoir mettre leurs affaires quelque part.

Adeline se renfrogna davantage. Ses locataires... Encore un sujet de discorde.

— Oui, eh bien, ce n'est pas ce petit tableau qui les encombrera, c'est un souvenir de ma mère. Tu avais promis de changer le truc sur le ballon d'eau chaude, tu l'as fait ? Si ça lâche, c'est l'inondation.

— Oui, oui, je m'en occupe, soupira Ben.

Il jeta un regard circulaire dans le bureau. Manifestement, Adeline n'avait pas beaucoup avancé.

— Tu es au courant qu'ils arrivent demain à 8 heures tapantes ?

— Je serai prête. Occupe-toi *vraiment* du ballon électrique, d'accord ?

Ben disparut dans l'escalier en murmurant quelque chose en anglais qu'Adeline ne comprit pas, puis elle se retrouva de nouveau seule avec le carnet. Elle contempla le carton béant, se pencha et le déposa au fond.

Sur la table près de la fenêtre, son ordinateur ronronnait, lui rappelant que depuis deux jours elle cherchait comment répondre à Pierre-Marie. D'un côté, oui, elle avait envie de lui dire d'aller se faire foutre. Car, si longtemps après, que valaient des excuses, des explications et ce tombereau de compliments qu'il lui faisait ? Rien, nada ! C'était pipeau et compagnie ! Elle, *parfaite* ? Allons donc ! Elle avait amplement eu le temps de faire son examen de conscience et elle avait trop d'expérience pour ignorer que, dans une rupture, les torts sont généralement partagés. Elle lui avait fait peur avec ses désirs, son impatience, et elle pouvait comprendre qu'il se soit senti pris au piège... Ce dont elle lui gardait grief, ce n'était finalement pas de l'avoir quittée, mais de l'avoir déçue. Cent fois, la vie s'était chargée de lui apporter la preuve de la lâcheté et de l'égoïsme des hommes. Son père, le sale type qu'elle avait épousé à 20 ans, son irresponsable frangin, puis hélas Vincent, n'avaient pas dérogé à cette règle. Mais elle avait été assez amoureuse pour croire que Pierre-Marie, lui, était fait d'un autre bois. Résultat, elle avait encore mordu la poussière. Alors, à l'orée de la cinquantaine, fatiguée de souffrir, Adeline avait décidé d'en prendre son parti. Plus d'illusions, plus d'attentes démesurées : sa définition de l'amour avait changé. Elle avait besoin de repos et de compagnie ? Très bien. Quels que soient ses défauts, Ben était à présent son mari, point à la ligne.

Et puis, il y avait Éliette. Alors où était le problème ?

Le problème, c'est qu'elle était profondément, totalement et sincèrement bouleversée que Pierre-Marie veuille renouer avec elle. Par écrit, au moins.

Le problème, c'est qu'elle était terriblement inquiète (et indéniablement curieuse) de savoir quel malheur l'avait frappé, alors qu'il ne se remettait déjà pas de la mort de Véra.

Le problème, c'est qu'elle ne pouvait s'empêcher de penser qu'une fois là-bas, sur les bords du lac Ontario, écrire à Pierre-Marie serait peut-être une immense source de réconfort.

Mais entretenir cette correspondance supposait une chose : elle allait devoir se montrer fair-play et lui avouer ce qu'elle avait fait. Pour l'instant, elle ne voyait pas comment.

Le 8 janvier 2019

De : Adeline
À : Pierre-Marie

Pierre-Marie,

Je ne peux plus me jeter dans le Lot : je suis à Paris depuis hier. Et la Seine ne me tente pas, surtout à cette saison, tu peux donc ranger ton masque et ton tuba, tu n'en auras pas besoin.

Bon, je suis désolée que mon mail nocturne du 1er janvier t'ait fait l'effet d'une avalanche. Je savais que j'allais regretter de te l'avoir envoyé. Et d'ailleurs, je m'étonne que personne, dans la Silicon Valley, n'ait encore eu l'idée d'inventer une touche qui permettrait de récupérer un message à distance. Une touche « oups », ou quelque chose comme ça. Crois-moi, j'en aurais fait usage, si elle avait existé.

Mais maintenant que c'est fait, je garde ta proposition à l'esprit. L'idée de pouvoir t'écrire de temps en temps lorsque je serai installée au 14 Palmerston Avenue, à Toronto, me rassure un peu, c'est vrai.

Ben est canadien. Il est arrivé en France à 19 ans pour suivre sa petite amie de l'époque. Finalement, il est resté et il a fait sa vie chez nous, mais pour des raisons trop longues à t'expliquer maintenant, il doit rentrer. À l'âge que j'ai, sans autre attache que mes habitudes, j'ai considéré que le suivre là-bas était une opportunité à ne pas manquer. Même si ça me flanque une frousse terrible ! Même si (comme tu me le rappelles gentiment) je suis une bille en anglais. Tout s'apprend, *isn'it* ? Alors oui, j'ai osé me lancer dans l'aventure. J'espère que ça t'en bouche un coin.

En attendant notre départ définitif, un ami de Ben nous prête son appartement, en bas de l'avenue des Gobelins. Un petit deux-pièces charmant, dans une arrière-arrière-cour, que

Ben appelle sa « planque dans la jungle parisienne ». Il faut dire qu'il n'aime pas Paris. Une ville sale et bruyante selon lui. Soit. Mais moi, je compte bien mettre à profit cette semaine pour revoir quelques lieux que j'aime. Je penserai à toi rue Mouffetard et surtout, place de la Contrescarpe, en passant devant ce fameux bistrot où tu t'étais engueulé avec le patron. En souvenir, je te promets d'y entrer et d'y commander un thé au citron !

Merci pour ton absolution concernant mes frasques avec le propriétaire du Nissan Qashqai. Ça me paraît déjà tellement loin, tout ça !

Quand je serai à Toronto, je t'expliquerai peut-être pourquoi tu as surgi au *pire moment*. Et toi, tu me raconteras peut-être le malheur qui t'a mis à genoux en mars 2015 ? Quel qu'il ait été, je suis heureuse que tu sois debout à présent.

Porte-toi bien.

Adeline

Le 13 janvier 2019

De : Adeline
À : Pierre-Marie

Pierre-Marie,

Une dernière chose avant que je quitte la France demain. Si nous devons nous écrire encore, fais-le à cette adresse mail. Je l'ai créée hier soir, elle te sera en quelque sorte dédiée. Ben est un peu jaloux. Pas de toi en particulier, mais je préfère qu'il ne tombe pas sur ton nom. Évite aussi les SMS ou les contacts via WhatsApp.

Bises.

Adeline

P.-S. : J'ai pris un thé au citron place de la Contrescarpe. L'odieux patron n'était pas là, j'ai osé m'en inquiéter auprès d'un serveur, et tu sais quoi ? Le type est mort. Il y a une justice, tu vois !

~

Le 14 janvier 2019

De : Pierre-Marie
À : Adeline

Chère Adeline,

Au moment où je t'écris ce mail, la nuit tombe ici, mais toi tu es quelque part au-dessus de l'océan, dans un minuscule appareil et tu voles vers le jour et la lumière. Alors je te souhaite ça : du jour et de la lumière.

D'accord, je ne t'écrirai que sur cette boîte, mais je suppose que dans les semaines qui viennent, avec votre installation, tu auras autre chose à faire que me répondre. N'aie crainte, je ne te harcèlerai pas. Je serai juste là au cas où.

Sois heureuse.

Pierre-Marie.

P.-S. : J'espère que là où il est, le type de la Contrescarpe a accès aux toilettes sans être obligé de consommer d'abord. RIP

La sonnerie de son portable ne laissa pas à Sotto le temps d'avoir le petit coup de tristesse qui s'annonçait. C'était Laura.

— Salut, papa.

— Salut, ma fille.

— Tu vas bien ?

— Je vais bien, j'ai repris contact avec Adeline.

— Ah, chouette. Qu'est-ce qu'elle devient ?

— Elle déménage au Canada, juste au moment où je lui fais signe. Avec son mec.

— Ah. Tu es jaloux ?

— Très.

Ils échangèrent quelques commentaires amusés sur les coïncidences, les destins qui se croisent, les ratés de la vie, puis elle prit soudain la voix qu'il n'aimait pas, sa voix du malheur. Une voix un peu plus haute et cependant plus sourde que sa voix ordinaire, comme forcée, comme si elle l'avait contrainte à sortir de sa gorge, parce qu'il le fallait bien.

— Oui je voulais te dire, ça fera juste quatre ans en février.

— Je sais, Laura.

— Je veux faire quelque chose. Je ne sais pas quoi encore. Quelque chose qui serait le moins triste possible. Si tu as des idées.

Ils parlèrent plus d'une demi-heure, veillant l'un et l'autre à se ménager, à se soutenir. Ils en avaient l'habitude.

Quand il raccrocha, il se rendit compte qu'il était dans le noir. La nuit était tout à fait tombée. Il quitta son bureau, gagna la cuisine et mit à réchauffer une grosse soupe de potimarrons qu'il avait préparée la veille. Les recommandations d'Adeline à propos de leur correspondance, pas de SMS, pas de WhatsApp, et sa remarque concernant la jalousie de Ben lui inspiraient des pensées contradictoires. D'un côté il n'était pas mécontent de partager un secret avec elle, dans le dos de Ben, de l'autre il ne pouvait pas s'empêcher d'éprouver une vague inquiétude.

~

Le 22 janvier 2019

De : Adeline
À : Pierre-Marie

Du jour et de la lumière, ça oui, Pierre-Marie, il y en a ici ! Une lumière différente, surtout à cause du ciel qui semble si différent lui aussi. Il paraît, comment dire, plus vaste que chez nous. Plus… épais. Désolée, je ne trouve pas mieux comme adjectif.

Et puis, du froid et de la neige.

De l'acier et de la glace.

Des pancakes et des pizzas molles.

Des rues droites et des parcs.

Et ce lac, incroyablement… grand – encore désolée pour la pauvreté de l'adjectif. (Peut-être suis-je déjà, après une semaine seulement, en train de perdre mon français ? Il va falloir que je l'entretienne en t'écrivant, alors !) Voyons, un effort, Adeline ! Comment mieux qualifier le lac Ontario ? Immense ? Maritime ? Je donne ma langue au chat. (C'est toi le chat, Pierre-Marie. Tu trouveras, n'est-ce pas ?)

Bon, et quoi d'autre ici ? Eh bien, je vais t'étonner, mais ce qui domine, c'est le calme. Peut-être un effet de la neige et du décalage horaire conjugués, mais depuis que je suis arrivée, j'ai l'impression de vivre dans du coton, au ralenti, et surtout, de m'être délestée d'un énorme poids. Celui de mes angoisses, sans doute. Car les peurs et les fantasmes autour de ce départ et de ce changement de vie ont été illico remplacés par quelque chose de terriblement rassurant : la réalité.

Une réalité faite de gratte-ciel, de couleurs, de bonnets et de moufles, de hot-dogs et de journées bien remplies.

Nous logeons pour quelques jours encore dans un appartement pour touristes (nos affaires ne sont pas encore arrivées), ensuite, nous nous installerons dans cette maison de Palmerston Avenue dont je t'ai parlé. Pour tout t'avouer, c'est une maison qui appartient à la famille Wyatt. Nous n'aurons que les charges à payer, *lucky me !*

Ben est un guide hors pair, enthousiaste et patient. Il m'a déjà emmenée en haut de la CN Tower, au Distillery Historic district, à St Lawrence Market. Je crois qu'il est heureux d'être revenu chez lui et je retrouve sur son visage le sourire qui m'avait charmée il y a quatre ans.

J'espère que ces premières nouvelles te rassurent, Pierre-Marie, car mon dernier message, je m'en suis rendu compte, était un peu inquiétant.

Je suis vraiment contente d'avoir traversé l'Atlantique. Et si tu en as envie, je te raconterai comment – dans mon anglais niveau sixième – j'ai réussi à me faire livrer un seau et des douilles (si, si) pour l'anniversaire de Ben il y a trois jours…

Donne-moi des nouvelles de la France ! (Et de Zoé, de Gloria, de Laura, d'Ève, de Nicolas, de Jon, des jumelles… et de toi, bien sûr.)

I kiss you,

Adeline

~

Le 23 janvier 2019

De : Pierre-Marie
À : Adeline

Chère Adeline,

« Un seau et des douilles ». Je t'avoue qu'on cherche d'emblée la contrepèterie. Et quand on a constaté qu'il n'y en a pas, on essaie de comprendre. Tu laisses quelqu'un avenue des Gobelins, Paris, France, et quelques jours plus tard, ce quelqu'un, enfin cette quelqu'une t'écrit qu'elle vient de se faire livrer « un seau et des douilles » à Toronto, Canada. Et que c'est… pour un anniversaire. J'imagine le dialogue : « Qu'est-ce que tu aimerais pour ton anniversaire, mon amour ? – Oh, j'ai une idée, mais j'ai peur que ce soit un peu au-dessus de nos moyens. – Mais non, voyons, dis-moi. – Et bien, c'est... enfin tu sais bien... je t'en ai déjà parlé... – Un seau et des douilles, c'est ça ? – Oui... »

Je suis depuis longtemps dans le doute concernant ma capacité d'inventer, je ne t'apprends rien, et voilà que tu m'enfonces encore un peu avec cette phrase stratosphérique : « J'ai réussi à me faire livrer un seau et des douilles. » Après ça je n'ai plus qu'à renoncer une bonne fois pour toutes à l'espoir d'écrire quoi que ce soit de surprenant. Merci.

Il ne neige pas ici. Temps couvert. Je te joins une photo, tu découvriras ce que je vois de ma terrasse, côté ouest.

Le mas dont tu devines le toit tout à droite appartient à un célèbre présentateur de JT sur une chaîne d'infos. Tellement célèbre d'ailleurs que je ne le connais pas, puisque je n'ai plus la télévision.

De mon côté j'ai trouvé ta maison sur Google Maps. Typique, je suppose, avec ses briques. C'est mitoyen ?

Content de savoir que ton inquiétude s'est dissipée et que tu as des bonnes sensations là-bas. Le coton, c'est normal, avec le décalage horaire à rattraper et tous les repères perdus.

Les nouvelles de ma famille maintenant. Tu as commencé par Zoé, allons-y pour Zoé. Elle a maintenant 9 ans et elle est en CM1. Elle est mutine. Elle me fait rire. Quand Ève m'a dit avoir rencontré quelqu'un, Zoé a ajouté : On dirait qu'il va parler et il parle pas ». Je me suis longtemps demandé ce que signifiait ce commentaire énigmatique jusqu'au jour où j'ai vu Benoit et compris : il te regarde, il prend une petite inspiration, il entrouvre les lèvres, il va parler, attention... Tu as envie de l'encourager : oui ? Mais rien ne vient, c'est comme s'il se ravisait. Étonnant, ce truc, et plutôt déstabilisant parce que du coup c'est toi qui te trouves couillon. Mais bon, à part ça, il est très bien, il travaille dans les chaussures orthopédiques et Ève est amoureuse de lui.

Pour les autres, ce sera une autre fois, si tu veux bien.

Continue à visiter Toronto. *Enjoy !*

Et écris-moi quand tu veux.

Je t'embrasse.

Pierre-Marie.

Sotto envoya le mail et se sentit très mécontent de lui-même. S'il mentait à Adeline, à quoi bon continuer à lui écrire ? Le bonheur qu'il avait eu cinq ans plus tôt à correspondre avec elle résidait précisément dans cette convention : il ne lui mentait pas. Il lui avait confié les choses secrètes de sa vie : que Véra l'avait trompé, qu'elle lui avait volé de l'argent, qu'elle l'avait humilié, en fait. Il lui avait avoué ses pires faiblesses, il s'était mis à nu. Et maintenant il lui mentait.

Non, il n'était pas content qu'elle se sente bien là-bas en Amérique. Que son Ben soit un guide hors pair, enthousiaste et patient ne lui faisait aucunement plaisir. Il aurait cent fois préféré qu'elle se plaigne qu'il soit un guide lamentable, qu'il se moque de sa propre ville et qu'il n'ait aucune patience. Et s'il y avait une chose dont lui, Sotto, se foutait par-dessus tout, c'était le sourire retrouvé de ce blanc-bec. Il se rendit compte qu'il était carrément en colère. Dieu que l'esprit humain pouvait être tordu !

Quant à sa famille et aux nouvelles qu'Adeline lui en demandait, c'était le pompon. Est-ce qu'avant d'en venir à l'indicible il allait passer tout le monde en revue ? Avec humour bien sûr puisqu'il était censé être drôle, oh oui, comme il était drôle cet homme, n'est-ce pas ? À se demander même quelquefois où il allait chercher tout ça !

An elephant in the room, disent les Anglais. Il y a un éléphant dans la pièce et on parle de tout sauf de l'éléphant. Ceux qui ne savent pas ne le voient pas, et ceux qui savent font semblant de ne pas le voir. Alors on évolue autour de lui, on le contourne, on se plaque contre les murs pour parvenir à se déplacer, parce qu'il est énorme, l'éléphant, pachydermique, parce qu'il prend tout l'espace et qu'il est là en permanence.

Même si c'est un petit éléphant de 24 kilos.

~

Toronto
Le 25 janvier 2019

Ben se gara derrière le camion de déménagement. Il était à peine neuf heures, mais il ne fallait pas traîner : la météo annonçait une tempête de neige pour l'après-midi. Adeline remit ses moufles, sortit avec précaution de l'habitacle et se campa sur le trottoir gelé. Elle ne put s'empêcher de sourire en imaginant Pierre-Marie le nez chaussé de ses lunettes de presbyte, se concentrant sur Google Street View et zoomant sur la maison, au numéro 14. Oui, elle était mitoyenne. Sur le site, cependant, la photo datait de l'été dernier. Il y avait des fleurs dans les jardins, des feuilles sur les arbres, des vélos sous les porches et pas l'once d'un flocon sur les trottoirs. Pour le reste, tout était fidèle : l'enfilade de façades à pignons pointus, les briquettes peintes, les bardeaux, et cette impression de pénétrer dans un décor de cinéma évoquant l'Europe, au début du siècle dernier.

Deux déménageurs surgirent de la maison, manches de T-shirt roulées au-dessus du coude et sandows jetés sur les épaules. Interloquée, Adeline se tourna vers Ben.

— Ils ont déjà commencé ?

— Oui, ma mère est venue plus tôt, elle leur a ouvert.

Adeline murmura un « ah », aussitôt absorbé par le dialogue énergique que les deux costauds en T-shirt entamaient avec Ben. Elle demeura bras ballants sur le trottoir, pareille à un pied de lampe qu'on aurait posé à l'écart au risque de l'oublier là durant la nuit.

La semaine précédente, elle avait rencontré pour la première fois les membres du clan Wyatt : le père et la mère de Ben, son frère aîné (accompagné de son épouse et de leurs deux enfants), ainsi que sa plus jeune sœur. Le dîner s'était déroulé dans une ambiance cordiale, pourtant, Adeline en gardait une impression désagréable. Elle n'arrivait pas à mettre le doigt sur ce qui l'avait chiffonnée. Ce n'était rien en particulier – peut-être n'était-ce dû qu'à son propre embarras du fait qu'elle ne comprenait qu'un mot sur dix, et qu'elle avait passé son temps à sourire bêtement ou à froncer les sourcils pour essayer de saisir le sens de la conversation ? Toutefois, apprendre que Sue Wyatt possédait les clés de chez elle ne faisait qu'accentuer le malaise.

Elle laissa passer les déménageurs avec les fauteuils crapauds bien calés sur leurs épaules. Mon Dieu, ces fauteuils ! Ils trônaient autrefois devant la cheminée de sa mère, au Cloître, dans la Sarthe, ils avaient amorti les fessiers de plusieurs générations de Parmelan, et voici qu'ils étaient à Toronto, Canada ! Elle pensa aux images d'Épinal qui la fascinaient lorsqu'elle était enfant : « Sept erreurs se sont glissées dans cette scène, trouve-les. » La superposition inattendue des lieux, des époques et des personnes provoqua un bref vertige ; elle revit le sourire malicieux de Viviane et elle se demanda ce que sa mère aurait pensé de Ben, de Sue, et de toute cette neige qui s'annonçait.

— Alors, tu viens ? l'appela Ben.

Il se tenait sur le seuil de la maison, *leur* maison, et il tendait la main vers elle.

— J'ai une surprise pour toi, ajouta-t-il.

Adeline s'ébroua. Elle inspira l'air glacial et sourit. Une surprise ?

Le 27 janvier 2019

De : Adeline
À : Pierre-Marie

Cher Pierre-Marie,

Ça y est, je suis installée ! J'ai désormais une adresse fixe à Toronto et j'ai vécu ma première tempête de neige : les choses sérieuses commencent ! Ce matin, le vent est un peu tombé, l'essentiel fonctionne dans la maison (le chauffage et Internet) et je suis contente d'avoir enfin quelques minutes pour te répondre. En t'écrivant, j'ai l'impression de maintenir un continuum temporel et émotionnel précieux pour amortir les effets du dépaysement. Merci d'accepter ce rôle, Pierre-Marie.

Quoi ? Zoé, en CM1 ? J'ai du mal à l'imaginer ! Je me souviens si bien du jour où elle a lu sa première phrase toute seule, à la terrasse du glacier, tu te rappelles notre crise de rire ? Beaucoup moins drôle, je la revois quand elle s'était fait mordre par le chien de ton voisin, et cette cavalcade jusqu'aux urgences de Montélimar, avec sa lèvre qui pissait le sang. Quelle chance que ce sale cabot ne l'ait pas défigurée ! Tu as vraiment bien fait de déménager. J'espère que ton nouveau (et célèbre) voisin n'a pas de chien, lui ? En tout cas, la vue depuis ta terrasse est belle et douce. Tu as des abricotiers, on dirait ?

J'en viens à ma phrase sur le seau et les douilles. Nonobstant l'aspect vaguement dadaïste de cet acte manqué, tu sais ce qui est vraiment « stratosphérique » ? Mon ignorance en anglais. Et les bourdes qu'elle provoque, notamment à cause des faux amis. Ici, puisque tout se commande par téléphone, j'ai voulu me mettre à la page et la veille de l'anniversaire de Ben, j'ai pris mon courage à deux mains : j'ai appelé une plateforme de livraison. J'étais en sueur avant même qu'une voix me réponde, mais quelle fierté quand j'ai réussi à énoncer : *Please, I would like a big bouquet and some sockets for my husband's birthday !* Le lendemain, quand Ben a ouvert son carton, il y a donc trouvé un grand seau (*bucket*) et quatre douilles (j'ai confondu *socks* et *sockets*) et une carte d'anniversaire. La honte m'a terrassée jusqu'à ce que je lise ton hilarant dialogue imaginaire, merci !

À part ça, tout va bien ou presque. La famille de Ben est un peu invasive (surtout sa mère), mais je suppose que c'est passager. Ils se sont très peu vus ces treize dernières années, alors ça déborde, mais je vais vite leur faire comprendre que j'existe. Ce sera une excellente motivation pour progresser en anglais, d'ailleurs je me suis inscrite à des cours intensifs, je commence bientôt.

Je suis en ce moment même assise dans un des fauteuils crapauds qui appartenaient à ma mère (tu sais, ceux que je voulais faire retapisser et que tu trouvais *très bien comme ça*), et je t'écris alors que je croyais ne plus jamais avoir de tes nouvelles autrement qu'en librairie. Que la vie est facétieuse ! (Et cruelle, un peu, aussi.)

Je suis contente pour Ève, sincèrement. Les chaussures orthopédiques, c'est sûr, ça ne fait rêver personne, mais en amour, c'est la réalité qui compte, rien d'autre. Toi et moi, nous n'étions apparemment pas taillés pour survivre à la réalité – encore moins à l'ordinaire –, j'ai fini par l'accepter.

Je te laisse, Ben a promis de m'emmener patiner ! La dernière fois que j'ai chaussé des patins, ils avaient quatre roues, j'avais 12 ans et je me prenais pour Sophie Marceau à La Main Jaune, dans *La Boum* !

À bientôt !

Adeline *from Toronto*

Elle soupira en relisant son message. Sophie Marceau, le patinage, tu parles. Depuis une heure, les gammes répétitives de Ben sur son nouveau piano lui mettaient les nerfs à vif et il y avait fort à parier que ça dure jusqu'à la tombée de la nuit.

C'était ça, la surprise : un piano demi-queue, offert pour célébrer le retour du fils prodigue. Sue Wyatt l'avait fait livrer, puis installer au milieu du salon, comme s'il s'était agi d'un simple... bouquet de fleurs, justement.

« C'est adorable, non ? » avait commenté Ben. « J'étais doué, tu sais, quand j'étais môme ! Des années que je rêve de m'y remettre. Éliette va adorer. »

Éliette peut-être... Mais elle ?

Depuis la veille, Adeline ne pouvait constater qu'une chose : aucune pièce de la maison n'était insonorisée. Et même là, enfermée dans les toilettes, impossible d'échapper aux arpèges de son mari.

~

La Bégude-de-Mazenc
Le 28 janvier 2019

Le mail d'Adeline laissa Sotto pour le moins songeur. Elle l'avait écrit à peine installée dans sa maison américaine, avec sa boîte mail secrète, et en présence de son compagnon (ou mari). Il se demandait ce que pouvait bien signifier cette hâte.

Il avait beau être un homme très hétéro et dépasser le quintal, il n'en possédait pas moins des antennes haute sensibilité et en bon état de marche. Il se voyait ainsi lui-même, d'ailleurs : un esprit fin égaré dans le corps lourdaud d'un catcheur à la retraite. Oui, il en avait la certitude : Adeline le promenait. Et il détestait ça. Le seau et les douilles ? Impossible. On ne commande ni un bouquet de fleurs ni des chaussettes sans les choisir, même en Amérique. Mais bon, ce n'était pas grave, sauf qu'un petit mensonge peut en cacher un gros et même plusieurs. Il se rappela lui avoir écrit autrefois, du temps où ils se vouvoyaient et ne s'étaient encore jamais vus : *Qu'importe si vous inventez, l'essentiel est que ce soit intéressant*, ou quelque chose comme ça. À présent il était loin de raisonner ainsi. S'ils devaient continuer à correspondre, il faudrait désormais que ce soit : *Qu'importe si c'est ennuyeux, mais je veux que tu me dises le fond de ton âme*. Sinon, à quoi bon s'envoyer des messages de si loin, par-delà l'océan ?

Il allait commencer un mail dans ce sens quand il se rappela que c'était lui qui avait pris l'initiative des retrouvailles, qu'elle ne lui avait rien demandé et qu'il serait malvenu de lui faire la leçon. Il risquait de se faire envoyer paître et il l'aurait bien mérité. Le mieux était sans doute de donner l'exemple en disant sa vérité à lui. Elle en ferait ce qu'elle voudrait. Sauf que dire sa vérité, c'était forcément revenir quatre ans en arrière et raconter. Or raconter, ce serait revivre. Et revivre, ce serait avoir très mal.

Il se donna la journée pour y penser. Il écrirait ce soir.

Il n'était pas 9 heures du matin quand il enfourcha son vélo électrique, celui que lui avaient offert ses enfants pour son soixante-cinquième anniversaire, et qu'il s'engagea sur la départementale en direction de Crest. Il s'était habillé très chaudement contre le froid vif, et une vitrine de La Bégude-de-Mazenc lui renvoya la silhouette d'un gros crapaud sur une bicyclette. Laura l'applaudit à son arrivée dans sa cour, une heure et demie plus tard.

— Je t'admire, papa. Tu es à combien de kilomètres ?

Il jeta un œil sur le compteur.

— 5647.

— En moins de deux ans. Pas mal !

Ils burent un café dans la cuisine et Sotto se mit immédiatement à ce pour quoi il était venu : la réparation de plusieurs chaises branlantes. Il s'installa dans le garage, équipé d'un maillet, de serre-joints et d'un tube de colle à bois. La radio jouait en sourdine. Laura vint s'asseoir sur la dernière marche de l'escalier et le regarda travailler en fumant.

— Tu ne crois pas que tu devrais plutôt être en train d'écrire un roman ?

— Si. J'ai une idée, d'ailleurs.

— Tu as commencé ?

— Non. C'est pas mûr. En attendant je bricole, c'est pour ça.

— C'est quoi, l'idée ?

Il soupira, hésita.

— L'idée ? Hmmm... Ce serait un truc... euh... joyeux.

C'était dit sur un ton si lugubre qu'elle éclata de rire.

— Ah oui, en effet, c'est loin d'être mûr !

Ils rirent ensemble, mais ça ne dura pas longtemps. Sur Radio Nostalgie, Mort Shuman commença à se lamenter parce qu'il neigeait sur le lac Majeur. Sotto tendit aussitôt son long bras et pressa le bouton OFF avant que Mort ait le temps de dire qu'il avait tout oublié du bonheu-eu-eu-eur.

Il n'avait pas eu le courage de répondre à sa fille : moi, je n'écris plus parce que je suis à l'âge d'être à la retraite, mais toi tu as 34 ans. Qu'est-ce que tu fais ici un lundi matin, à fumer, assise dans ton garage, et à regarder ton vieux père qui répare une chaise ? Depuis quatre ans elle alternait de brèves périodes de reprise dans son lycée de Crest et de longues périodes d'arrêt. La vilaine bestiole qui avait enfin fichu la paix à Sotto quelques mois plus tôt n'avait pas encore fini sa dégoûtante promenade dans le cerveau de sa fille.

Quand Arnaud rentra de son travail, vers 17 heures, il proposa à son beau-père de le ramener à La Bégude en voiture, il mettrait le vélo dans le coffre. Sotto surjoua la vexation et les gratifia d'un démarrage impressionnant. Sur la route, il ne pensa qu'au mail qu'il allait écrire à Adeline. La nuit tombait, froide et pure, et quand il arriva chez lui ses doigts étaient glacés, malgré les gants.

Le 28 janvier 2019

De : Pierre-Marie
À : Adeline

Adeline,

Merci de ton message si plein d'entrain. J'aimerais te répondre sur le même ton et donner le change, je sais assez bien le faire, mais ce soir je ne peux pas.

Je ne peux pas te cacher plus longtemps ce qui est arrivé ici il y a quatre ans. Ce ne serait pas honnête parce que, si nous devons garder intact et vrai ce lien qui existe entre nous, tu as le droit de savoir qui je suis devenu. Quand on se présente à quelqu'un qui ne vous connaît pas, on lui dit son nom, on lui dit je m'appelle comme ceci ou comme cela. C'est de la politesse, la moindre des corrections. Alors je dois te dire qui je suis maintenant : une nouvelle personne que tu ne connais pas. Je dois te dire mon nom.

Si tu es très occupée par ton emménagement ou très préoccupée par ton intégration au sein de la famille Wyatt (transmets mes amitiés à la mère de Ben que tu as l'air de déjà adorer), remets la lecture de ce mail à plus tard. Il pourrait être long et perturbant.

Est-ce que tu te rappelles ces mails que je t'ai envoyés depuis la neige en mars 2013 ? Oui, je faisais exprès d'employer ces expressions un peu désuètes : aller à la neige, mettre un chandail, etc. J'y étais donc, à la neige, dans une petite station des Alpes qui s'appelle Névache, avec Laura, ma fille aînée, celle que j'ai eue avec ma deuxième femme (que j'ai surnommée pour toi *On y va Minou*, mais je reviendrai là-dessus, ça a son importance, tu verras). Il y avait aussi son mari Arnaud, que j'aime bien, c'est un type discret, une de ces personnes qu'on trouve un peu fades d'abord, mais qu'on apprécie de plus en plus au fil des années, au point de se trouver un beau jour tout surpris de leur être très attaché. Il y avait là aussi leur petit garçon, Léo, qui allait sur ses 5 ans à l'époque. Nous avons dormi tous les deux dans la même chambre, dans des lits superposés, lui en bas et moi en haut. J'ai évoqué Léo dans le mail que je t'ai envoyé de là-bas et je crois même me rappeler que je t'avais rapporté notre dialogue : *Tu fais quoi, papy ? – J'écris un mail à quelqu'un – À qui ? – À une dame – Tu éteindras bientôt ? – D'accord, j'éteins – Bonne nuit, papy – Bonne nuit, mon cœur.* La dame, c'était toi, bien sûr.

Tu as croisé Laura et Arnaud à Nantes, le jour de la célébration, mais je ne te les ai pas présentés, je ne t'ai présentée à personne d'ailleurs, comment aurais-je pu te présenter ? *Mes chers amis, voici Adeline, ma nouvelle fiancée. Nous nous nous sommes vus hier pour la première fois et je pense que nous allons coucher ensemble dès ce soir, mais il faut savoir que c'est après avoir échangé 136 mails !*

Adeline était la femme de Vincent et moi j'étais le mari de Véra, or, ces deux-là nous ont quittés pour partir ensemble, avant de se tuer dans ce petit avion de tourisme en Guyane française. Ce qui a créé entre nous cette complicité bien naturelle, n'est-ce pas ? C'est pour Vincent et Véra que nous sommes réunis ici aujourd'hui, mais sachez que le réel événement pour Adeline et pour moi, c'est que nous nous rencontrons enfin et que nous allons, comme je vous l'ai déjà dit, certainement dormir ensemble ce soir, n'est-ce pas Adeline ? – Oui, tout à fait Pierre-Marie, je confirme. Non, tu vois bien, je ne pouvais pas.

Laura et Arnaud n'avaient pas amené Léo à Nantes. Et quand tu es venue à Dieulefit, l'été suivant, tous les trois faisaient leur tour des Balkans en camping-car. Tu n'as donc jamais croisé Léo. Toi et moi nous sommes séparés au début de l'automne, et l'hiver suivant, en février 2015 donc, Laura et Arnaud m'ont proposé de repartir à Névache avec eux. Léo me réclamait ardemment et eux, ça les arrangeait bien que je puisse rester avec lui de temps en temps pendant qu'ils skieraient. Il allait donc sur ses 7 ans, cette fois. Je te passe les détails, mais il se trouve que la veille de notre départ, j'ai justement gardé Léo chez moi à Dieulefit. L'idée était que Laura et Arnaud passeraient nous prendre le lendemain matin et qu'on filerait tous les quatre à Névache, moi devant avec mes longues jambes, Laura et Léo derrière. Je me faisais un plaisir de tout cela : avoir Léo chez moi, le gâter en lui faisant des croque-monsieur, lui lire le début de *Charlie et la chocolaterie* avant de le coucher, le regarder manger ses céréales au petit déjeuner et attendre ses parents. Vers six heures et demie, nous étions tous les deux dans la cuisine, je commençais à préparer les croque-monsieur (les grands-pères dînent tôt et les enfants aussi) pendant qu'il dessinait sur la table.

Il m'a dit qu'il avait mal à la tête.

Je lui ai demandé depuis quand. Il ne savait pas. Il a grignoté le quart de son croque-monsieur, il l'a reposé et il a répété qu'il avait mal à la tête. Je l'ai installé sur le canapé avec un jus de pomme et je lui ai mis un DVD. Je n'avais que du Doliprane 500. Je lui ai demandé son poids. Il le connaissait : 24 kilos. J'ai lu la posologie et fait le calcul, il lui fallait la moitié d'un comprimé sécable. Il l'a avalé avec du jus de pomme en faisant *le ruisseau*. Puis il s'est allongé sur le canapé. J'ai posé une couverture sur lui et je crois qu'il s'est endormi. Mais après une vingtaine de minutes, je m'apprêtais à le porter dans son lit, il s'est mis à pleurer en disant : « J'ai trop mal à la tête, papy. »

Alors je me suis inquiété et j'ai appelé Laura. Elle m'a dit : « Emmène-le à l'hôpital, vite ! Je les appelle pour vous annoncer. On vous rejoint. »

J'ai couru au garage et sorti la voiture. Il faisait très froid et le goudron étincelait sous une petite pluie givrante. J'ai mis le chauffage à fond et laissé tourner le moteur. Je suis revenu dans la salle. Léo avait repoussé la couverture et il se tenait la tête, recroquevillé sur le canapé. Je l'ai enveloppé dans la couverture et je l'ai porté jusqu'à la voiture. Je l'ai attaché à l'arrière sur son siège enfant. J'ai roulé en essayant de ne pas avoir d'accident. Dans une ligne droite, je me suis retourné et j'ai vu que ses doigts étaient tétanisés. Je lui ai dit : « Ça va aller, Léo, respire bien, respire ! » Il a respiré fort, il était très obéissant et il voulait toujours bien faire, et c'était son grand-père qui le lui disait alors c'était forcément bon pour lui, voilà ce qu'il se disait, Léo, et il respirait fort. Le trajet a duré une demi-heure.

Aux urgences à Montélimar, je l'ai porté dans mes bras, j'ai couru. Ils l'ont immédiatement pris en charge. Ils allaient lui administrer par sécurité et *à l'aveugle* une bonne dose d'antibiotiques, puis ils lui feraient une ponction lombaire pour savoir s'il s'agissait d'une méningite virale ou d'une méningite bactérienne. La virale est bénigne, la bactérienne est grave.

Laura et Arnaud sont arrivés très vite, mais la ponction lombaire avait déjà été réalisée et il ne restait plus qu'à attendre quelques heures avant de savoir.

On a su vers 2 heures du matin. C'était une méningite bactérienne, plus précisément une infection invasive à méningocoques B. On parle plus communément de méningite foudroyante.

Rassure-toi, Adeline, je ne vais pas t'infliger le récit de cette nuit-là, ni de la journée du lendemain. Léo a combattu vingt-six heures avant de mourir, il a été courageux, il a fait tout ce qu'il a pu pour ne pas nous faire de peine. Il était gentil et ça a dû le rendre malheureux de nous laisser là, mais ses 24 kilos et ses petits membres blancs n'ont pas pu gagner la bataille. Et nous nous sommes retrouvés engloutis sous ce désastre.

C'est là qu'est entré en scène quelqu'un que je n'attendais pas, que personne n'attendait. C'est Cathy, ma deuxième femme, la grand-mère de Léo donc, celle que j'ai surnommée *On y va Minou* pour te faire rire, parce qu'elle me glissait ça en me tirant par la manche, à peu près partout où je m'amusais, moi. Je crois même avoir ajouté dans mon mail que j'avais *tenu huit ans*. Oh comme j'ai honte ! Pas de m'être séparé d'elle, sans doute qu'en effet nous n'étions pas faits l'un pour l'autre, mais de m'être moqué d'elle, alors qu'elle a maintenu à elle seule toutes nos têtes hors de l'eau. Elle était ravagée de tristesse comme nous, mais elle a fait front. Elle s'est démultipliée auprès de Laura qui n'était plus que souffrance, des pieds à la tête, auprès d'Arnaud qui ne valait pas mieux. Et auprès de moi qui crevais d'être coupable. Elle m'a tenu dans ses bras pendant que je gémissais que c'était ma faute. Je lui ai dit : « Cathy, j'ai donné un demi-Doliprane 500 à Léo qui avait une méningite foudroyante et j'ai attendu deux heures avant de l'emmener aux urgences, je suis foutu. » Elle m'a dit que ce n'était pas ma faute, que je ne pouvais pas faire mieux que ce que j'avais fait. Elle m'a dit : « Ça va aller, Minou. » Et moi je ne pouvais plus m'arrêter de pleurer.

J'ai pleuré comme ça pendant trois mois, puis en juin j'ai arrêté. J'aurais mieux fait de continuer sans doute, puisque je suis aussitôt tombé malade. Mais tu connais cela puisque tu as fait cette même sombre traversée après la mort de ton Philémon, ne crois pas que je l'aie oublié.

Tu vivras et mourras avec lui bien sûr, comme moi avec Léo dorénavant.

Oh, Adeline, j'ai brusquement un doute : est-ce que je dois vraiment t'envoyer ce mail ? Et si je le fais, est-ce que je pourrai le rattraper par le fond de la culotte grâce à cette touche Oups qui n'existe pas ?

Je ne sais plus moi-même ce que j'en attends. Peut-être juste qu'il nous rappelle l'exigence indispensable entre nous.

Bonne installation dans ta maison de briques.

Ne prends pas froid.

Pierre-Marie

P.-S. : Oui, tu as raison, ce sont des abricotiers. Tu les verrais au printemps, tout blancs, ils te feraient croire à la douceur du monde et à sa beauté.

Le 29 janvier 2019

De : Adeline
À : Pierre-Marie

Statut : brouillon, non envoyé

J'ai lu ton message hier soir, Pierre-Marie. ~~Je suis profondément attristée d'avoir appris ce que tu as~~ Je veux te répondre, ~~je veux~~ j'aimerais tellement, ~~Mais j'ai besoin de temps pour ne pas~~

Le 30 janvier 2019

From : Adeline Wyatt
To : Sue Wyatt

Statut : brouillon, non envoyé

~~Dear Sue~~,
Sue,

Sorry for my english, but I'm sure you will understand the basics.

I know you're angry with me and Ben because we married in France, ~~without your agreement.~~ But now, I am here. I am your son's wife. Even if I am older than him ! Even if you don't like me ! The point is : I would be really grateful if you did not come here without warning like yesterday. I need privacy ! And please, let us solve the problems about Éliette and Kelly. Ben is an adult. So am I.

~~Thank you for your understanding.~~[1]*

Adeline

Le 30 janvier 2019

De : Adeline
À : Pierre-Marie

J'ai lu ton message avant-hier, Pierre-Marie. Je suis effondrée d'avoir appris ce qui s'est passé. J'ai besoin de temps pour t'écrire mieux. Ici, c'est compliqué. Vendredi, je pourrai. S'il te plaît, n'imagine rien, et surtout pas que je cherche à botter en touche.

Je pense à toi. Promis, je t'écris.

Adeline

* Toutes les traductions se trouvent en fin d'ouvrage page 327.

Toronto
Le 31 janvier

Ben avait préparé des hamburgers. Certes, il avait bravé la masse d'air arctique qui pétrifiait la ville, certes il avait failli avoir un accident en dérapant à l'angle de Queen Street « juste pour rapporter l*e ketchup préféré de mademoiselle* », mais à présent la petite tombait de sommeil, elle n'avait plus faim, alors à quoi bon insister ? Cette malheureuse gamine n'avait pas vu son père depuis des mois, elle avait des excuses !

— Laisse-la, Ben. Je vais aller lui lire une histoire et la couch...

— Hors de question ! Tant qu'elle n'a pas fini, elle reste à table.

Comme Éliette recommençait à pleurnicher au-dessus de son assiette, Adeline changea de tactique. En cas de crise, l'humour est toujours la solution. Elle roula des yeux et se frotta le ventre d'une façon clownesque avant de prendre sa voix d'ogresse.

— Eh bien, moi, j'ai encore drôlement faim ! s'exclama-t-elle. Je mangerais bien un ours entier, mais il n'y en a pas, par ici ! Peut-être qu'un deuxième hamburger avec beaucoup de frites pourrait faire l'affaire ? Oh, mais que vois-je ? Une assiette presque pleine ?

Elle loucha sur l'assiette de la petite. Éliette esquissa un sourire, se pinça les lèvres et se tourna vers son père, indécise.

Poursuivant son jeu, Adeline lui piqua une frite et la mangea goulûment. Elle allait en piquer une deuxième quand Ben abattit violemment son poing sur la table. Adeline se figea. Éliette baissa la tête. Mâchoire crispée, Ben éructa quelques mots en anglais. Il s'empara soudain de l'assiette, ouvrit la poubelle et la jeta dedans avec son contenu.

— Voilà ! hurla-t-il. Tout est gâché, maintenant ! T'es contente ?

Il saisit la carafe d'eau, la vida dans l'évier en éclaboussant tout autour, rafla les couverts sales, les flanqua tels quels dans un tiroir et, furibond, il quitta la cuisine.

Après un bref silence, Adeline se leva. Elle avait les mains glacées. Elle souleva Éliette de sa chaise et la prit dans ses bras. Secouée de sanglots, la gamine enroula ses petites jambes autour de sa taille et fourra son nez dans son cou.

— Là, là, là... murmura Adeline en la berçant. C'est fini. C'est fini.

Mais non. Ce n'était pas fini. Au contraire. Le cauchemar était en train de recommencer.

Vendredi 1er février

De : Adeline
À : Pierre-Marie

Pierre-Marie,

Chacun de tes mots, l'autre jour, m'a tordu l'estomac. Tu l'as très bien dit, tu es devenu quelqu'un d'autre : un grand-père qui n'a pas pu sauver son petit-fils, et qui porte désormais une douleur atroce. T'exprimer ma compassion n'y changera rien, je le sais. Je te l'exprime quand même.

Tu as évoqué mon Philémon, merci. Chaque fois que son nom est écrit ou prononcé, c'est la preuve qu'il a existé. Même si c'était il y a vingt-six ans, même si ce n'était que pendant dix-sept petits jours, c'est tellement important.

Tu sais, quand je suis tombée amoureuse de toi pendant l'hiver 2013, je me suis mise à croire que nos disparus nous offriraient une sorte de protection magique contre le désenchantement. Comme dans les croyances ancestrales, j'ai imaginé que nous pourrions, toi et moi, vivre à l'abri de leurs ailes invisibles. Les ailes de Philémon, de Véra et Vincent. Or ça n'a pas marché, et celles de Léo n'y changeront rien. On ne fait pas grandir l'amour sur le vide laissé par d'autres.

Je ne sais plus que penser, Pierre-Marie. J'avais tiré un trait sur toi. Un trait rageur et radical, pour me sauver. Maintenant, je reconnais que t'écrire me fait du bien (te lire m'a toujours émue ou fait rire aux larmes), mais qu'attends-tu de moi ? J'ai peur de ne plus être digne de la confiance que tu sembles de nouveau vouloir m'offrir. Car moi aussi, je suis devenue quelqu'un d'autre.

Tu trouveras une photo en pièce jointe.

Cette adorable petite fille aux yeux clairs s'appelle Éliette. Elle a eu 7 ans en novembre et c'est pour elle que j'ai traversé l'Atlantique. La vie n'a pas voulu que je devienne mère ; je peux au moins être une belle-mère.

La plus belle-mère possible, en tout cas.

Je t'embrasse.

Adeline

Adeline avait un autre mail important à écrire, mais elle manqua de courage et éteignit son ordinateur portable.

Éliette était partie chez sa mère, Ben à son entretien d'embauche, si bien que pour la première fois depuis leur emménagement, la maison était vide et calme. Un peu désorientée, elle traversa les pièces du premier étage, ramassa des bricoles qui traînaient, puis descendit dans le salon en évitant de passer trop près du piano, comme s'il risquait de la mordre. Elle calcula. Midi ici, donc six heures du soir à La Bégude-de-Mazenc. La nuit devait être tombée. À quoi Pierre-Marie pouvait-il être occupé ? À préparer une soupe ?

La première fois qu'elle avait passé quelques jours chez lui, dans son « immense paquebot » de Dieulefit, heureux de lui faire découvrir son univers, Pierre-Marie l'avait emmenée marcher pendant plus de trois heures dans les collines alentour. Surpris par une averse, ils étaient rentrés glacés jusqu'aux os. Après une douche bouillante, Adeline avait passé une jolie robe et l'avait rejoint dans la cuisine. Il avait mis un disque d'Ella Fitzgerald, débouché une bouteille reçue à l'occasion d'un prix littéraire (il ne savait plus lequel) et, tandis qu'il préparait minutieusement leur dîner, elle était restée perchée sur un tabouret, à siroter son verre en le regardant manier l'économe, émue par la douceur et la patience de cet homme avec les légumes. « Tu en fais, une tête ! » s'était-il inquiété après un long silence (et s'apercevant qu'elle avait les larmes aux yeux). « Tu n'as jamais vu un prix Goncourt préparer une soupe ? » Craignant de paraître trop sentimentale, elle avait préféré la plaisanterie : « Je me demandais si tu m'éplucherais aussi bien tout à l'heure. » Pierre-Marie l'avait considérée avec attention. Puis il avait délicatement posé l'économe sur le plan de travail.

L'instant d'après, parfaitement épluchée, elle basculait sur le lit.

Adeline sentit une onde grimper dans son ventre. Des souvenirs comme celui-là surgissaient par dizaines chaque fois qu'elle pensait à Pierre-Marie. Elle s'employait systématiquement à les étouffer. Trop douloureux.

Finalement, elle ralluma son ordinateur. Autant l'écrire, ce deuxième mail ! Guylaine ne le lirait sans doute qu'après le week-end, mais au moins ce serait fait.

Le 1er février 2019

De : Adeline Wyatt
À : Guylaine Bellecombes

Chère Guylaine,

Je trouve enfin le temps de vous écrire depuis ma nouvelle vie à Toronto. Tout s'est parfaitement déroulé, mais il y a eu tellement de détails pratiques à régler que Ben et moi avons à peine eu le loisir de visiter la ville. Je ne vous raconterai donc rien d'extraordinaire pour le moment, si ce n'est une chose : Pierre-Marie Sotto a repris contact avec moi.

C'est non seulement inattendu, mais très bouleversant, vous vous en doutez. Je ne lui ai encore rien dit, bien sûr. Il n'y a qu'à vous que je puisse confier mon désarroi.

Je ne sais pas comment tout cela va évoluer, mais pouvez-vous me rappeler avec précision les prochaines étapes concernant la communication ? Cela m'aidera à y voir plus clair.

Vous savez combien de nuits d'insomnie ont précédé la signature de notre contrat. En me décidant, mi-septembre, je croyais avoir tranché une bonne fois pour toutes. C'était compter sans ce pied de nez du destin...

Passez un bon week-end,

Avec mes amitiés.

Adeline Wyatt

~

Le 2 février 2019

De : Pierre-Marie
À : Adeline

Chère Adeline,

Je t'écris dans le TGV qui trace dans le soleil à 297 km/h (ça vient d'être annoncé) entre Paris et Valence. En première classe (c'est mon éditeur qui raque). Quel confort, quand j'y pense. Quelle technologie ! On a quand même avancé depuis Neandertal !

Ainsi tu es partie en Amérique pour cette (adorable, oui) petite fille de 7 ans ? Tu es amoureuse d'elle, c'est ça ? Je croyais bêtement que c'était de Ben. C'est sa fille, je suppose ? Me voilà bien : je ne sais plus de qui être jaloux, moi.

Merci de ta compassion. Je la reçois très fort.

À propos de la culpabilité, c'est étrange ce qui s'est passé : Cathy (je ne l'appellerai plus jamais *On y va Minou*) m'a dit que ce n'était pas ma faute. Laura m'a dit que ce n'était pas ma faute. Arnaud me l'a dit. Max et Josy me l'ont dit. Ma psy (ah oui, il faudra que je te raconte) me l'a dit et répété. Tout le monde me l'a dit. Mais rien n'y faisait : chaque fois que je repensais à ces deux heures qui ont précédé l'hospitalisation de Léo, je me sentais aussitôt plaqué au sol par une main géante et je m'accablais. Puis, au milieu d'une nuit, en juin dernier, je me suis réveillé et j'ai eu la visite de Léo qui m'a dit : « C'est pas ta faute, papy. » C'était ça qui me manquait. Il m'a autorisé à être joyeux à nouveau et à le montrer sans avoir honte. J'ai senti quelque chose se desserrer en moi. Une renaissance. Je me suis levé et j'ai débouché un château-latour 2011. Je l'ai sifflé tout seul et sans aucun scrupule alors que ça vaut plus de la moitié d'un SMIC, et dès le lendemain j'ai su que je basculais du côté de la guérison. Ça m'avait pris trois ans.

Ah oui, la psy. Les psys, plutôt. C'est Ève qui la première m'a conseillé d'en voir une, que je souffrais peut-être d'une dépression cachée, à quoi j'ai eu envie de répondre que je souffrais sans doute d'une dépression cachée depuis l'âge de 8 ans. Mais je l'ai écoutée et j'y suis allé. C'était une jolie femme d'une cinquantaine d'années, vêtue de noir et extrêmement taiseuse. J'ai joué le jeu et je lui ai parlé librement pendant une heure et demie. Je me suis raconté avec autant d'honnêteté que possible, sans aucune complaisance, et j'ai bien sûr raconté Léo. J'ai parlé de toi, aussi. Elle a eu l'air carrément passionnée, au point qu'à la fin de la séance je me suis demandé pourquoi c'était moi qui réglais les cinquante euros et pas elle. J'y suis retourné trois fois je crois, avant de comprendre que le but du jeu n'était pas que je séduise cette femme. Je suis allé en voir une autre qui ressemblait à une gentille grosse poule devant laquelle j'ai passé la moitié du temps à pleurer avant de comprendre que le but du jeu n'était pas d'être materné par ma psy. Ce qu'il me fallait, c'était un homme. Je suis donc allé en voir un, mais au bout de trente secondes j'ai compris que je serais infoutu de me confier à un homme. Le seul devant qui je l'ai fait, c'est Max, qui est prof de gym à la retraite, mais que je connais depuis la classe de cinquième B. Je ne suis pas en train de dénigrer les psys comme un gros balourd. Ils sauvent des vies, j'en suis sûr. C'est juste que ce n'était pas pour moi. Je connaissais très bien ma maladie. Elle tenait en trois lettres et le seul remède était le temps.

Tu as écrit que tu étais « tombée amoureuse » de moi. Ça m'a ému parce qu'il y a quelque chose de naïf et d'adolescent dans cette formulation. Merci de nous laisser croire qu'à nos âges et surtout au mien nous pouvons encore graver des cœurs sur les arbres.

Je suis heureux d'avoir de tes nouvelles, Adeline. Et puisque tu le demandes, je n'attends rien de toi qui pourrait déranger ta nouvelle vie. Surtout pas. Je voulais seulement que tu ne sortes pas pour toujours de la mienne. Je me suis dit que cette perte-là n'était pas irrémédiable, comme l'autre, que je pouvais peut-être empêcher qu'elle le soit. Et c'est pourquoi, une fois rafistolé de mon malheur, j'ai eu le courage de t'écrire.

Je ne comprends pas en quoi tu serais devenue « une autre » ni pourquoi tu perdrais ma confiance.

Bon, je dois te laisser, on arrive à Valence.

Continue à me raconter ta vie américaine à ta convenance. Évite juste de trop me parler de Ben, s'il te plaît, sauf si c'est vraiment nécessaire. En revanche je suis très preneur pour Éliette. Oh puis à toi de voir !

Je t'embrasse.

Pierre-Marie

P.-S. 1 : Je viens de faire tout le voyage en face d'une femme qui lisait *La Mélodie du crépuscule*. Elle n'en a pas levé le nez, mais son visage restait énigmatique et je me suis bien gardé de lui dire qui était assis à un mètre d'elle.

P.-S. 2 : J'ai encore regardé la façade de ta maison sur Google Maps. Il s'en dégage quelque chose de paisible, je trouve.

Sotto retrouva sa voiture dans le parking de la gare de Valence TGV et tout le temps que dura le trajet jusque chez lui, avec le soleil de trois quarts face, il songea qu'il était bien hypocrite. Ému par la formulation « je suis tombée amoureuse de toi », oui, mais ému en dessous de la ceinture surtout. Il repensa à la petite chambre jaune d'Espère, dans laquelle l'activité principale n'était pas de graver des petits cœurs sur les arbres. Il repensa du même coup à sa lectrice du TGV. Elle n'était pas sans charme et il aurait bien pu lui dire qui il était. Elle serait peut-être assise là à côté de lui, maintenant, et ils auraient tous les deux terriblement hâte d'arriver à La Bégude-de-Mazenc.

Toronto
Le 4 février 2019

Depuis qu'elle avait envoyé le message à Guylaine, Adeline tournait en rond dans sa tête. Comment avait-elle pu se fourrer dans une situation aussi merdique ? Et qu'attendait-elle, au fond, de son éditrice ? Guylaine jouait sa partition, c'est tout. Mais elle, Adeline, à quoi jouait-elle ?

Elle alla sur le site de sa banque pour consulter ses comptes.

Elle fit des calculs en marmonnant. Et si elle renonçait ?

Elle eut un coup au cœur en songeant aux conséquences.

Elle retourna sur sa boîte mail. Hormis les publicités pour ceci cela, le dernier message reçu était toujours celui de Pierre-Marie. Nom d'un chien, pourquoi Guylaine ne lui répondait-elle pas ?

Le 4 février 2019

De : Adeline
À : Pierre-Marie

Pierre-Marie,

Merci de m'avoir écrit à 297 km/h l'autre jour. Et merci, malgré la douleur, malgré Léo, malgré la main géante qui te plaquait au sol, de m'avoir fait sourire avec les portraits successifs de tes psys (la gentille grosse poule a ma préférence !). Je ne suis pas étonnée que tu aies abandonné en chemin. Tu as toujours porté sur toi-même un regard ironique et distancié. C'est ta façon de te protéger. Or, pour entamer un travail thérapeutique, il aurait fallu que tu laisses ton bouclier dans l'entrée du cabinet avec ton manteau et ton parapluie. Et ça… (Oui, tu vois, j'ose les points de suspension. Eh oui, je sais que tu les as en horreur. Et non, je n'ai pas honte !)

Mais bon, ce qui compte, c'est maintenant. C'est la « visite » de Léo (tu sais que je crois à l'existence de ces fantômes-là), suivie de ta renaissance. Ce qui compte, c'est cette capacité que tu sembles avoir recouvrée à goûter la couleur du ciel, la beauté des abricotiers en fleur – et au passage les bonnes bouteilles hors de prix ! Nous sommes si inégaux face à la douleur. Crois-tu que Laura puisse un jour sentir la vie revenir en elle ?

Tu sais ce que je regrette ? C'est l'époque où j'accueillais mes patients dans mon cabinet de consultante. J'aimais ces gens timides et douloureux qui passaient ma porte pleins de craintes et d'espoirs. J'aimais les écouter. J'aimais leur rendre service à ma modeste façon. L'astrologie, les cartes, les rêves, c'était de la poésie finalement.

En achetant ma maison à Espère, je pensais renouer avec cette activité de soignante occulte. Il aurait suffi que je transforme le garage, mais je n'ai jamais fait les travaux. Et maintenant, il y a des locataires chez moi ! (Un couple avec deux enfants, c'est l'agence immobilière de Mercuès qui se charge de la gestion.) Je ne voulais pas vendre, je n'avais pas très envie de louer non plus ; Ben a fini par me convaincre qu'une maison vide, c'était triste et mauvais pour les murs. Il a sans doute raison, mais s'il me prenait l'envie de rentrer en France, je n'aurais plus nulle part où aller et ça me chiffonne.

J'ai l'impression d'avoir définitivement perdu ma magie, mon fluide. De m'être éloignée de la poésie. C'est pour ça, et pour toutes les raisons que tu peux imaginer que je tiens à Éliette : à son contact, des fissures s'élargissent dans la croûte épaisse de la réalité, et je respire mieux. Parce que sinon, la réalité est moche et glaciale. Comment s'en protéger ? En lisant des romans, tu crois ? Oh d'ailleurs, j'ai acheté un de tes livres en anglais ! Ce n'est pas *La Mélodie du crépuscule*, mais ton fameux *Château des brumes* qu'ils ont traduit ici par *The Castle of Blood*. Efficace, mais un peu racoleur, tu ne trouves pas ?

Tu as parlé de ce voyage en TGV et de ton éditeur (Oliver, si mon souvenir est exact ?) : cela signifie-t-il que, même sans l'aide de ton carnet perdu, tu commences à mijoter quelque chose ? Un retour imminent sur la scène éditoriale ? Je suis curieuse d'en savoir davantage. Il faudra que je t'explique pourquoi, mais pas maintenant parce que je dois te laisser. Ben ne va pas tarder à rentrer. Il a passé un entretien d'embauche vendredi et le responsable de Fly Events CoopLab (c'est le nom de la start-up) l'a rappelé hier soir pour un deuxième entretien, c'est bon signe. Il travaille dans les drones. L'industrie audiovisuelle, très en pointe ici, raffole des geeks dans son genre. Mais il joue du piano, aussi ! (Oui, oui, tu peux être jaloux ;-))

Restons amis, Pierre-Marie. Je ferai mon possible pour cela.

Je t'embrasse bien fort.

Adeline

P.-S. : Ne te moque pas de moi quand j'emploie des expressions comme « tomber amoureuse ». S'il te plaît.

~

Le 5 février 2019

De : Guylaine Bellecombes
À : Adeline Wyatt

Chère Adeline,

D'abord je vous présente toutes mes excuses pour cette réponse tardive. J'ai lu hier seulement votre mail. J'étais en Bretagne ce week-end avec ma famille et je n'ai pas consulté ma messagerie professionnelle.

Heureuse de savoir que votre installation à Toronto se passe bien. Moins heureuse de voir que vous êtes à nouveau dans le doute concernant *Prière pour ceux qui restent*.

Avant tout je veux vous dire ceci : techniquement on ne revient pas sur un contrat librement signé par les deux parties, mais à Candis, nous ne raisonnons pas de façon aussi mécanique, et je suis certaine que nous allons trouver ensemble la meilleure solution possible.

M. Sotto a donc repris contact avec vous. Le moment est en effet fort mal choisi ! Cela laisse l'impression que cet homme possède une sorte de génie pour mettre les gens dans l'embarras et vous en particulier. Une première fois en vous « plantant », je me permets de reprendre cette expression puisque c'est vous-même qui l'avez utilisée à propos de votre rupture. Une deuxième fois aujourd'hui en refaisant surface juste au moment où vous n'avez vraiment pas besoin de lui. Pouvons-nous considérer ensemble qu'il a fait assez de dégâts dans votre vie ? Qu'il vous a assez tourmentée ? Il a repris contact, soit, mais dites-moi : qu'est-ce qui vous oblige à lui répondre ?

Vous avez mis six mille kilomètres et un océan entre vous deux. Vous êtes à l'abri de ce que M. Sotto pourrait entreprendre après avoir pris connaissance de votre livre et de son contenu. De la même façon, vous êtes hors d'atteinte des sollicitations qui ne manqueront pas dès la parution à l'automne prochain.

D'un point de vue juridique, je peux vous assurer que nous sommes parfaitement sereins. L'atteinte à la vie privée n'a aucune chance d'être invoquée. Nous avons travaillé des mois ensemble, vous et moi, sur ces cent trente-six mails échangés entre vous et M. Sotto du 24 février 2013 au 24 octobre de la même année. Nous avons changé les noms de <u>tous</u> les protagonistes, nous avons réinventé <u>tous</u> leurs lieux d'habitation, nous avons traqué ensemble <u>tous</u> les éléments qui permettraient aux lecteurs d'identifier M. Sotto et les siens. Véra s'appelle Louise et elle n'est plus italienne, mais galloise ! M. Sotto reste corpulent, mais il s'appelle Chapuisat, il n'a jamais eu le prix Goncourt et il n'écrit que des romans policiers. Nous avons reconstitué ensemble et d'après ce que M. Sotto vous a rapporté par la suite tous les mails envoyés et reçus par les personnages secondaires, comme par exemple les deux amis de M. Sotto dont j'ai d'ailleurs oublié les noms véritables, Max et Rosy, c'est ça ?

Reste le texte proprement dit, oui, effectivement, mais la seule personne qui peut se reconnaître (et pour cause !), c'est M. Sotto lui-même, et je doute fort qu'il le claironne partout dans la mesure où il est loin d'être toujours à son avantage dans cette affaire. Un homme que sa femme, tout en le trompant avec un autre, allège en douce de soixante-trois mille euros, n'a sans doute pas envie de crier sur tous les toits : c'est moi, c'est moi !

Vous pouvez dormir sur vos deux oreilles.

Dès le mois de mai, comme prévu, nos commerciaux commenceront à travailler sur votre livre et les libraires recevront les épreuves non corrigées. Le partenariat avec la presse magazine s'échelonnera tout au long de l'été, jusqu'au lancement officiel mi-septembre. Je voulais aussi vous rappeler que l'à-valoir que nous vous avons accordé est à un niveau rarement atteint à Candis, alors qu'il s'agit de notre toute première collaboration. Voyez-y la marque de notre grande confiance.

Je suis certaine que vous allez surmonter ce passage difficile, vous projeter en avant et vous remettre à penser avec enthousiasme à votre nouvelle vie américaine. Sans états d'âme. Vous l'avez bien mérité.

Avec toute mon amitié.

Guylaine Bellecombes
Candis Éditions

Le 6 février 2019

De : Pierre-Marie
À : Adeline

Adeline,

Oh comme je n'aime pas t'entendre dire que la réalité est « moche et glaciale » ! Je t'ai connue moins négative. Et c'est quoi, cette idée de rentrer en France alors que tu viens à peine de poser tes valises à Toronto ? Ça m'interroge, comme on dit. J'espère en tout cas que ton seul réconfort là-bas ne repose pas sur les graciles épaules de cette petite fille (il me semble que tu en reviens toujours à elle). Est-ce que tu cherches à travailler ? Bon je ne veux pas t'obliger à m'en dire plus que tu ne le voudrais. C'est ta vie, après tout, et je n'ai pas à y mettre mon vilain nez. C'est juste que je n'aime pas que tu sois triste. Si je peux faire quelque chose pour toi, en plus de rester ton ami (ça oui, bien sûr !), dis-moi et je le ferai.

Je viens de jeter un œil sur la météo dans ton coin : pas un rayon de soleil dans les six jours qui viennent, de la pluie et des températures entre 0 et - 8°. C'est peut-être juste ça qui te met le moral dans les chaussettes, tu ne crois pas ? Ici, pardon, c'est plein soleil.

À propos de ta magie, rassure-toi, c'est comme la bicyclette, ça ne se perd jamais.

Bon, tu as deviné : j'ai un projet et c'est pour ça que je suis allé voir ce bon Oliver Vandeweert à Paris. On s'est tapé la cloche dans un restau étoilé et il m'a fait une proposition avec un à-valoir plutôt généreux ! Seulement tu connais ma philosophie sur ce point : je déteste me mettre sous pression. J'ai donc poliment refusé.

Mon idée, tu vas être très étonnée, c'est un roman de jonglerie. Oui, un roman de légèreté, par moi et mon gros quintal (106 kg ce matin sur la balance de la salle de bains !). Quelque chose de court et de très écrit. Je ne t'en dis pas plus. Je n'ai rien rédigé encore, j'en suis juste à creuser les fondations, mais la machine est en route, je le sens aux picotements dans mon estomac. J'espère que ça ne va pas faire flop, que les balles ne vont pas tomber par terre les unes après les autres. Pour l'instant je me contente de marcher beaucoup sur les chemins, dans la chouette campagne autour de chez moi, ou de pédaler sur les petites routes, et de faire tourner les idées dans ma tête, comme des balles. J'aimerais tellement y arriver.

À bientôt, chère exilée.

Pierre-Marie

P.-S. : Je suis passé hier près d'un Nissan Qashqai et je n'ai pas pu m'empêcher de regarder dedans et surtout derrière. C'est drôlement exigu, dis donc.

Dans les dix jours qui suivirent, Sotto arpenta de plus belle les environs de chez lui, mais au retour de ses promenades, il aurait été bien incapable de décrire ce qu'il avait vu.

En réalité, il était enfin, et pour la première fois depuis des années, engagé dans une promenade mentale autrement excitante, et dont le décor importait peu. Il aurait tout aussi bien pu marcher sur les trottoirs de Clermont-Ferrand ou sur une plage du Nord, le résultat aurait été le même. Davantage que les paysages traversés, c'était l'acte de marcher et surtout celui de réfléchir en marchant qui l'exaltait. Des images montaient, des situations, une forme.

Oui, ce serait un roman bref, dépouillé, linéaire. Peu de personnages. Pas de retour en arrière dans le temps. Pas de complexité narrative. Mais une histoire intense, oh oui ! Et comment ! Une histoire avec de la chair et des sentiments ! Pas cérébrale pour un sou, oh non ! *La Strada* de Fellini ! Voilà ! Il allait écrire *La Strada* de Federico Fellini, mais ce serait une tout autre histoire. Et pourtant la même ! Ce serait court et bouleversant. Il en sentait déjà le caractère singulier alors qu'il n'en connaissait encore presque rien. Il faudrait que ce soit drôle aussi parfois, oui ! Parce qu'un roman qui n'est jamais drôle n'est pas un bon roman. Il voyait tourner des balles, ou des cailloux, dans des mains sales. Il entendait des gens qui s'appelaient de loin. Il voyait des courses.

Il rentrait à la nuit, affamé, écrivait quinze lignes, les trouvait mauvaises, mais ne s'en inquiétait pas. Cela viendrait. L'essentiel était cette promesse dans son ventre, et la certitude qu'il tenait quelque chose. Et qu'une fois lancé, ça irait vite et même très vite.

Il vit peu de monde, sans que cela le chagrine. Laura le relança sur son projet de « faire quelque chose » pour Léo, et il réussit à lui avouer qu'il n'avait pas d'idée et surtout qu'il n'en avait pas très envie. Ils convinrent de repousser le projet l'année suivante, ce qui ferait alors tout juste cinq ans. Un compte plus rond. Il eut, un soir, une longue conversation au téléphone avec Max qui s'accrochait de plus en plus avec Josy. Il l'invita à faire un saut dans la Drôme et Max promit de venir bientôt. Il déjeuna un dimanche chez

Ève et manqua d'éclater de rire quand Benoit se tourna vers lui, inspira légèrement et mit en place sa fameuse petite préparation, bouche entrouverte, front plissé, comme pour demander : « Et euh… vous écrivez, en ce moment, Pierre-Marie ? » avant de se taire et de se détourner, laissant tout le monde sur sa faim. Sotto croisa le regard de Zoé qui maîtrisait à grand-peine sa jubilation : « Ah tu as vu, papy ? Tu as vu, là ! Il l'a fait ! Je te l'avais bien dit ! »

Pendant tous ces jours, il ne reçut aucune nouvelle d'Adeline. Il trouva ce silence bizarre, mais se garda bien de le briser. Deux mots, cependant, lui revenaient sans cesse, ceux qu'elle avait utilisés dans son dernier mail pour décrire sa réalité : *moche et glaciale*. Et c'était comme si son esprit, stimilé par son projet d'écriture, avait soudainement accès à une certitude : sa petite exilée allait très mal.

~

Le 8 février 2019

De : Adeline Wyatt
À : Guylaine Bellecombes

Chère Guylaine,

Merci d'avoir pris le temps de répondre en détail à mon mail angoissé du week-end dernier. Je vous réponds moi-même avec retard : je suis clouée au lit avec une fièvre de cheval. Un instant de lucidité me permet quand même de vous faire signe.

J'ai conscience de la grande chance qui est la mienne d'être éditée chez vous, et je n'ai aucun doute sur la rigueur de votre approche juridique.

Je crois que vous l'aurez compris, c'est le conflit de loyauté qui me rend malade (au sens propre manifestement) et qui m'empêche de savourer pleinement la perspective de la parution. Mais ne vous inquiétez pas, je vais surmonter cet obstacle, « à l'américaine » comme vous me le suggérez. En attendant, je fais la morte auprès de M. Sotto. Vous avez raison, il a du génie pour me mettre dans l'embarras !

Merci pour vos conseils avisés.

Avec mes amicales pensées.

Adeline

Le plus difficile à supporter, c'était la luminosité et les courbatures. Adeline referma le clapet de l'ordinateur, puis goba un cachet de Tylenol *extra strength* qu'elle fit descendre avec le verre d'eau que Ben avait déposé sur la table de nuit avant de partir. Demeurer en position assise était trop douloureux ; elle se laissa retomber de tout son poids sur l'oreiller et ferma les yeux.

Derrière les rideaux de la chambre, il faisait grand jour et on entendait le raclement des pelles sur les trottoirs. Depuis la tempête, les habitants du quartier n'en finissaient pas de déblayer les congères. Sur les réseaux sociaux, la polémique enflait : que faisaient donc les services techniques ? Comment la capitale de l'Ontario, si moderne, si *hi-tech*, pouvait-elle se laisser désorganiser par un épisode hivernal somme toute banal pour la région ? Adeline s'en fichait. Le monde pouvait s'écrouler, elle divaguait dans un espace-temps parallèle.

En 1980, à Noël – elle avait alors 10 ans –, elle avait contracté une grippe qui lui avait donné une fièvre comparable. La boîte de Monopoly qu'elle convoitait si ardemment était restée dans son emballage, mais pendant plusieurs jours, en proie à de terribles hallucinations, la petite Adeline avait compté et recompté les billets de 100, 500 ou 1 000 francs qui tombaient sans fin derrière ses paupières closes, pareils à des flocons. Quarante ans plus tard, ce n'était plus les billets du Monopoly qui l'obsédaient dans sa fièvre, c'étaient les termes de son contrat d'édition. « L'Auteur garantit que son manuscrit ne contient rien qui puisse tomber sous le coup des lois relatives au respect de la vie privée, à la contrefaçon... », « tout litige entre les parties relatif au présent contrat sera de la compétence des tribunaux », « à titre d'avance, il est versé à l'Auteur une somme brute de 30 000 euros ».

30 000 euros. 40 de fièvre. Palpitations. Vertiges, suées, nausées.

Adeline n'avait jamais prononcé le nom de Pierre-Marie devant Ben. Cette histoire d'amour avortée appartenait à son passé, à son jardin secret, à ce sanctuaire intime où gisaient ses deuils, ses chagrins, ses regrets. Aussi, quand elle lui avait annoncé qu'elle « écrivait quelque chose », puis que ce « quelque chose » allait être édité, elle s'était bien gardée de lui expliquer qu'il s'agissait de véritables courriers échangés avec une véritable personne – qui plus est un ancien prix Goncourt ! *Prière pour ceux qui restent* devait passer aux yeux de Ben (et aux yeux du public) pour une simple fiction. Mais comment appelle-t-on, en vérité, un livre dont on a copié-collé la moitié du texte ? Comme chaque fois que les remords la taraudaient, une phrase de Guylaine lui revenait. « Vous ne serez pas la première à transformer la blessure amoureuse en succès de librairie, vous savez ! »

Début novembre, quand le virement de 30 000 euros était apparu sur son compte en banque, Adeline avait cessé de se torturer. Pour elle qui vivotait de plus en plus difficilement sur le reliquat de son héritage, la somme représentait une sacrée bouffée d'oxygène. Elle l'avait donc encaissée, mais sans en parler à personne, comme on encaisse le fruit d'un larcin. Hélas, le soulagement avait été de courte durée, car trois semaines plus tard, Pierre-Marie surgissait du néant. Et avec lui, la culpabilité. *Usurpatrice ! Traîtresse ! Voleuse !* Voilà les mots qui tournaient à présent en boucle dans son esprit.

Si elle ne rendait pas la somme (déjà en partie dépensée), pouvait-elle rester en contact avec Pierre-Marie alors qu'elle se préparait à lui planter un couteau dans le dos ? Pouvait-elle à la fois conserver l'argent, renoncer à la parution du livre et garder l'estime de Pierre-Marie ? Impossible équation.

Mieux valait faire la morte.

Oublier.

Dormir.

Le 20 février 2019

Aussi blanche que la faïence de la salle de bains, Adeline tenait son mètre soixante-dix-sept devant le miroir. À quelque chose malheur est bon : en l'espace de dix jours à n'avaler que des bouillons, elle avait maigri. Du ventre et des fesses, surtout. Elle leva les bras et constata que les courbatures avaient disparu, contrairement hélas à ces plaques rouges qui la démangeaient sous les aisselles. Qu'était-ce donc encore que ce prurit ? Lorsqu'il l'avait auscultée, le médecin lui avait dit que c'était lié au stress.

— L'expatriation, sans doute, avait-il souri.

Sans doute. Mais pas seulement. Car les sources de stress, Adeline les cumulait ! Sa convalescence lui avait permis d'en dresser la liste, et par un effet qu'elle ne s'expliquait pas, elle sortait de sa fièvre avec une lucidité accrue. Certes, la parution prochaine de *Prière pour ceux qui restent* la tracassait, mais tout en haut de la pyramide du stress, il y avait autre chose. Il y avait Ben.

Le 22 février 2019

De : Adeline
À : Pierre-Marie

Cher Pierre-Marie,

Pardon pour ce long silence. J'ai été malade. Un virus sans nom. Une fièvre. J'ai cru que ça n'aurait pas de fin.

Depuis deux jours, ouf, je vais mieux. Enfin, mon corps va mieux. La fièvre m'a quittée, je retrouve quelques forces, et pourtant je le sais : je ne suis pas guérie.

Tu t'es toujours montré sceptique quand je développais devant toi mes théories sur la « maladie », mot que je décortiquais en « mal à dit ». Tu trouvais ce raccourci simpliste, une explication à la mode, bonne pour les manuels de développement personnel et les magazines féminins. J'avais beau te rappeler ton expérience d'enfant avec la guérisseuse des montagnes qui t'avait *enlevé le feu*, tu me rétorquais qu'un virus n'avait rien d'ésotérique, et que ça se soignait avec du repos et des cachets. Oui, bien sûr. C'est d'ailleurs ce que je viens de faire. Néanmoins, je ne suis pas guérie. Pourquoi ? Parce que j'ai du *mal à dire* ce qui me ronge et m'obsède. Et si je me tais encore, à coup sûr je vais retomber malade. Ou faire de l'eczéma, ou avoir une rage de dents (une « rage dedans »), ou me casser les deux pieds (je t'épargne l'explication), voire tout ça en même temps, ce qui serait assez pénible, tu en conviendras.

Depuis des mois, une petite voix murmure l'évidence dans ma tête et je m'évertue à la faire taire. Cette évidence tient en peu de mots, tu vas voir. Car c'est à toi que je vais me confier, Pierre-Marie, comme autrefois, quand nous nous écrivions librement, avant notre rencontre à Nantes et que je n'avais peur de rien, cachée derrière mon écran. Prêt ?

(inspiration)

Ben me fait du mal. Vivre avec lui est une gigantesque erreur. Ben est un homme dangereux.

(silence)

(tremblements)

Je suis désolée de te faire porter un peu de mon fardeau, mais je n'ai personne d'autre vers qui me tourner. Au fil du temps, je me suis coupée des quelques relations amicales que j'avais nouées à Espère et ma famille étant désormais réduite à mon frangin, je ne te fais pas de dessin. Tu en sais assez sur Cédric pour comprendre que ce n'est pas à lui que je vais parler de mes soucis.

Je t'ai écrit que tu étais revenu dans ma vie *au pire moment* parce que ton mail du 27 novembre a bousculé le bel ordonnancement du mensonge dans lequel je me complais. J'aurais dû saisir ma chance, comprendre que tu refaisais peut-être surface juste à temps ! Or la machine était lancée et je n'ai pas eu le courage d'actionner le frein. Depuis ma rencontre avec Ben, je fais n'importe quoi : vie commune, mariage précipité, et maintenant – clou supplémentaire sur le couvercle du cercueil – cette expatriation au Canada.

T'écrire tout cela me coûte énormément. Je n'aurai pas la force d'entrer dans les détails aujourd'hui, mais quand même une précision importante : Ben ne m'a jamais frappée, ça, j'ai déjà donné avec mon tout premier mari, comme tu le sais, et s'il avait été du même acabit, je l'aurais senti. Là, c'est différent. Quand je dis qu'il me fait du mal, je parle d'un mal plus insidieux, plus invisible. À son contact, c'est comme si je me dissolvais. Je n'ai plus de volonté, plus de résistance, plus d'autonomie. Cet homme agit comme un acide. Il sape peu à peu mes fondations.

C'est en voyant sa famille que j'ai compris. Ben est exactement comme sa mère, Sue. Une magnifique plante vénéneuse. Et après quarante ans de mariage, Sydney, le père de Ben, n'est plus qu'une enveloppe vide. L'autre matin, par exemple, ils se sont invités chez nous, sans prévenir. Il était tôt, j'étais encore en pyjama. Sue n'avait manifestement aucun scrupule à violer notre intimité, mais j'ai senti la gêne de Sydney. Tandis que sa femme arpentait le salon à grands pas en parlant très fort de je ne sais quoi, lui se tenait immobile dans un angle, les épaules rentrées, comme s'il essayait de disparaître dans la cloison. J'ai échangé un regard furtif avec lui. Dans ses yeux, il y avait une détresse désolée qui m'a serré le cœur.

En 2013, comprenant que Véra et Vincent avaient longuement préparé leur fuite à notre insu, tu m'avais écrit deux phrases épouvantables et justes : « Nous ne sommes pas les héros de notre propre histoire. Nous n'en sommes que les seconds rôles. »

J'ai honte de répéter mes erreurs, Pierre-Marie, mais la vérité, c'est qu'en épousant Ben et en le suivant ici dans l'espoir de continuer à m'occuper d'Éliette, je me suis encore trompée d'histoire.

À présent que je t'ai dit tout cela, je ne sais pas ce que j'espère. Être entendue me suffira. Dis-moi que tu as lu mon mail, et je me débrouillerai avec mes problèmes.

Je t'embrasse.

Adeline

Il était dix heures du matin. Adeline s'était enfermée dans les toilettes pour écrire le message à l'abri des regards, alors qu'il n'y avait personne d'autre qu'elle dans la maison. Depuis qu'il travaillait dans sa start-up d'audiovisuel, Ben était absent toute la journée, mais à force, elle devenait paranoïaque.

Elle vérifia que l'ordinateur était bien éteint avant de tirer la chasse et de sortir de son réduit. Ce qu'elle redoutait, c'était les apparitions de sa belle-mère. Pendant sa fièvre, Sue était passée plusieurs fois à l'improviste. Pour arroser le philodendron du salon, pour déposer un des petits plats préférés de son fils ou des papiers importants.

Si Adeline émettait le début d'une critique (euh… tu ne crois pas qu'elle pourrait sonner au lieu d'avoir nos clés ?), Ben tranchait : sa mère était *adorable* de leur rendre service. *Heureusement* qu'elle était là pour veiller sur tout, vu qu'Adeline en était *incapable*. Puis il souriait, serrait Adeline dans ses bras et disait : « Allons, repose-toi, tu vois bien que tu es *fragile*. »

Habitée par ce mot étrange, Adeline retourna dans la salle de bains et observa de nouveau son reflet dans le miroir. Ben se trompait : aucune fragilité n'émanait de ce grand corps charpenté. La lassitude, en revanche, se lisait sur son visage et – plus grave – une sombre résignation lui durcissait le regard.

Alors oui, elle venait d'avouer l'inavouable à Pierre-Marie. C'était un premier pas. Mais vers quoi ? Comment s'échappe-t-on d'un enclos qu'on a soi-même efficacement bâti ?

~

La Bégude-de-Mazenc
Le 23 février 2019

Sotto découvrit au matin le mail arrivé de Toronto en milieu de soirée. Il le relut trois fois, avec beaucoup d'attention, dans le silence de cette maison qui n'était habitée que par lui. Son ordinateur portable était posé sur la table de la cuisine. Les seuls menus bruits étaient le tintement de sa cuillère sur le bol, le doux frottement des dents du couteau sur le bloc de pain. *Ben est un homme dangereux. Cet homme agit comme un acide.* Les mots employés par Adeline l'avaient expulsé en quelques secondes du processus en marche pour l'écriture de son nouveau roman. Il en était comme dégrisé. Surtout ces cinq-là, terribles par leur simplicité et dont il s'aperçut qu'ils venaient de lui tirer les larmes : *Ben me fait du mal.*

Il se sentit revenu une trentaine d'années en arrière, quand une alerte survenait concernant un de ses enfants malheureux, ou en danger, ou malmené d'une façon ou d'une autre. Cette inquiétude qui le prenait aux tripes et le laissait sans repos aussi longtemps qu'il n'avait pas trouvé un moyen d'agir pour les aider. Adeline était une adulte, certes, et il n'avait pas de responsabilité vis-à-vis d'elle, mais il ne pouvait pas oublier combien elle était prompte à douter et, pire, à désespérer d'elle-même. Il se rappela comment elle s'était présentée à lui dans un de ses tout premiers mails : *Grande. Grosse. Brune.* Quand il avait reçu sa photo, des mois plus tard, il avait été sidéré par l'écart entre la réalité et l'image qu'elle avait d'elle-même.

Il lui avait sans aucun doute redonné confiance pendant les quelques mois de leur aventure, mais il avait tout gâché en la quittant. Il s'accorda un minuscule crédit : il n'avait pas agi *comme un acide*, il n'avait pas été *dangereux*, et surtout jamais au grand jamais il n'avait voulu lui faire du mal. Alors que ce type-là, apparemment, si. Qu'il n'ait (encore) jamais frappé Adeline ne le rassurait pas plus que ça. On peut détruire une personne sans la toucher.

Ce qui lui fendait aussi le cœur, c'était cette prise de conscience soudaine qu'elle devait être terriblement isolée à Toronto. Les allusions à sa belle-mère et à la famille laissaient craindre le pire. Et le fait qu'elle se tourne vers lui pour exprimer sa souffrance en disait long sur sa grande solitude.

Et puis elle ne maîtrisait pas la langue. Comment se défendre quand tout le monde parle mieux que vous, même les enfants ? On se sent stupide, désarmé, dominé. Il avait lui-même durement éprouvé cet état à Boston.

Il tourna comme un ours en cage une partie de la matinée et finit par sauter dans sa voiture. Une heure plus tard, il se trouvait sur le parking d'un supermarché, le coffre rempli de ses courses, et le moteur ne démarra pas. Il appela Benoit, le compagnon d'Ève, qui s'y connaissait en tout, et donc sans doute aussi en mécanique automobile.

— Benoit, c'est Pierre-Marie, pardon de te déranger. Je suis sur le parking de Leclerc à Montélimar et ma voiture ne démarre pas.

— La 2008 ? La neuve ?

— Oui.

— C'est la batterie ?

— Non, la batterie est chargée. Elle entraîne bien le moteur, mais ça ne démarre pas.

— Ah. Vous avez du carburant dans le réservoir ? Pardon de poser cette question bête, mais...

— Oui, j'ai fait le plein ce matin à La Bégude.

— Vous avez fait le plein ce matin ? Vous avez bien mis du super, et pas du gasoil comme dans votre ancienne voiture ?

Le bref « tut tut » de son portable, dont la batterie venait de rendre l'âme, empêcha Sotto de répondre et la suite ressembla à un interminable gag.

Il ne rentra chez lui, grâce à un véhicule d'emprunt, qu'à 19 h 30, affamé et tellement soûlé de contrariétés qu'elles avaient fini par lui devenir indifférentes. Ses morilles, qui avaient décongelé dans leur sac, ne pouvaient plus attendre, il les fit revenir à la poêle avec un peu d'ail pressé, cassa deux œufs dessus et les accompagna d'un verre de bordeaux.

À 22 heures il s'assit à son bureau, lança en sourdine un concerto pour violoncelle de Haydn et ouvrit son ordinateur.

Le 23 février 2019

De : Pierre-Marie
À : Adeline

Adeline,

J'ai reçu ton mail ce matin. Il m'a tellement brassé que j'ai mis 50 litres de gasoil dans le réservoir de ma nouvelle voiture (qui fonctionne à l'essence, tu l'as deviné). Je pourrais essayer de te faire rire en te racontant la journée de m... que j'ai passée suite à cet exploit, mais je ne pense pas que tu sois prête à entendre ça.

D'abord je veux te remercier de m'avoir dit la vérité. Je ne suis pas sûr que je le mérite, mais je vais faire de mon mieux pour en être digne. Merci. Je suis très ému de te... retrouver.

Tu es dans la tourmente, et moi qui suis à distance, j'ai peut-être une minuscule chance d'y voir plus clair.

Il me manque juste des éléments pour comprendre. Si je te lis bien, tu as suivi Ben au Canada dans l'espoir de « continuer à t'occuper d'Éliette ». Mais où est la mère de cette petite ? Est-ce que tu peux communiquer avec elle ?

Dans la journée, j'ai repensé à Gloria (la fille de Véra, celle qui m'appelle son second papa). Elle a 30 ans maintenant, elle est danseuse et elle va bien, mais elle a partagé quelque temps sa vie avec un homme comme ça. Un de ces types (mais il y a des femmes aussi) qui te démolissent en douceur. Je l'ai su trop tard, elle le cachait soigneusement. Elle se le cachait à elle-même surtout.

J'en ai parlé librement avec elle, quand tout a été fini, et elle m'a dit qu'il l'avait menée à deux doigts du pire, qu'espérer raisonner ces personnes était une faute majeure, et surtout que la seule, l'unique, l'urgente, la brûlante solution pour sauver sa peau tenait en un mot : partir. Et très vite. Ne pas chercher à parler, ni à argumenter, ni à se justifier. Juste revendiquer ce droit inattaquable : je suis libre et je pars.

Sauf que ce n'est pas si simple, et que dans ton cas c'est peut-être même terriblement difficile. Pardonne-moi, je vais droit au but : est-ce que tu dépends de lui financièrement ? Est-ce que tu es attachée à cette petite Éliette aussi fort que si elle était ta fille à toi ? Est-ce qu'en partant tu aurais l'insupportable sentiment de l'abandonner, de la mettre en danger ?

Adeline, écoute-moi, quelles que soient les réponses à ces questions, n'oublie pas que la personne que tu dois maintenir en vie, protéger, dont tu as la responsabilité, la charge et que tu dois considérer comme sacrée (je n'hésite pas, moi le mécréant à utiliser ce mot), c'est toi-même.

J'ignore trop de ta vie au quotidien là-bas au Canada et de la psychologie des gens qui t'entourent pour te conseiller quoi que ce soit d'ordre plus pratique. Je serais à côté de la plaque. Je voulais seulement te dire que tu dois cesser de te flageller inutilement pour les erreurs commises, tu dois te respecter, reprendre confiance. Tu dois affirmer ce que tu es : une personne exceptionnelle. Et rappelle-toi, quand ça n'ira pas du tout, qu'il te reste notre refuge secret, que je ne suis pas loin, que tu n'es pas seule.

Je t'embrasse fort.

Pierre-Marie

Sotto se relut, releva des clichés, des maladresses, trouva que sa réponse était un peu courte en regard de la détresse exprimée par Adeline, mais il estima qu'il y avait urgence, qu'elle serait heureuse d'avoir rapidement un signe de lui, et qu'ils auraient tout le temps d'échanger les jours suivants.

Une fois au lit, il ne trouva pas le sommeil. Partir, avait dit Gloria. Mettre de l'espace entre soi et la personne qui vous tue. Certes. Mais elle avait aussi évoqué une solution qui avait beaucoup facilité ce départ, et qui avait même convaincu son petit tyran domestique de faire moins de difficultés. Mais il n'était pas question de la suggérer à Adeline. C'était encore prématuré. Et même davantage que prématuré : complètement fou.

~

Le 24 février 2019

De : Adeline
À : Pierre-Marie

Merci de m'avoir prise au sérieux, Pierre-Marie.

J'ai lu tes mots et entendu tes précieux conseils. Je les prends à mon tour au sérieux, je t'assure. Mais peut-être ai-je un peu dramatisé. Même si Ben est un homme complexe et vénéneux, je n'en suis heureusement pas à devoir sauver ma peau, rassure-toi.

Je ne peux pas t'écrire long aujourd'hui. Le dimanche, c'est compliqué, il est là. Mais demain, c'est lundi, Ben sera toute la journée à Fly Events CoopLab et s'il n'y a pas coupure de courant (avis de tempête pour ce soir, encore), je t'écrirai.

Je t'embrasse.

Adeline

P.-S. : 50 litres de gasoil, quand même, tu m'as fait sourire. Et je note que tu as fini par bazarder ta vieille Peugeot ? Alléluia ! Tous les espoirs sont donc permis en ce bas monde !

Un : Essayer d'être amusante, de retrouver (un peu) sa légèreté.

Deux : Se détendre.

Voilà les promesses qu'Adeline s'était faites après avoir pris en pleine poire la noirceur de son propre regard, l'autre jour, dans le miroir de la salle de bains. Sans quoi, elle allait finir plus racornie qu'un raisin sec, avec des rides d'amertume autour de la bouche, et ça, il n'en était pas question.

Autrefois, lorsqu'elle vivait encore chez sa mère dans la Sarthe, elle faisait partie d'une chorale. Elle y chantait un peu de tout, du Michel Delpech ou du Cole Porter, en passant par les chants liturgiques (après quelques verres de schnaps, elle pouvait même se lancer dans le *Requiem* de Mozart, toute seule et en mimant Daniel Barenboim), et les vibrations du chant lui procuraient un extraordinaire bien-être. Et puis, elle dansait, aussi ! Alors pourquoi ne chantait-elle plus ? Pourquoi ne dansait-elle plus ? C'était comme si, durant ces dernières années, trop occupée à désaimer Pierre-Marie, puis trop occupée par Ben et Éliette, elle s'était peu à peu perdue de vue. Et si ce n'était pas Ben qui répandait l'acide dans lequel elle se dissolvait ? Si c'était elle-même qui le produisait ? Dans ce cas, elle pouvait agir ! Il suffirait peut-être de revenir à l'essentiel, de rassembler ce qui restait de l'ancienne Adeline ? Allez, un peu de courage, se motiva-t-elle.

Elle quitta la chambre où elle s'était cachée le temps de répondre à son correspondant secret, et elle descendit rejoindre son mari dans le salon, décidée à le surprendre, à faire un pas hors du cercle vicieux dans lequel leur relation tournait en boucle.

Ben était sur le canapé, penché vers l'écran de son ordinateur. Il leva un œil distrait en attendant arriver Adeline, lui demanda si elle se sentait mieux, et comme elle répondait que oui, il se replongea dans la lecture de ses dossiers.

Bravement, Adeline s'approcha du piano. De quoi avait-elle peur ? Un piano (même offert par Sue Wyatt) ne mord personne, en vérité. Elle tourna autour, caressant du bout des doigts le couvercle, le pupitre, le clavier.

— Tu n'as pas joué ce week-end, fit-elle remarquer à Ben.

Il ne répondit pas.

Des partitions étaient posées sur le tabouret. Adeline les feuilleta. Dans un des livrets, elle tomba sur *Oh Happy Day !*, ce gospel qu'elle entonnait autrefois à tue-tête avec son chœur.

— Et si on chantait ? lança-t-elle.

Ben haussa un sourcil.

— Je suis alto, tu sais ! précisa-t-elle.

Peut-être y avait-il eu un brin de vanité dans sa façon de prononcer ce mot ? Ou l'ombre d'une revendication ? Quelque chose, en tout cas, mit Ben en alerte.

— Tu es *quoi* ? réagit-il.

Oh cette façon d'appuyer sur le mot « quoi » ! Et ce rictus ! Et ce regard par en dessous qui traduisait l'immensité de son mépris ! Frappée par des flèches invisibles, Adeline vacilla.

— Alto… répéta-t-elle quand même.

Et l'éclat de rire de Ben lui ôta tout désir de chanter.

Le 25 février 2019

De : Adeline
À : Pierre-Marie

Au début, il était vraiment gentil. Adorable, même. Les premiers matins où nous nous sommes réveillés côte à côte, il semblait émerveillé. Il me préparait des *continental breakfast* à poil sous un grand tablier de cuisine, il m'apportait le plateau au lit, puis il ouvrait les fenêtres en grand pour exhiber son torse musclé devant la voisine (cette jalouse) qui nous épiait derrière ses rideaux. Oui, au début, avec Ben tout était simple et drôle. Même notre différence d'âge n'était pas un problème. Au marché le samedi matin, au petit bistrot de la place, au cinéma à Cahors, partout il me tenait par la taille, sans vergogne, et il semblait dire : « Regardez comme cette femme est belle et formidable ! Regardez comme nous sommes beaux et heureux, elle et moi ! » Sa présence solaire éloignait mes ombres, muselait mes démons ricanants. Bref, j'étais en train de retomber amoureuse et c'était magique.

Un vendredi, peu de temps après notre rencontre, il m'a proposé de l'accompagner pour aller chercher Éliette à la sortie de l'école maternelle. J'ai été bouleversée par ce signe de confiance qu'il m'accordait. À partir de ce jour, je suis entrée dans la vie de Ben pour de bon, et surtout, Éliette est entrée dans la mienne.

Sa mère s'appelle Kelly. Elle est canadienne, comme Ben, mais ils se sont rencontrés sur le campus d'une fac parisienne pendant leurs études. L'histoire est simple : deux jeunes expatriés qui s'amusent, qui ne font pas attention, et à 25 ou 26 ans, paf, Kelly tombe enceinte alors qu'elle vient de décrocher son doctorat. Elle décide de garder l'enfant, Ben d'assumer son rôle, et le couple quitte Paris pour ce coin de France où il y a des grottes, des gouffres, des sites archéologiques et un poste intéressant au Conseil régional pour la jeune diplômée en paléontologie.

Éliette est donc née à Cahors fin 2011. Selon Ben, c'est à partir de là que les choses se sont détraquées. Fatigue, disputes, finalement Kelly l'a trompé et c'est elle qui a voulu la séparation. Ben en a été profondément meurtri. Mais ils n'étaient pas mariés et à l'époque il n'avait aucun revenu stable, alors il a renoncé à se battre. Kelly a gardé le logement de fonction et la gamine ; Ben s'est installé dans un meublé de 25 m^2, pas loin de l'école. Quand je l'ai rencontré, il en était là. Il peinait à convaincre des investisseurs pour son projet de drones, il gagnait trois sous en faisant des extras dans un restaurant et il était malheureux de ne voir sa fille qu'une fois par semaine. J'ai eu envie de l'aider.

C'est moi qui ai insisté pour qu'il vienne s'installer à Espère. C'est moi qui l'ai poussé à renégocier l'organisation des gardes. Et pour mettre Kelly en confiance, je lui ai proposé qu'on se rencontre. Je suis tombée sur une jeune femme plutôt agréable et saine, mais un peu débordée. Elle a vu en moi une possibilité de soutien (pour une fois, mon âge a joué en ma faveur), et assez vite, nous nous sommes entendues. Si bien qu'à la rentrée suivante, nous avions la petite une semaine sur deux, avec nous, à la maison.

Les mois qui ont suivi ont été particulièrement joyeux. Ben a installé son matériel informatique dans le garage, il a lancé son site Internet, et enfin, il a commencé à décrocher ses premiers contrats. Tandis que moi, à 45 ans, je devenais maman à mi-temps : allers-retours entre la maison et l'école deux fois par jour, visites chez le médecin, la gym le mercredi, les promenades en forêt, la piscine, les visites de fermes pédagogiques, la surveillance assidue sur les aires de jeux, les goûters, je me chargeais de tout. Et avec quel bonheur ! Au point que les semaines où Éliette n'était pas avec nous, je me sentais désœuvrée, vide, nerveuse comme une accro en manque de sa came.

Difficile de dater les premiers changements d'humeur de Ben. Peu à peu, des tensions sont apparues entre nous, il y a eu des reproches, des engueulades, mais bon (me disais-je) tous les couples connaissent des hauts et des bas. Ben avait de plus en plus de travail, il était fatigué et tout rentrerait dans l'ordre (croyais-je) dès qu'il prendrait du repos. Mais il n'en prenait pas. Et le pire, c'est qu'il devenait tout aussi impatient et irritable avec Éliette qu'avec moi.

Dès que sa fille passait la porte de la maison, les remarques pleuvaient : elle faisait trop de bruit, elle était capricieuse, elle était gâtée par sa mère (et par moi), elle était maladroite, elle n'apprenait pas son alphabet, elle pleurnichait pour un rien, etc. C'était tellement injuste ! Alors je prenais la défense d'Éliette, bien sûr. Et bien sûr, Ben m'envoyait balader, m'accusant de monter sa fille contre lui, de saper son autorité. Dans les pires moments, il me jetait à la figure que je n'étais *rien*, que je n'étais *personne* aux yeux de cette enfant. Et plus il me le disait, plus j'essayais de prouver le contraire. Car j'avais trouvé ma place, mon rôle : j'étais la forteresse, le rempart qui protégerait cette petite fille malmenée par ses parents immatures.

Puis, l'hiver dernier, le choc : Kelly a annoncé à Ben qu'elle avait le mal du pays, qu'elle voulait se rapprocher de sa famille et qu'elle venait d'obtenir une équivalence qui lui permettait d'envisager une reconversion professionnelle au Canada. Bien entendu, elle partait avec Éliette.

J'étais effondrée. J'avais mal au ventre comme une mère dépossédée. Mais étrangement, ce coup de tonnerre n'a pas augmenté les colères de Ben : il les a calmées. Du jour au lendemain, je l'ai vu remettre son costume de charmeur, de gentil, de drôle. Au lieu d'engager je ne sais quelle bataille juridique, il s'est mis à couvrir Éliette de cadeaux, de baisers, d'attentions et de mots doux. Moi aussi, par la même occasion.

Jusqu'au départ de Kelly et de la petite, en mai dernier, il y a eu une parenthèse idyllique à la maison. Une accalmie heureuse. Alors quand Ben m'a exposé son projet, j'ai foncé tête baissée. Une expatriation à Toronto ? Tout recommencer à zéro ? Banco !

Nous nous sommes mariés au début de l'été, en moins de deux, devant quatre témoins et l'adjointe au maire d'Espère, perplexe, qui balayait la salle du regard en attendant nos familles jusqu'à ce qu'on lui explique que nous étions au complet. Jamais elle n'avait célébré un mariage aussi nul, je pense. Mais je m'en fichais. Ce mariage n'était qu'une formalité pour simplifier mon immigration, une étape sur le chemin pour retrouver mon Éliette.

Depuis notre arrivée ici, Kelly a accepté de nous la confier une journée et une nuit par semaine. C'est peu, mais c'est un début. Ma petite pomme d'amour sera là vendredi. C'est tout ce qui m'importe.

Voilà le tableau, tel que je peux te le brosser à gros traits, Pierre-Marie.

L'humeur de Ben est de nouveau imprévisible, j'avale des couleuvres, mais c'est plus fort que moi, j'ai l'espoir que les choses évoluent dans le bon sens. Tu connais mon côté buté, obstiné… mon côté *sarthois*, comme tu le qualifiais parfois !

Merci encore pour ton écoute.

Moi aussi, je t'embrasse fort.

Adeline

P.-S. : L'alerte météo était fiable. Blizzard, voile blanc, « poudrerie », comme ils disent ici (je me suis abonnée à un site francophone, au moins j'y comprends quelque chose), et je te jure que c'est impressionnant. Du coup, entre fièvre et tempête, je n'ai pas mis le nez dehors depuis quinze jours. Une bête en cage.

~

Le 26 février 2019

De : Pierre-Marie
À : Adeline

Adeline,

Oui, comme je le pensais, on a vite fait de régler les problèmes à distance, mais dans la réalité ils sont souvent plus complexes.

Je lis que tu ne vois Éliette qu'une journée et une nuit par semaine. Tu ne vis donc pas avec cette petite. La question qui me vient aussitôt est la suivante : est-ce que Kelly est une bonne maman pendant les six jours et les six nuits qui restent ? Est-ce qu'Éliette souffre autant que toi quand vous vous séparez ? Ou bien est-ce de son côté juste un chagrin vite oublié dès qu'elle retrouve sa mère ? Pardon, ce sont des questions cruelles, mais essentielles je crois.

Quant à Ben, il m'a l'air un poil manipulateur, non ? Il ne te frappe pas, dis-tu. Encore heureux. Jure-moi de ne jamais accepter ça.

Tu ne m'as pas dit si tu comptais travailler là-bas, ou bien si tu dépends financièrement de lui. Ça compte, hélas.

Je ne fais pas plus long, j'ai rendez-vous ici ce matin avec une entreprise qui veut rénover ma toiture (mousses, infiltrations, etc.) et j'entends qu'ils arrivent.

Je t'embrasse.

Courage !

Et profite bien de ta petite amoureuse.

Pierre-Marie

P.-S. : Plein soleil encore sur la France. Vu d'ici, ta neige et tes avis de tempête semblent pure fiction. Tâche de sortir un peu quand même, tu vas devenir dingue entre tes quatre murs !

Le 26 février 2019

De : Adeline
À : Pierre-Marie

Cher Pierre-Marie,

Je ne pensais pas pouvoir à nouveau partager avec toi des choses si intimes. Et pourtant. Après avoir partagé nos anciens conjoints, puis leur perte, nous avons partagé plusieurs lits (en premier lieu celui de mon hôtel à Nantes, L'Abat-Jour, tu t'en souviens ?), de nombreux fou rires et pas mal de larmes, mais ce que nous partageons aujourd'hui m'étonne plus que tout. Comme si nous n'en finissions pas de creuser ce sillon improbable de notre relation. Comment appeler cela puisque nous sommes au-delà de l'amour ? Est-ce de l'amitié ? De la fraternité ? Je ne sais pas, mais allons-y : creusons encore.

Est-ce que Kelly est une bonne mère pour Éliette ? Oui, sans doute.

Est-ce que j'ai davantage besoin de cette enfant que l'inverse ? Oui, sans doute.

Est-ce que je dépends financièrement de mon mari ? Non, j'ai encore des ressources personnelles, mais tu as raison de poser la question ; l'argent file vite.

Est-ce que Ben pourrait un jour lever la main sur moi ? Non. Certes, il peut s'en prendre aux objets (claquer les portes ou balancer son téléphone par la fenêtre – je l'ai vu), mais à moi, non. Je te le répète : j'ai déjà connu ça dans ma jeunesse et je saurai détecter les signaux.

Alors ne t'inquiète pas pour mon intégrité physique, Pierre-Marie. Occupe-toi des infiltrations dans ta toiture (mince, c'est bien embêtant, ça) et de ceux que tu aimes, là-bas, dans ta belle Drôme. Te confier mes problèmes m'a déjà beaucoup aidée, je t'assure ! Je vais trouver le moyen d'arranger mes affaires. Après tout, à bientôt 49 ans, je suis une grande fille, n'est-ce pas ?

Merci d'être à mes côtés en pensées.

Haut les cœurs !

Adeline

Oui ! Haut les cœurs ! se répéta-t-elle une dernière fois avant de cliquer sur « envoyer ». Et elle sentit une profonde nostalgie l'envahir en imaginant son mail apparaître dans la messagerie de Pierre-Marie à six mille kilomètres de ce pays frigorifié où elle était en exil. Si elle avait été croyante, elle aurait adressé une prière au dieu des pauvres filles pour qu'il vienne la tirer ce mauvais pas, mais le ciel était vide, et comble de la poisse, elle avait un dîner pour huit personnes à préparer. Ce qui lui donna envie d'ajouter un post-scriptum à son message.

De : Adeline
À : Pierre-Marie

Une dernière chose si tu n'es pas déjà couché, Pierre-Marie ! Envoie-moi la fameuse recette de ta première femme, tu sais, celle du pot-au-feu auvergnat ou de la potée savoyarde, je ne sais plus ? Je suis de corvée ce soir : les parents de Ben, son frère, sa sœur et leurs conjoints viennent *manger français*. Je suis partagée entre le désir très patriotique de les épater et l'envie inavouable de les empoisonner au fromage fort.

Bon, mais si tu dors déjà, tant pis.

Bonne nuit. Je t'embrasse !

~

Le 26 février 2019

De : Pierre-Marie
À : Adeline

MESSAGE URGENT !

Adeline,

C'était le pot-au-feu auvergnat. Et c'est en effet Françoise, ma première femme (celle que j'ai surnommée pour toi Métamorphose) qui le faisait si bien. Mais si le dîner Wyatt est prévu pour ce soir, je te supplie de renoncer. Entre les courses, la préparation et la cuisson, tu peux compter sept heures au minimum ! Tu vas arriver au repas totalement épuisée, très mécontente de toi et découragée par avance à l'idée de devoir expliquer à tous, et en anglais, pourquoi ton plat va être si mauvais. Si tu es dans une période de doute, c'est suicidaire !

Sache que Françoise alertait son boucher une semaine à l'avance pour être certaine d'avoir l'assortiment idéal de viande grasse, viande maigre et viande gélatineuse. Il lui remettait le sac en cachette des autres clients, avec une petite mimique qui signifiait : « C'est une tuerie, madame Sotto, une tuerie. » Je suis sûr qu'il connaissait par son petit nom la bête qui était dans le sac. Françoise sélectionnait les poireaux, les navets, le céleri avec la même terrible exigence que si elle avait choisi des soldats pour une opération commando. Elle piquait un oignon avec des clous de girofle et en faisait dorer un second, à sec, au four, pour colorer le bouillon, des trucs comme ça ! Rien que d'y penser j'en salive sur le clavier de mon ordi. J'ai envie d'écrire immédiatement à Françoise que je regrette de l'avoir quittée, et que j'aimerais tant qu'on se remette ensemble. Non, Adeline, ne te lance pas sur un pot-au-feu auvergnat. NE FAIS PAS ÇA !

Je ne connais pas la potée savoyarde, mais je crains que ce soit le même piège. Laisse tomber ces recettes de folie. Contente-toi d'une gentille quiche lorraine, par exemple, avec une bonne salade.

J'espère que tu auras ce mail avant de commettre le pire.

Pierre-Marie

P.-S. : Je t'écris très bientôt pour les autres choses (beaucoup moins graves !), mais ce ne sera pas avant dimanche. Je pars demain matin pour quatre jours à vélo sur la ViaRhôna avec des amis. L'ordi, d'un commun accord, sera strictement prohibé (les dégustations de côtes-du-rhône, non).

Sotto appuya vigoureusement sur la touche « envoyer » mais sa bonne humeur ne tint pas très longtemps. Le dernier mail d'Adeline, qui dénotait un certain mieux chez elle, ne le réjouissait pas autant qu'il l'aurait dû.

Il songea, un peu honteux, qu'il s'était assez bien accommodé du long et terrible courrier qu'elle lui avait adressé le 25 février. Il s'était senti envahi d'une vraie compassion pour elle, mais une petite voix, bien moins avouable, lui avait soufflé : si Adeline est malheureuse, alors tu pourras peut-être la regagner. Et il lui était apparu avec évidence qu'à ce moment-là de sa vie, c'est ce qu'il espérait le plus au monde : regagner Adeline. Plus encore que parvenir à écrire son roman.

Pendant les trois années de sa maladie, la moindre difficulté lui avait paru insurmontable. Le départ de Dieulefit lui avait terriblement coûté, et sans l'aide de son fils Nicolas il ne serait pas venu à bout de ce que ce déménagement représentait en tri, en démarches administratives, en efforts physiques. Une fois installé dans sa maison de La Bégude, il avait réduit son activité au maximum, persuadé qu'il resterait toujours ainsi : sans énergie et surtout sans envie de vivre.

Depuis quelques mois, c'était tout le contraire. Comme si tout ce temps perdu devait être rattrapé. Il se sentait des envies de reconquêtes et de galopades. Au point qu'il avait osé reprendre contact avec Adeline, à pas feutrés d'abord, mais maintenant que son audace se trouvait encouragée (en particulier par ce rappel ô combien troublant de leur première nuit à L'Abat-Jour), maintenant que la perspective de la regagner n'était plus un fantasme inaccessible, il se sentait prêt à tout renverser.

Le 26 février 2019

De : Pierre-Marie
À : Adeline

Je viens de me relire et je me sens très bête d'avoir écrit, même si c'était pour rire, que je regrettais d'avoir quitté Françoise et que j'aimerais qu'on se remette ensemble, elle et moi. Il me semble qu'il y a comme une erreur de prénom.

Pardonne-moi, j'ai ce défaut véniel, mais agaçant de me défiler quand quelque chose me remue. La vérité, c'est que le début de ton dernier mail m'a touché au cœur.

Bonne journée, ma Canadienne, et toi, souhaite-moi bonne nuit.

~

Le 28 février 2019

De : Adeline
À : Pierre-Marie

Pierre-Marie,

Au début de notre correspondance, à l'époque où nous ne nous étions pas encore rencontrés (ni aimés puis séparés), je t'avais demandé de m'adresser une liste, tu te souviens ? Dix raisons de trouver que la vie est belle. Tu t'étais pris au jeu, et tu me les avais administrées une par une, au compte-gouttes, comme un remède. L'une d'elles était : retrouver quelque chose que l'on croyait avoir perdu. Immédiatement suivie de son extension : retrouver *quelqu'un* que l'on croyait avoir perdu. Selon cette liste, je peux donc te dire que je suis aujourd'hui doublement soignée. Premièrement, parce que après une très longue coupure due à la tempête, le réseau et l'électricité sont revenus (je peux te dire que « perdre » l'électricité au Canada en février constitue une expérience digne des meilleurs films survivalistes) et deuxièmement, parce que, en conséquence directe de ce premier bonheur, j'ai enfin pu lire tes deux derniers messages.

Le premier m'a fait éclater de rire – je bénis Françoise, son boucher et ta façon d'emballer tout ça. Quant au second, il a fait éclater de petites bulles un peu partout à l'intérieur de moi (cœur, poumons, cortex… autres endroits), façon champagne.

Je me sens du coup assez bizarre, je l'avoue. Mais puisque te voilà parti avec tes amis, je ne t'écris pas davantage aujourd'hui. Permets-moi juste de savourer tes mots dans la chaleur retrouvée de ma maison et de t'imaginer, joyeux sur ton vélo, le long de cette ViaRhôna.

Si, quand même ! Sache que le *dîner français* a été reporté à cause de cette gigantesque panne. Tu en déduiras – à juste titre – que j'ai donc eu ces derniers jours non pas deux, mais trois raisons de trouver que la vie est belle, la troisième pouvant se résumer ainsi : échapper à une catastrophe culinaire et à un pensum que l'on croyait inévitable !

Pédale bien, cher indécrottable Drômois !

Ta Canadienne, Adeline

~

Toronto
Le 1er mars 2019

Le rendez-vous était fixé à l'intérieur du centre commercial, trente minutes avant le début de la séance, devant l'entrée du Cineplex. Éliette ayant choisi elle-même le programme, *How to train your dragon* serait donc le premier film qu'Adeline verrait intégralement en anglais sans sous-titres. Un dessin animé accessible dès 5 ans, elle espérait bien en comprendre l'essentiel. Même si l'essentiel ne serait pas tant ce qu'elle verrait sur l'écran que les émotions qu'elle lirait sur le visage de la jeune spectatrice assise à côté d'elle.

Ben et elle étaient arrivés très en avance. Ben avait garé la Lincoln au quatrième sous-sol, et ils avaient erré un moment dans les allées surchauffées du mall, pour finalement s'asseoir dans l'espace lounge aménagé devant le cinéma. Ben avait le nez sur son téléphone. Adeline regardait passer les gens par grappes, en famille le plus souvent. Combien de fois, dans des lieux semblables, s'était-elle sentie seule, décalée, échouée en marge du bonheur commun ? À l'époque où elle vivait à Paris avec Vincent, lorsqu'il leur arrivait de s'asseoir au soleil dans un parc, elle pouvait passer des heures à observer les enfants. Au fil des années, elle avait fini par éprouver un désir de maternité si violent que Vincent se sentait presque agressé. À la fin, il ne l'accompagnait plus dans ses promenades. Il voulait bien sortir, mais uniquement aux terrasses des bars le soir venu, au théâtre, dans les expos branchées, là où en général on se retrouvait entre « adultes émancipés » comme il disait. Adeline n'avait jamais su d'où lui venait cette terreur d'être privé de sa liberté par un enfant. Tout juste avait-elle pu supposer, lorsqu'elle avait découvert le pot aux roses en 2009, que ce n'était pas avec elle qu'il aurait voulu en faire un, mais avec Véra. Et elle s'était retrouvée seule une fois de plus, à presque 40 ans, avec l'impression d'avoir sonné à la mauvaise porte pendant des années.

Elle tourna la tête et regarda son nouveau mari. Avec son smartphone dernier cri, son sweat-shirt à capuche, son jean et sa paire de sneakers, Ben semblait si juvénile ! Il était l'exact opposé de Pierre-Marie, en vérité. Était-ce pour cela qu'elle l'avait épousé ? Pour conjurer l'amour perdu par son antidote ?

— Daddy ! s'écria une petite voix au milieu du brouhaha.

Adeline vit soudain Éliette se précipiter vers Ben, puis Kelly entrer dans son champ de vision. Elle se leva de son fauteuil.

— *Hi*, fit Kelly.

— *Hi*, répondit Adeline.

Elles ne s'étaient pas revues depuis ces brefs moments où elles s'échangeaient les affaires de la petite sur un bord de trottoir à Cahors. La jeune paléontologue avait changé de coiffure, elle portait elle aussi une tenue décontractée qui lui faisait une silhouette d'adolescente.

— Adeline ! s'écria encore la petite voix.

Se baisser. Ouvrir les bras. Sentir les cheveux d'Éliette lui chatouiller les joues. Déposer un baiser tout doux sur son front. Fondre.

— Alors, prête à dompter les dragons sur grand écran ? Tu n'auras pas peur ?

— Non, et toi ?

— Je ne sais pas, reconnut Adeline. Si j'ai peur, je te prendrai la main. Comme ça.

Elle serra les petits doigts dans sa paume et ne les lâcha plus. Elle avait devant elle vingt-quatre heures de ravissement.

— J'ai promis à Éliette que tu lui achèterais des pop-corn et un soda, annonça Kelly à Ben en anglais, et d'une voix plus forte que nécessaire.

Adeline vit Ben se fermer instantanément et elle sut que cette histoire de pop-corn allait le mettre hors de lui. Elle l'entendait déjà râler que sa fille était pourrie-gâtée, qu'elle n'avait pas besoin de ces cochonneries pour apprécier le film, et que personne n'avait à promettre des choses à sa place, mais Kelly désamorça la bombe. Profitant qu'un couple passait devant eux avec un gamin d'une dizaine d'années muni d'un pot XL, elle les prit à témoin.

— Regarde, ma chérie, c'est un pot comme celui du garçon que papa va aller te chercher !

— Oh, il est géant ! se réjouit la petite.

— Ils sont bons, tes pop-corn ? demanda encore Kelly au garçon.

Le môme acquiesça, les parents expliquèrent à Ben qu'il y avait un modèle encore plus grand pour quelques cents de plus, si bien que Ben se sentit obligé de sourire et de sortir sa monnaie. Adeline avait déjà remarqué combien il tenait à paraître cool et sympathique aux yeux de simples étrangers.

— Emmène Éliette pour qu'elle choisisse, ordonna Kelly, toujours assez fort pour être entendue de la moitié du centre commercial. Nous, on vous attend là.

Ben ravala ses remarques, prit Éliette par la main, et s'éloigna. Sans les lâcher du regard, Kelly fit soudain un geste étonnant : elle attrapa Adeline par le bras.

— Alors vous vous êtes mariés ? lui demanda-t-elle, en français cette fois, et à voix presque basse.

— Oui... C'était plus simple pour les papiers, s'excusa Adeline, troublée par cette main agrippée à son bras.

— J'aimerais te parler de quelque chose.

— Ah ?

— C'est à propos d'Éliette, voulut la rassurer Kelly. Il faudrait que ça reste entre nous. Est-ce qu'on pourrait se voir bientôt ? En tête à tête ?

Il y avait de l'urgence dans sa voix.

— Eh bien... d'accord, dit Adeline.

— Lundi ? À 14 heures ?

Adeline opina. À une vingtaine de mètres d'elles, Ben, qui faisait la queue devant les pop-corn, se retourna. Kelly lâcha le bras d'Adeline. Elle fit un geste en direction de Ben, l'air de dire « tout va bien », avant de continuer, toujours à voix basse.

— Il y a un lieu que j'aime bien, pas très loin de chez vous. Le White Squirrel Coffee-Shop. C'est sur Queen West, en face du parc Trinity Bellwoods, tu saurais venir ?

Pour une raison imprécise, Adeline sentit les battements de son cœur s'accélérer. Elle répéta les informations, le White Squirrel (écureuil blanc, traduisit-elle), en face du parc, lundi, à 14 heures.

— Oui, je saurai.

— Pas un mot à Ben, répéta Kelly.

— Pas un mot, confirma Adeline alors que son mari revenait vers elles avec sa mine des mauvais jours et, dans son sillage, une Éliette rayonnante tenant à deux mains un pot XXL rempli à ras bord de pop-corn.

Lorsque Adeline s'installa dans la salle du Cineplex, elle était encore profondément troublée par ce qui venait de se passer. Elle picora machinalement les pop-corn que lui offrait Éliette, puis elle se concentra non sans difficulté sur les dialogues du film, et ce n'est qu'après avoir entendu plusieurs fois le rire de la petite fille qu'elle parvint à se détendre et à se départir de son malaise.

Le 3 mars 2019

De : Adeline
À : Pierre-Marie

Cher cycliste rhodanien,

Alors comment s'est passée cette virée ? J'espère que vous avez eu beau temps surtout. Et que tu t'es senti libre et léger sur ton vélo.

Ici, ça va. Nous avons eu Éliette à la maison jusqu'à hier soir. Soirée au cinéma vendredi, puis samedi, grande grande première : j'ai emmené ma petite pomme (oh, j'adore l'appeler comme ça) au Ripley's Aquarium. Rien que nous deux ! Sans Ben ! Et en tramway !

Après toutes ces semaines enfermée, j'ai eu l'impression de revivre. J'ai adoré. Mais je te raconterai les raies mantas et les requins une autre fois, car il s'est passé une chose bizarre vendredi soir, juste avant la séance de cinéma. C'est Kelly, la maman d'Éliette. Elle avait l'air préoccupée (assez stressée pour tout dire), et elle s'est arrangée pour me parler loin des oreilles de Ben. Elle veut me voir en tête à tête, j'ignore pourquoi, mais ce qui est sûr, c'est que ça semblait important. Nous avons rendez-vous demain, à 14 heures, dans un coffee-shop. Ben n'est pas au courant.

Je voulais juste te dire ça. Et te dire, aussi, que je pense à toi. Souvent.

Voilà. Je te raconterai, demain, cette entrevue secrète.

Je t'embrasse.

Adeline

P.-S. ; Si tu as mal au cul après ces quelques jours de vélo, je te conseille de retourner voir le boucher de Françoise. Tu lui achètes de belles escalopes de veau. Bien placées, elles te soulageront en quelques minutes (je tiens ça d'un ami qui s'y connaît).

Toronto
Le 4 mars 2019

En raison de l'alerte au froid (*Extreme Cold Weather Alert*), les autorités locales recommandaient aux Torontois de ne sortir qu'en cas de véritable nécessité. Le rendez-vous avec Kelly relevait-il de cette catégorie ? Oui, jugea Adeline sans hésiter, et elle passa en revue son équipement. (Le White Squirrel Coffee se trouvait seulement à six cents mètres de la maison, mais six cents mètres de trottoirs gelés et de courants d'air arctique pouvaient vous être fatals). Elle enfila donc une paire de leggins sous son pantalon, des chaussettes en laine, superposa sous-vêtements techniques et plusieurs autres couches avant de passer sa doudoune, puis moufles, bonnet, grosse écharpe, et ainsi accoutrée, elle s'avança jusqu'au placard de l'entrée d'où elle tira ces boots fourrées d'excellente qualité que Ben lui avait achetées à l'aéroport. Son mari était ce genre d'homme qui, un jour, vous couvre de cadeaux et d'attentions, et qui le lendemain vous crucifie par une remarque, vous démolit d'un simple regard. Comme la veille lorsqu'il avait subitement cherché à savoir ce que Kelly et Adeline s'étaient dit, deux jours plus tôt, devant le cinéma.

Prise au dépourvu, Adeline avait menti de façon assez maladroite, prétextant qu'elle avait oublié la teneur de cet échange anodin. Pas dupe, Ben était passé aux représailles. Pendant le dîner, sur ce ton faussement étonné qu'il adoptait pour balancer des vacheries, il lui avait soudain demandé où elle avait appris à manger. Les autres Françaises qu'il avait rencontrées savaient se tenir à table, pourtant. Pourquoi pas elle ? Est-ce qu'elle s'entendait mastiquer bruyamment ? Était-ce lié à ses origines modestes ? À son enfance en banlieue ? À son passé de boulimique ?

Adeline en était restée sans voix.

Souvent, elle avait l'impression d'être double. La première Adeline était une femme autonome, forte, clairvoyante et intelligente. La seconde, terrorisée à l'idée de perdre ce qu'elle croyait avoir trouvé, se laissait piétiner comme un vulgaire paillasson. Ben jouait à merveille avec cette dualité, et surtout, avec la faille au milieu.

En ouvrant la porte, elle éprouva une nouvelle sensation de liberté. Depuis leur arrivée ici (à part samedi à l'aquarium), Ben l'avait toujours escortée partout. Cette fois, pas de chaperon, elle allait se débrouiller seule dans Toronto.

Il faisait grand beau. Elle mit ses lunettes de soleil polarisée et descendit prudemment les marches glissantes avant de bifurquer à droite jusqu'au croisement de Queen West. Tout en longeant l'avenue encombrée par des talus de neige sale, elle songea à cette promesse faite quelques jours plus tôt à Pierre-Marie : « Je vais trouver le moyen d'arranger mes affaires. » Oui, elle allait trouver. Mais pour cela, il fallait à tout prix que la première Adeline se réveille.

~

Le 5 mars 2019

De : Pierre-Marie
À : Adeline

Statut : brouillon – courrier non envoyé

Chère Adeline,

Je viens de monter sur la bascule et l'aiguille hésite entre 104,5 et 104,6 kilos. Je te rappelle que j'étais à 106 pile en partant de La Bégude mercredi matin. On dit bravo qui ?

Oh qu'elle était bien notre virée !

Pour ton plaisir et le mien je te raconte l'épisode le plus étonnant, en tout cas le plus drôle. De nous six, deux seulement possédaient des vélos électriques : la femme d'un ~~pote~~ copain et moi. Ces machines-là sont parfaites, sauf qu'elles pèsent ~~30~~ 25 kilos et que si tu vides la batterie, tu te retrouves ~~à pied~~ piéton et tu pousses comme un malheureux. C'était vendredi en fin d'étape, petits faux plats bien traîtres du côté de Caderousse. Ghislaine et moi tombons en panne en même temps. Nous voilà à cheminer côte à côte, pas très fiers. Nous marchons d'abord en silence, puis soudain, tiens-toi bien, elle me demande tout à trac, mais en prenant soin de préciser que je ne suis pas obligé de répondre au cas où ça me gênerait, elle me demande donc s'il m'est déjà arrivé, une fois dans ma vie, de r

Le signal sonore indiquant l'arrivée d'un mail dans sa boîte interrompit Sotto au milieu de cette longue phrase. Adeline.

Le 5 mars 2019

De : Adeline Parmelan
À : Pierre-Marie Sotto

Pierre-Marie,

Beaucoup de choses depuis mon précédent message. J'ai vu Kelly, hier, dans ce drôle de petit café en face du parc. Elle m'a bombardée de questions pendant une heure. Je suis ressortie de là complètement en vrac.

Elle a d'abord voulu savoir si j'avais entendu parler de Flemings & Partners LLP. J'ai dit la vérité : non. Ensuite, sans prendre de gants, elle m'a demandé si j'avais confiance en Ben (cela ne t'étonnera pas, j'ai hésité) et si j'étais au courant de ses intentions au sujet d'Éliette à présent qu'il était à Toronto. Là, j'ai froncé les sourcils. Selon moi, tout ce que voulait Ben, c'était maintenir le lien avec sa fille. La voir grandir, lui apprendre à jouer du piano, par exemple, ou même à piloter des drones, bref jouer son rôle de père, quoi de plus normal ?

Kelly m'a écoutée avant de sourire tristement : « J'aimerais beaucoup que tu aies raison, Adeline. »

Le ton désabusé de sa phrase m'a désarçonnée. Elle en a profité pour reprendre le fil de son questionnaire. Avais-je rencontré la famille de Ben ? Son père et sa mère ? Comment les avais-je trouvés ? Me parlaient-ils en français, au moins ? J'ai tiqué. « Ah, tu ne savais pas qu'ils parlaient français ? Moins bien que Ben évidemment, mais ils le parlent ! Sue a fait une partie de sa scolarité au Québec, Ben ne te l'a pas dit ? » J'étais de plus en plus déroutée, mais elle a continué. Ben m'encourageait-il à découvrir la ville ? Était-il patient et gentil avec moi ? M'avait-il expliqué comment obtenir mon permis international pour que je puisse conduire la voiture ? « Et les cours de langue, Adeline, tu en prends ? »

Pour interrompre cette litanie de sous-entendus oppressants, je me suis écriée que oui, que je m'étais inscrite à des cours intensifs, mais comme j'étais tombée malade, je n'avais pas pu...

Kelly m'a laissée m'embourber. C'était assez vexant d'avouer que je ne faisais rien depuis notre arrivée, comme si j'étais victime d'une sorte de paralysie, mais ça n'a pas eu l'air de la surprendre.

Ensuite, elle a voulu savoir ce que Ben m'avait raconté sur leur séparation. Je lui ai dit ce que je savais et ça l'a fait rire nerveusement. « Je n'ai jamais trompé Ben, Adeline ! Je suis partie à cause de lui, pas pour un autre. Je suis partie parce que après la naissance d'Éliette, Ben a changé. Il est devenu totalement invivable. »

Et elle m'a tout raconté. Les crises de colère, de jalousie, les remarques cinglantes, les petites humiliations, puis les cadeaux, les grandes déclarations d'amour, et soudain l'indifférence, toutes ces sautes d'humeur qui l'épuisaient et la tétanisaient... Exactement comme moi, hélas. Il lui avait fallu beaucoup de courage pour regarder la réalité en face, pour oser quitter le père de sa fille, pour affronter sa colère, supporter ses SMS menaçants ou ses appels à toute heure du jour et de la nuit. Puis, miracle, ce cauchemar avait brusquement cessé, Ben s'était assagi, il était redevenu le garçon charmant qu'elle avait connu à la fac. Ce miracle (Kelly avait fini par le comprendre) correspondait au moment où Ben m'avait rencontrée et elle m'en avait secrètement remerciée. Ben avait un grand besoin d'être cadré. Avoir à ses côtés quelqu'un de plus mûr le rassurait, et Kelly avait cru que tout rentrait dans l'ordre.

« Malheureusement, c'était juste une impression. »

Elle a sorti de sa poche un papier à en-tête qu'elle a déplié sur la table devant moi, entre nos gobelets de cappuccino : c'était un courrier d'avocat. De *son* avocat. Il l'avertissait qu'une procédure venait d'être engagée à son encontre par Ben Wyatt représenté par Flemings & Partners LLP, le plus gros (et le plus cher) cabinet d'avocats de Toronto. Elle avait reçu le courrier juste avant notre rendez-vous au cinéma, mais elle avait fait semblant de ne pas être encore au courant. Ce qu'elle voulait, c'était profiter de la rencontre au Cineplex pour me voir, moi.

Son visage s'est durci, elle a rangé la lettre de l'avocat et elle a énuméré les points sur lesquels Ben allait bétonner son dossier : il avait désormais un boulot stable et bien payé, une grande maison confortable, un honorable statut d'homme marié. Ma présence à ses côtés, ma disponibilité et mon désir évident de m'occuper de sa fille pèseraient largement en sa faveur, sans compter le soutien inconditionnel de ses parents et leur argent. En face, Kelly craignait de ne pas faire le poids, avec son salaire moyen, son célibat, sa famille modeste et surtout, surtout, la faute qu'elle avait commise en quittant la France, soustrayant alors Éliette à son père.

Plus je l'écoutais, plus j'étais mal. Si je comprenais bien, elle était en train de m'expliquer que Ben se servait de moi. Qu'il avait tout calculé. Y compris notre mariage. Et tout cela dans le but, non pas de faciliter mon immigration, encore moins de contribuer à mon bonheur ou à celui de sa fille, mais pour… Pour quoi, au juste ?

Kelly a pris son gobelet vide. Elle l'a serré dans son poing jusqu'à le réduire en bouillie. « Adeline, Ben veut obtenir la garde exclusive d'Éliette. Alors je vais te poser la seule question qui compte à mes yeux : est-ce que tu cherches à me priver d'elle, toi aussi ? »

Sans hésiter une seconde, j'ai dit non. Bien sûr que non, jamais de la vie ! Tout ce que je voulais, c'était continuer comme à Cahors : voir ma petite pomme régulièrement, l'emmener à l'aquarium, au bord du lac, lui préparer des crêpes ! Tout ce que je voulais, c'était qu'on soit bien et qu'Éliette grandisse avec de l'amour ! De l'amour multiplié par trois !

Je te passe les détails, les sanglots de Kelly, mes larmes à moi, les autres clients du coffee-shop qui s'inquiètent, le barista qui nous offre une boisson gratuite pour nous réconforter, une jeune fille qui nous demande si elle peut nous filmer pour sa story Instagram (je te jure que c'est vrai !), et j'en viens à la fin de ce rendez-vous surréaliste.

Kelly semblait épuisée, mais soulagée aussi d'avoir vidé son sac. Et moi, après toutes ces révélations, j'étais perdue. Qu'allais-je faire une fois « chez moi », à Palmerston Avenue, face à mon mari ?

Pour Kelly, c'était simple. Il n'y avait qu'une solution pour empêcher Ben d'aller au bout de « sa vengeance dégueulasse ». Cette solution, c'était moi qui la tenais entre mes mains : il fallait que je le quitte à mon tour et que je fasse voler en éclats son image d'homme parfait.

J'ai pâli, Kelly a compris qu'elle allait trop loin. Bien sûr, j'étais sensible à sa détresse. Et, d'accord, je n'étais pas vraiment heureuse dans mon couple, mais de là à me laisser dicter ma conduite, il y avait un sacré pas ! Au nom de quoi ferais-je un sacrifice pareil ?

Nous nous sommes regardées en chiens de faïence un long moment, puis nous sommes sorties du White Squirrel sans rien dire, sonnées. Il faisait -18° en température ressentie.

Avant qu'on se sépare, Kelly m'a demandé de bien réfléchir. Et puis, un conseil : si jamais je décidais de quitter Ben, j'aurais intérêt à mettre des milliers de kilomètres entre le clan Wyatt et moi. Car selon elle, à part peut-être ce pauvre Sydney toute cette famille était gravement tordue.

Imagine, Pierre-Marie. J'étais debout devant cette gamine, plus haute d'une tête, plus âgée de quinze ans, et pourtant, je me sentais diminuée. J'avais l'impression d'être manipulée d'un côté, manipulée de l'autre, prise en étau entre deux folies, je ne savais plus où j'en étais. Et là, dans ce froid polaire, sur ce bout de trottoir, la voilà qui abat son joker. Elle me regarde d'un air grave et elle me dit : « Juste au cas où, Adeline, j'espère que tu sais où est ton passeport. »

De crainte de les égarer, je range toujours mes papiers au même endroit, dans un tiroir du secrétaire en merisier que j'ai gardé de ma mère. Je me revoyais parfaitement y glisser mon passeport après notre emménagement.

Je suis rentrée en luttant de toutes mes forces contre ce doute que Kelly m'avait inoculé, mais à peine la porte franchie, je me suis précipitée à l'étage, dans la pièce censée me servir de bureau, là où, pour l'instant, nous entreposons les derniers cartons. J'ai ouvert tous les tiroirs du secrétaire, Pierre-Marie. Mon passeport n'y était pas. Ni ma carte d'identité ni mon permis de conduire français, pas même ma carte Vitale. Plus aucun papier.

Je cherche depuis hier soir.

J'ai fouillé les meubles du salon, l'armoire de la chambre, jusqu'au bureau de Ben en son absence. Rien. Alors je termine sur une question simple pour un grand écrivain comme toi : tu crois que je suis folle ?

~

Le 5 mars 2019

De : Pierre-Marie
À : Adeline

Statut : brouillon – courrier non envoyé

Ça va, c'est bon, j'ai compris ! Ce type ~~s'est~~ a pris le pouvoir sur toi et toi tu dis amen ! Oh je suis remonté, là ! C'est lui qui régule l'humeur entre vos murs, c'est ça ? C'est lui qui décide si tu peux être ~~décontrac~~ détendue ou si tu dois avoir peur. Et toi tu ~~obéis~~ t'alignes : tu es détendue ou tu as peur suibant son humeur à lui, c'est bien ça ? Et maintenant, il veut t'empêcher de te déplacer ??? J'y crois pas ! ~~Ben a quinze ans de moins que toi, putain, tu ne vas pas laisser ce petit merdeux~~ Adeline, tu te réveilles, oui ?

Qu'il aille se faire f… ce petit ~~surdoué~~ geek de mes deux, je lui enseignerai le piano, moi ! ~~Qu'il épouse sa mère, ce connard etqu'il te laisse tr~~

Le 5 mars 2019

De : Pierre-Marie
À : Adeline

Adeline,

Je n'aime pas trop cette histoire de papiers, mais ne t'affole pas, tu devrais peut-être tout simplement demander à Ben s'il les a déplacés. Tâte le terrain. Invente un prétexte si nécessaire, et dis-lui que tu as besoin de ton passeport, que tu ne le retrouves pas. Et vois comment il réagit.

Même si je ne connais pas la législation canadienne, je suppose que, là-bas non plus, nul n'a le droit d'entraver la libre circulation d'autrui. C'est une liberté universelle, une liberté de base.

Il se trouve que j'ai un ami avocat, à la retraite maintenant, mais qui s'y connaît bien en droit international. Si tu as besoin, dis-le-moi, je l'appellerai et lui expliquerai ta situation. À moins que de ton côté tu puisses consulter là-bas un juriste francophone. Kelly pourrait peut-être t'y aider. Tu as en elle une sorte de complice maintenant.

Reste calme et solide. Ne t'affole pas. Et en réponse à ta question, ceci : s'il y a une personne folle dans ta maison, je ne suis pas sûr que ce soit toi.

Je t'embrasse.

Pierre-Marie

Sotto envoya le mail et resta assez longtemps songeur, assis sur le fauteuil de son bureau. Il n'avait aucune intention de consulter cet ami avocat perdu de vue depuis plus de vingt ans. Une autre conviction se forgeait en lui, lentement. Elle n'était pas issue de sa réflexion.

Elle était quelque chose de plus reptilien. Il décida de laisser passer la nuit là-dessus. Il avait conseillé à Adeline d'être raisonnable et de ne rien précipiter, il ferait de même. Il se levait quand il entendit miauler derrière la maison. La bête poussait une sorte de plainte un peu rauque. Il sortit, s'immobilisa sur la terrasse et dressa l'oreille. La plainte se fit à nouveau entendre, plus sonore. Cela venait de l'abri-bois, derrière. Il s'y rendit et appela deux fois : « C'est toi ? » Comme rien ne bougeait, il reprit : « C'est toi, mon gros ? Tu es là ? » La bête fusa soudain à un mètre de lui, bondit par-dessus le muret et disparut. C'était un long chat blanc inconnu de Sotto.

Depuis la terrasse il observa la campagne dans la nuit. Une seule fenêtre était éclairée, au loin, chez le présentateur vedette. Certains soirs, le sentiment de solitude s'invitait dans sa poitrine, sans prévenir. La qualité du silence se dégradait. Il lui venait dans les mains une impatience de toucher quelqu'un, d'être touché. Il lui venait le manque d'une voix : « Viens, on va prendre froid, allons nous coucher. »

Le 6 mars 2019

De : Pierre-Marie
À : Gloria

Bonjour ma, Gloria !

Merci pour ta jolie carte de Cracovie ! Elle est juste au-dessus de mon ordi. Il a une bonne tête, ce Nicolas Copernic (et il a découvert un truc pas faux, si je me souviens bien). Je ne sais pas si tu es encore en Pologne au moment où je t'écris. Si c'est le cas, j'espère que les représentations se passent bien. J'ai hâte de te revoir danser. La dernière fois, c'était au Silo à Marseille il y aura deux ans en avril. C'est beaucoup trop long.

Je tombe toujours sur le répondeur de ton portable, alors j'aurai peut-être davantage de chance en t'écrivant.

Voilà, tu as croisé très fugitivement mon amie Adeline en octobre 2013, à Nantes. Tu sais que nous avons eu une liaison pendant quelques mois avant de nous séparer. Cinq ans plus tard nous voilà de nouveau en correspondance et, j'allais dire, en affection. Je t'épargne les raisons de ces revirements, tu sais bien comment va la vie.

Mais rassure-toi, je ne t'écris pas pour t'embrouiller avec mes aventures sentimentales. La raison pour laquelle j'ai besoin de tes lumières va beaucoup te surprendre, je t'explique.

Adeline vit depuis peu à Toronto, au Canada, et elle est apparemment tombée dans les sales pattes d'un tordu, du genre que tu connais trop bien, hélas. J'aimerais pouvoir l'aider.

Or je sais que tu es passée par là. Nous avons d'ailleurs eu sur ce sujet une longue conversation tous les deux. C'était dans la cuisine de Dieulefit, peut-être un mois avant que j'en parte, et tu m'avais parlé d'une intervention énergique d'un ami à toi, intervention qui avait rendu beaucoup plus facile le dénouement de ton histoire. Est-ce que ma mémoire est bonne ?

Je ne veux surtout pas te replonger dans ces souvenirs désagréables. Je veux seulement être sûr que ça s'est bien passé comme tu me l'as raconté. Cette solution, je le sais, n'est pas très légale. Est-ce que tu me confirmes qu'elle a au moins la vertu de l'efficacité ?

Passe me voir à La Bégude avec ton amoureux argentin (si c'est toujours lui ton amoureux) !

Je t'embrasse très fort.

Pierre-Marie

P.-S. : Je viens d'avoir un coup de nostalgie en me relisant. Il y en a eu tellement, des « longues conversations », dans cette cuisine de Dieulefit !

~

Le 5 mars 2019

De : Gloria
À : Pierre-Marie

Cher Pierre-Marie,

Pardonne-moi, mais mon portable première génération et le forfait qui va avec ne passent pas les frontières (et je suis toujours à Cracovie).

Ah j'adore comme tu arrives à décrire des cercles autour de ce que tu veux dire ! Tu devrais faire de la danse, ce serait charmant.

Bon, je serai plus directe, surtout que je n'ai pas beaucoup de temps (ici, le challenge, c'est d'arriver à dormir plus de cinq heures par nuit. Je suis rincée).

Oui, j'ai fini par payer un type. J'avais un petit budget et ça m'a coûté une blinde, mais je ne l'ai jamais regretté. Tu me demandes si ça a été efficace. Oh que oui ! Plus qu'efficace : radical. Ça, aucun psy ne te le conseillera jamais. Et la loi l'interdit. Mais que faire d'autre ? Yoann était un mur contre lequel je me fracassais quoi que je fasse. Il était plus intelligent que moi, plus fort physiquement, capable de me culpabiliser à mort et en fin de compte toujours gagnant, toujours dominateur. Ce con a été capable de me faire croire que je ne savais pas danser. Quand je suis arrivée au bout de ma vie (tu connais cette expression ?), je me suis confiée à une fille de la compagnie qui s'inquiétait de me voir si bas. Elle m'a rappelée dès le lendemain et m'a dit texto : « Je connais une personne qui fait du full-contact et qui serait d'accord. Tu lui donnes six cents euros en espèces et il te règle le problème ». On l'a fait. Le gars, un Martiniquais, a coincé Yoann, lui a foutu une branlée mémorable et lui a dit qu'il devait me laisser partir et ne plus m'approcher à moins de trois cents mètres. Sinon il reviendrait et le battrait de la même façon.

Je ne sais pas si ça marche avec tout le monde. Yoann avait peu de courage physique et l'idée de se faire démolir de nouveau l'a terrorisé. La peur a changé de camp. Qu'est-ce que c'était bon !

Le meilleur conseil que tu puisses donner à Adeline, c'est de fuir. Mais si elle en est empêchée par son type, alors oui peut-être que la solution qui consiste à lui administrer « le baume des îles » n'est pas à exclure. Renseigne-toi quand même sur la personnalité de son mec. S'il est lui-même une brute épaisse qui adore la baston, ça ne marchera pas. Sinon, il est fort possible que son comportement en soit modifié.

Dans tous les cas, tiens-moi au courant. Je ne connais pas bien Adeline, mais je la plains de tout mon cœur. Ce qu'elle vit est terriblement douloureux, je te l'assure.

Oui, les représentations se passent bien et je suis toujours avec mon « amoureux argentin ». Je t'embrasse et je passe à La Bégude dès que je peux.

Tu écris en ce moment ?

Gloria

P.-S. : Dans mon récit, j'ai juste oublié de te rappeler que j'aimais Yoann, que rien n'est aussi simple. Demande à Adeline si elle l'aime, son mec. J'espère qu'elle te répondra non. Ce sera plus facile.

Le 5 mars 2019

De : Pierre-Marie
À : Gloria

Merci, Gloria ! Ton témoignage me sera très précieux.

Non, je n'écris pas. J'allais commencer quelque chose, mais pour l'instant c'est en pause.

À bientôt à La Bégude. Je te promets une soupe harira de très haut niveau.

Pierre-Marie

Le 6 mars 2019

De : Pierre-Marie
À : Max Vallardier

Salut gros !

Ne va pas imaginer que cet adjectif fait allusion à la quinzaine de kilos que tu as pris ces trois dernières années, je ne me permettrais jamais ça. Prends ça comme une marque d'affection.

Bon, voilà ce qui m'amène. C'est à la fois très simple et très complexe. Te connaissant, je vais aller de préférence au très simple. Il me semble que tu te trouves dans une passe un peu morose et que changer d'air te ferait le plus grand bien. Je suis certain que Josy ne serait pas fâchée non plus de te voir un peu moins pendant quelque temps. Alors je vais te faire une proposition : partons ensemble en vacances ! Oui, tous les deux !

Voici comment cela pourrait se dérouler : nous nous retrouvons fin mars à Roissy (je te rembourse ton voyage SNCF Le Mans/Paris/Le Mans) ; nous prenons un vol Air Canada pour Toronto (Ontario) ; nous y séjournons une semaine dans un hôtel confortable (c'est un euphémisme, tu le constateras) ; nous visitons la ville ; nous dînons dans des bons restaurants ; nous allons à des concerts que tu auras choisis

(The White Buffalo, tu connais ? Va écouter en ligne et tu me diras) ; nous allons voir jouer les Toronto Raptors en basket, peut-être les Maple Leafs en hockey sur glace ; tu te fais tatouer un grand JOSY sur l'épaule gauche ; tu achètes une super paire de bottes en cuir que tu ne quittes plus même pour dormir, et j'en passe. Une dizaine de jours plus tard, nous rentrons en France. Tu pèses deux kg de plus, mais tu es ravi, Josy te dit que tu lui as manqué, tu dis à Josy qu'elle t'a manqué et le plus drôle c'est que vous pensez tous les deux ce que vous dites.

Il est bien entendu que je me charge de régler absolument toutes tes dépenses depuis ton départ du Mans jusqu'à ton retour au Mans. C'est *all inclusive*. Qu'en dis-tu ? Ah, tu en dis que tu ne comprends pas, qu'il y a un lézard, que je vais te demander quelque chose en retour. Et tu as raison. Mais rassure-toi, ce quelque chose ne te prendra que quelques secondes. C'est un simple geste à accomplir.

Ce geste consistera à tendre ton bras droit sur le côté, à l'amener le plus loin possible vers l'arrière, à l'armer comme on dit, à serrer fort ton poing, à projeter les deux vers l'avant, à exploser le nez d'un type que tu ne connais pas et à disparaître. Ah oui, tu devras lui dire une phrase que tu auras apprise par cœur, en anglais, ou en français, comme tu voudras, la personne comprend les deux. Tu parles un peu anglais, Max ?

C'est tout. Reconnais que l'offre est généreuse.

Si tu veux bien, je t'expliquerai au téléphone, ou par mail, ou en direct, le sens de tout ça (ça en a !).

De ton côté, peux-tu me dire en peu de mots dans ton prochain mail si c'est oui ou si c'est non. J'en ai besoin très rapidement.

J'oublie un détail qui peut entrer en ligne de compte et t'ôter tout scrupule : le type l'aura vraiment, mais alors vraiment mérité.

Je t'embrasse.

Pierre-Marie

P.-S. : Inutile de te préciser que ce mail est ultra-confidentiel.

~

Le 6 mars 2019

De : Max Vallardier
À : Pierre-Marie

Si je parle anglais ? *I want, my nephew !*

J'ai rien compris à ton histoire, mais ma réponse est : YES.

Je t'appelle ce soir (Josy a bridge).

Max

Max Vallardier et Pierre-Marie Sotto se connaissaient depuis la classe de cinquième B du collège Ernest-Chalamel de Dieulefit dans la Drôme, c'est-à-dire depuis plus de cinquante-trois ans et leur amitié n'avait jamais tangué. Pendant leurs années d'études supérieures ils avaient joué dans la même équipe de rugby universitaire, à Aix-en-Provence. Sotto, avec ses grands bras, portait le numéro quatre et faisait toujours une ample moisson de balles à la touche. Vallardier était talonneur et ce qu'il aimait par-dessus tout c'étaient les matches rudes. En cours de partie, il ne ratait jamais une occasion d'ouvrir une arcade ou d'envoyer son vis-à-vis au pays des rêves pendant une minute ou deux, et lorsque cela tournait à la bagarre générale, il éprouvait une réelle jubilation. Il n'était pas du genre à se composer un visage menaçant et à lancer ses poings dans tous les sens sans atteindre personne. C'était bien plus inquiétant. Il devenait livide, ciblait un plexus ou un foie et ne donnait qu'un coup.

Ce soir-là, la conversation téléphonique entre les deux hommes dura presque une heure et demie. Sotto parla beaucoup et Max commenta le plus souvent par de simples : « Oh l'enfoiré… ah je vois… oui il faut le calmer celui-là… » Quand elle se termina, Sotto eut beaucoup de mal à se retenir d'envoyer un mail à Toronto, un mail qui aurait juste dit : « Adeline, ne t'en fais plus de rien, on arrive. »

~

Toronto
Le 7 mars 2019

Reste calme et solide, se récitait Adeline. *Ne t'affole pas. S'il y a une personne folle dans ta maison, je ne suis pas sûre que ce soit toi.* On était jeudi. Trois jours s'étaient écoulés depuis le White Squirrel, ses fouilles n'avaient toujours rien donné et elle avait relu le dernier message de Pierre-Marie tant de fois qu'elle le connaissait par cœur. « Tâte le terrain. Vois comment il réagit. » Oui, d'accord. Mais pour l'instant, elle n'avait pas trouvé le bon angle, le bon prétexte pour demander à Ben *s'il n'aurait pas vu ses papiers par hasard*. Autant à l'écrit Adeline mentait facilement, autant de vive voix, elle craignait une maladresse, le tremblement de sa voix, la pâleur soudaine de son visage, bref de se trahir.

« J'ai un ami avocat. » Oh non, pitié. Pas ça. Pas cet engrenage. Elle y avait mis le doigt, jadis, lorsqu'elle avait divorcé de son premier mari (un enfer) puis la disparition de Vincent l'avait de nouveau confrontée aux rouages inextricables de certaines administrations. Depuis, tout ce qui ressemblait de près ou de loin à un avocat était associé dans son esprit à une série de mots repoussoirs : angoisses, dépression, insomnies, factures. Cette fois, elle voulait se sortir de là sans passer par la case judiciaire.

Elle devait ré-flé-chir. Se montrer plus maligne que l'adversaire. Voire *les* adversaires. Car contrairement à Pierre-Marie, Adeline doutait que Kelly soit son alliée. Kelly l'utilisait, tout comme Ben, pour arriver à ses fins. Elle ne pouvait donc faire confiance à personne. Ne compter que sur elle-même. À ce stade, Adeline commençait à s'imaginer dans le rôle d'une héroïne de film d'espionnage. Par chance, comme le lui avait rappelé Pierre-Marie, elle avait revu TOUS les Hitchcock en sa compagnie pendant l'hiver 2014. Elle était Ingrid Bergman dans *Les Enchaînés*. Elle était Joan Fontaine dans *Soupçons*. Elle était Grace Kelly dans *Le crime était presque parfait*. Bref, elle était dans les emmerdes jusqu'au cou.

Le 8 mars 2019

De : Adeline
À : Pierre-Marie

Cher Pierre-Marie,

J'ai tenu compte de tes conseils : je fais de mon mieux depuis lundi pour rester calme. J'ai profité des absences de Ben pour retourner la maison de fond en comble, ce qui m'a obligée à vider les derniers cartons qui encombraient mon bureau. Ben y a vu le signe que je m'installais enfin, que j'entrais pour de bon dans l'avenir, c'est-à-dire en Amérique. Je n'ai pas démenti. J'ai souri.

Je souris beaucoup ces derniers jours et je fais tout ce qu'il faut pour éviter de déclencher les contrariétés. Le ménage est impeccable, je me suis remise à la cuisine et si je sors, comme aujourd'hui, c'est en cachette. À mon retour, j'efface toutes traces (la neige fondue s'est transformée en gadoue) et je vais jusqu'à passer les semelles de mes boots au sèche-cheveux histoire qu'il ne me pose aucune question.

Tu penses que j'en fais trop ? Que je deviens parano ? Peut-être. Mais il y a une vertu, et non des moindres, à se croire tombée dans un piège hitchcockien : je me suis réveillée. Je veux dire, la VRAIE Adeline est sortie de l'hébétude. La fausse, celle qui subit sans rien dire remarques et moqueries depuis des mois, me sert à présent de couverture. C'est elle qui prépare le dîner. C'est elle qui s'exclame « Bonsoir, chéri ! » lorsque Ben franchit le seuil de la maison vers 19 heures. C'est elle qui sifflote en passant l'éponge sur la table.

C'est elle enfin qui se plie aux désirs sexuels de Monsieur (la vraie Adeline, soyons honnête, n'en a plus envie). Et ça marche : le calme règne, en apparence, au 14 Palmerston Avenue.

Aujourd'hui, après avoir tourné le problème dans tous les sens, je me suis résolue à aller déclarer la perte de mon passeport au commissariat. L'officier de police qui m'a reçue parlait vaguement français, c'était très appréciable. Il m'a demandé si j'avais un document officiel permettant d'établir mon identité. Je lui ai précisé que non, puisque TOUS mes papiers avaient disparu, et là, il a fait la grimace. « Même pas un scan ? Une vieille photocopie ? (Euh… non.) On ne vous a jamais dit qu'il faut *toujours* garder une copie de vos papiers ? Ou bien en confier une à des proches ? » Là, j'ai pensé à mon frère et j'ai hésité entre éclater de rire et fondre en larmes. Bref, tout ça n'a servi à rien, je suis repartie la tête basse. Si j'ai bien compris, il va falloir que je m'adresse au consulat, que le consulat contacte la mairie de mon lieu de naissance, qu'on établisse des certificats de conformité, etc. Toutes ces démarches vont prendre des semaines ! Ça me décourage d'avance.

Nous voilà vendredi. Selon notre arrangement à l'amiable, Éliette doit venir passer la nuit à la maison, comme la semaine dernière. Mais en toute logique, je m'attends à une annulation de dernière minute. Kelly ne va pas faire semblant *ad vitam* d'ignorer la procédure lancée contre elle et je n'imagine pas qu'elle accepte de nous laisser la petite dès lors que la guerre sera déclarée entre elle et Ben. Comment va-t-il me présenter les choses ? Mystère.

J'évite de penser trop souvent à ma petite pomme d'amour. Quel crève-cœur ! Je me sens piégée, c'est certain, mais elle ? Du haut de ses 7 ans, elle l'est bien plus que moi. Ses parents vont régler leurs comptes sur son dos, et ça, c'est la pire des situations.

Alors distrais-moi, Pierre-Marie. Raconte-moi des anecdotes françaises. Drômoises, même ! Raconte-moi ton ordinaire, et dis-m'en davantage (si tu le souhaites) sur ces « jongleries » de ton futur roman. Tu m'as dit qu'il fait beau. Est-ce que les abricotiers sont en fleur ?

Je t'embrasse.

Ta Canadienne.

P.-S. : En m'écrivant en novembre dans l'espoir que je ne « sorte pas pour toujours de ta vie », tu ne t'attendais sûrement pas à ce que j'y prenne de nouveau une telle place, n'est-ce pas ?

Adeline envoya le mail avec son adresse secrète. Elle lança ensuite son moteur de recherche en mode confidentiel. Au moment où elle entrait sur le site du consulat de France, un bruit se fit entendre depuis les pièces du bas. Elle tressaillit, referma les onglets et tendit l'oreille. Il n'était pas 15 heures, ça ne pouvait pas être Ben. Et si ce n'était pas Ben… Les bruits continuaient : sacs en papier qu'on ouvre, objets qu'on pose, clés qui tintent. Adeline se leva, prit une profonde respiration, et alla se pencher au-dessus de la rambarde de l'escalier.

— Sue ? appela-t-elle. *Are you here ?*

La Bégude-de-Mazenc
Le 10 mars 2019

Sotto tendit le bras vers sa calculette. Récolter en ligne tous les chiffres nécessaires lui avait pris du temps, mais il aurait maintenant une idée plus précise de ce qu'allait lui coûter sa petite fantaisie américaine.

Il tapota allègrement puis plus lourdement, et plus il tapotait, plus sa mine s'allongeait.

Billets d'avion Paris-Toronto-Paris pour deux personnes : 5 000 euros

Hébergement de onze nuitées pour deux personnes : 4 800 euros

Une trentaine de repas (déjeuners et dîners) : 1 500 euros

Spectacles sportifs et concerts : 1 000 euros

Il ajouta 1 000 euros intitulés *divers* dans lesquels il comptait les voyages TGV en France, les transports publics ou les taxis à Toronto, et il pressa une dernière fois la touche +.

— Ah quand même, marmonna-t-il en voyant s'afficher la somme de 13 300 euros.

Il tâcha de raisonner. Le prix des billets d'avion n'était pas négociable. N'en parlons plus. L'Hôtel Sheraton Centre Toronto n'était certes pas donné, et il ne correspondait en rien à son goût personnel, mais avec ses 43 étages et ses 1 372 chambres il leur garantirait l'indispensable anonymat. N'y touchons pas.

Quant au reste des dépenses, il avait promis un séjour classieux à Max, il n'allait pas mégoter.

Il songea, dépité, aux 600 euros que Gloria avait dépensés pour faire rectifier le museau de son Yoann. On ne jouait plus dans la même catégorie.

Il ralluma son ordinateur pour aller consulter en ligne l'état de son compte en banque, mais c'était inutile, il ne le connaissait que trop.

La vente de Dieulefit lui avait rapporté un peu plus que l'achat de La Bégude lui avait coûté, mais à l'automne 2016 (sans doute parce qu'il ne se voyait alors plus beaucoup d'avenir) il avait fait une donation de 25 000 euros à chacun de ses six enfants. Par ailleurs ses droits d'auteur, faute d'être alimentés par de nouvelles publications, s'étaient lentement érodés, si bien qu'en ce début de printemps 2019 il ne pouvait plus compter que sur sa retraite et, à moins de casser son assurance-vie, il n'était tout simplement pas en état de jeter 13 300 euros dans les eaux salées de l'Atlantique.

Le 10 mars 2019

De : Pierre-Marie
À : Oliver Vandeweert

Mon cher Oliver,

Je fais court et technique : j'ai refusé l'avance que tu m'as proposée sur mon prochain roman, mais finalement, et pour une fois, je la veux bien. Est-ce que ça pourrait être mis en place le plus vite possible, s'il te plaît ? Ne t'alarme pas, je n'en suis pas à faire la manche devant la gare de Montélimar ! C'est juste pour dépanner. Je t'expliquerai mieux à l'occasion. Je pars quelques jours au Canada, mais je resterai connecté.

Je t'embrasse.

Pierre-Marie

(Et je me mets au travail très bientôt.)

Certain par avance de la réponse positive de son éditeur, Sotto retourna sur le site d'Air Canada et en moins de dix minutes il avait finalisé son achat : deux billets allers-retours Paris-Charles-de-Gaulle-Toronto aux noms de Pierre-Marie Sotto et Max Vallardier pour un total de 5 147 euros tout compris. Le vol aller partirait de Paris à 11 h 30 le 19 mars, c'est-à-dire la semaine suivante, ce qui leur laisserait largement le temps d'obtenir l'autorisation d'entrer sur le territoire canadien. Puis il alla sur le site de l'hôtel Sheraton Centre de Toronto et réserva une chambre à deux lits jusqu'au 29 mars inclus. Il régla tout avec sa carte bancaire, à la suite de quoi il ressentit comme un violent coup de chaleur. *J'ai fait quoi, là ?* se demanda-t-il à voix haute. Y avait-il vraiment urgence à acheter les billets ? Pourquoi cette irrésistible précipitation ? La seule réponse qu'il trouva était celle-ci : il était amoureux d'Adeline et plus rien ne l'arrêterait.

Il allait fermer son ordinateur pour de bon quand lui arriva le mail, à minuit pile.

Le 10 mars 2019

De : Adeline
À : Pierre-Marie

Pierre-Marie,

Un SMS n'aurait pas suffi à te raconter ces dernières quarante-huit heures, d'où ce mail que je prends le risque de t'écrire, même si – dimanche oblige – Ben est dans les parages.

Sue Wyatt (qui a définitivement le double des clés de chez moi) a débarqué sans crier gare vendredi après-midi, juste après l'envoi de mon dernier message. Elle m'a annoncé qu'elle avait fait des courses dans une prétendue épicerie française et qu'elle avait l'intention de se mettre aux fourneaux avec moi.

— *But, but…* ai-je bégayé, *Ben didn't said anything to me* ![2]

— *He doesn't know about it*, a minaudé ma belle-mère. *It's a surprise !*[3]

— Ok, ai-je dit. *And what are we celebrating ?*[4]

Par-devers moi j'ai pensé : les Wyatt fêtent peut-être un peu vite leur victoire juridique contre la partie adverse ? Mais bien sûr, Sue n'a pas mentionné le cabinet d'avocats Flemings & Partners LLP, elle s'est contentée de hausser les épaules en s'esclaffant :

— *Nothing, my dear ! It's just like that !*[5]

J'ai appliqué ma nouvelle règle : j'ai souri. Sue a déballé ses emplettes et j'ai compris que j'allais devoir improviser un *dîner français* pour huit personnes à base de pain de mie, de tranches de fromage sous-vide, de tomates, de poivrons, d'oignons et de charcuteries italiennes.

— *So, let's cook !*[6] s'est exclamée Sue en retirant ses bagues (elle en porte une à chaque doigt des deux mains, un vrai présentoir de bijoutier).

Si tu savais comme j'avais envie de lui dire de foutre le camp de *ma* cuisine ! Au lieu de ça, j'ai encore souri et en prenant le ton le plus innocent, j'ai dit :

— *Éliette will be happy ! She loves french cook very much, you know !*[7]

Sue a fait une petite grimace. Elle s'est composée une tête de circonstances avant de m'expliquer que Kelly avait appelé Ben pour lui dire que la petite était malade (*a highly contagious chickenpox*[8] – j'ai vérifié, ça veut dire varicelle) et que par conséquent elle ne viendrait pas à la maison.

À mon tour, j'ai simulé la surprise et la déception.

— *What a pity ! Poor little girl !* (Là c'était sincère.) *But never mind. Let's cook for the family !*[9]

Le reste de l'après-midi a été du même tonneau : le carnaval des faux-culs. Je me suis juste offert un petit plaisir à un moment donné, pendant que nous préparions le dessert – un simulacre de clafoutis à base de cerises au sirop. Profitant de ma position de chef cuistot, alors que j'avais les deux mains prises, j'ai soudain réclamé, sur un ton pressé et *en français* :

— Il doit y avoir un verre doseur dans le placard à votre gauche, Sue, vous voulez bien me le passer ?

Sans réfléchir, Sue a ouvert le bon placard et m'a tendu ce que je voulais.

— Merci beaucoup, ma chère.

Sa tête quand elle a réalisé qu'elle venait de se démasquer ! J'en ris encore ! Mais, *Française* jusqu'au bout des ongles, j'ai eu l'élégance de ne pas relever et de savourer ma petite victoire en toute discrétion.

Ben est rentré du boulot et il s'est joint à notre charmante comédie. *Mummy ? You're here ? What a surprise !*[10] (Alors qu'évidemment cette soirée, comme le reste, avait été planifiée dans mon dos.) Il m'a embrassée, s'est exclamé que ça « sentait bon la France » et il s'est servi un double-scotch comme dans *Mad Men*. Puis Sydney Wyatt (le père) est arrivé, suivi de Doug (le frère), Sarah (la femme du frère), May (la sœur) et Stewart (le mari de la sœur), tout ce petit monde s'est installé dans les canapés de *mon* salon et à partir de là, j'ai vraiment eu l'impression de jouer dans le décor en carton-pâte d'une sitcom.

Je te passe le dîner (un salmigondis), je te passe aussi la conversation à laquelle je n'ai, cette fois-ci, même pas cherché à m'accrocher. Assise au bout de cette table, dans cette salle à manger de Palmerston Avenue, je me demandais quand et comment cette bande d'hypocrites allait me cracher le morceau sur leurs intentions réelles au sujet d'Éliette. Je regardais Ben. Il riait, parlait, gesticulait beaucoup. Il faisait rire sa sœur. Il charmait sa mère. Moi, il m'ignorait. Alors subitement, j'en ai eu assez. Est-ce que c'est ça, l'inspiration, Pierre-Marie ? Un élan fou ? Une fulgurance qui t'oblige soudain à faire un pas dans le vide en priant pour que quelqu'un ou quelque chose amortisse ta chute ? Je me suis levée et je suis restée debout, immobile, jusqu'à ce que tout le monde me regarde. Quand le silence a été parfait, j'ai pris la parole. En français.

— Pardonnez-moi si j'ai l'air un peu absente, ai-je improvisé. C'est que… j'ai appris une terrible nouvelle aujourd'hui. C'est ma meilleure amie… Elle vient de mourir. Un cancer foudroyant. Sa mère m'a appelée pour m'avertir : les obsèques auront lieu en fin de semaine prochaine, dans son village natal en Bourgogne.

Les mouches volaient. J'avais l'impression d'être sur une scène de théâtre, tu sais, avec le rond de lumière sur moi, annonçant le monologue. Il fallait que j'aille au bout, il fallait que je sois la plus convaincante possible. Alors j'ai pensé à toi. Je me suis dit : fais comme le grand Sotto ! Invente, brode à partir de ce que tu connais et raconte ! N'importe quelle invention peut sembler vraie si les émotions sonnent juste ! Vas-y ! Ton Goncourt à toi, c'est maintenant !

— Elle s'appelle Marie-Pierre, ai-je commencé (je me suis mordu la lèvre pour ne pas rire, mon auditoire a cru que je réprimais un sanglot.). Enfin… elle *s'appelait* Marie-Pierre. Je l'ai connue à 13 ans. On était dans la même classe au collège de Deuil-la-Barre. À l'époque, j'avais des kilos en trop et l'étrange manie de saigner du nez, subitement, au beau milieu des cours. Ces saignements (je l'ai compris plus tard) étaient une manifestation spectaculaire de mon mal-être : tout ce que je ne pouvais pas dire, je l'expulsais en saignant. Je passais pour une fille bizarre et on me mettait sur la touche. La seule qui ne se moquait pas de moi, la seule qui se portait volontaire pour m'accompagner à l'infirmerie, c'était Marie-Pierre. Plus tard, lorsque mon père nous a abandonnées, ma mère et moi, une seule personne m'a aidée à ne pas sombrer : Marie-Pierre. Des années après, quand mon père est mort, elle est venue à son enterrement. Aujourd'hui, c'est elle qu'on enterre. Aujourd'hui, c'est à mon tour de l'accompagner.

Le mélange de véritables souvenirs et de mensonges s'est avéré payant : j'avais les larmes aux yeux. Je te jure ! J'étais debout devant mon dîner minable, à Toronto, et pourtant, j'étais en train de saigner du nez devant Mme Tatcheff, ma prof de maths en classe de quatrième. Et je voyais cette élève imaginaire, cette *meilleure amie* que je n'ai jamais eue, me prendre par le bras pour me conduire avec sollicitude jusqu'à l'infirmerie ! C'était si beau, si tragique aussi, que les sanglots sont montés, montés... et j'ai fini mon discours dans un torrent de larmes.

Autour de la table, c'était la consternation. Pas un Wyatt n'a bronché, sauf ce pauvre Sydney, le père de Ben, qui m'a fait un petit signe discret, l'air de dire « comme c'est triste, je suis désolé pour vous ». J'ai fini par me calmer, et entre deux hoquets, j'ai conclu :

— Tout ça pour vous dire qu'aujourd'hui, j'ai voulu réserver une place dans un avion pour Paris. J'ai cherché mon passeport là où je le mets toujours... Il n'y était pas. Je l'ai cherché, cherché, mais rien.

Ben s'est tassé sur sa chaise. J'ai intercepté le regard qu'il a échangé avec Sue.

— Chéri, ai-je dit, implorante, tu n'aurais pas déplacé mes papiers, *par hasard* ?

Il y a eu un silence, puis Ben a secoué la tête en écartant les bras.

— Mais non, voyons ma chérie, pourquoi veux-tu que… Tu as dû oublier où tu les avais mis, tout simplement ! On cherchera ensemble, demain, d'accord ? Ces temps-ci, tu es très sensible, tu oublies facilement des choses, on dirait. Si tu veux, je demanderai au docteur de revenir te voir ?

À ce moment-là, j'ai repensé aux Hitchcock qu'on avait revus ensemble, toi et moi. Qu'auraient fait Joan Fontaine, Ingrid Bergman et Grace Kelly si elles avaient eu Ben devant elles ? Se seraient-elles laissé embobiner ?

J'ai essuyé mes larmes, j'ai quitté cette table de Tartuffe et sans un mot de plus, je suis allée me coucher.

Maintenant, nous sommes dimanche. Ben a fait mine de chercher avec moi mon passeport – introuvable évidemment –, puis j'ai prétexté une migraine et je me suis enfermée dans la chambre d'amis avec mon ordinateur pour t'écrire.

Je crois que ça va marcher ! Je crois qu'en continuant à lui mettre la pression avec cette histoire de décès, il y a des chances pour que Ben retrouve « miraculeusement » mes papiers ! Il a beau être manipulateur, je ne l'imagine quand même pas m'empêcher d'aller à cet enterrement. Alors que dis-tu de mon stratagème ? Si tout se passe bien, je vais sauter dans un avion pour Paris dans trois jours ! (Et une fois en France, loin des Wyatt, j'aviserai.) Quand je te disais que la VRAIE Adeline était réveillée ! J'espère que tu es fier de moi !

Affaire à suivre, Pierre-Marie !

Je t'embrasse !

Ta Canadienne revigorée.

~

La Bégude-de-Mazenc
Le 11 mars 2019
6 h 30

Sonné ! Après le coup de chaud consécutif à l'achat des billets et le mail délirant d'Adeline au milieu de la nuit, Sotto n'avait pas pu dormir plus de quatre heures. Il imaginait, partagé entre le rire et la honte, deux avions se croisant dans le ciel, à six mille mètres d'altitude, l'un ramenant en France une Adeline parfaitement libre et joyeuse, et l'autre emportant au Canada deux branquignols partis pour la sauver. Il avait bien entendu aussitôt foncé sur le site d'Air Canada pour consulter les conditions d'annulation. Oui, on pouvait annuler sa réservation jusqu'au jour même du vol. Il avait tout de même préféré attendre avant de le faire.

Il avala un café et ouvrit son ordinateur, concentré. Il allait devoir peser chaque mot.

Le 11 mars 2019

De : Pierre-Marie
À : Adeline

Adeline,

Tu es carrément incroyable ! J'ai lu ton mail hier soir, mais, gros lourdaud que je suis, j'atterris ce matin seulement : tu as nommé ta meilleure amie imaginaire… *Marie-Pierre* ! Autant te le dire : apprendre tout à la fois qu'on a retourné mon prénom dans l'autre sens, que je suis devenu une femme et surtout que je suis mort, ça m'a un peu secoué !

Plus sérieusement, je suis honoré que tu m'aies élu *meilleur ami* même sous cet avatar. J'ai été touché, aussi. Je vous imagine toutes les deux marchant vers l'infirmerie, toi ton mouchoir rougi sous le nez et elle te conduisant gentiment par le bras. Les histoires d'amitié m'émeuvent autant que les histoires d'amour. Pas toi ?

J'aurais payé cher pour assister à la scène du repas, pour te voir te lever et attendre sans un mot jusqu'à ce qu'ils te considèrent, pour écouter ensuite ton discours, debout entre la table et ta chaise. Avoue que tu t'es prise au jeu. C'est fou comme une fiction bien troussée peut prendre la consistance du réel ! Tes larmes de comédie se sont vite changées en larmes sincères. Tu as pleuré cette amie que tu n'as jamais eue. Tu as cru en elle. En réalité, elle t'a offert un beau prétexte pour verser les larmes qui auraient dû couler bien avant, pour d'autres raisons, et que tu retenais. Les Wyatt n'ont rien compris à ton émotion. Je crois bien qu'ils ne comprennent rien à toi tout court.

J'aurais jubilé en voyant leurs têtes éberluées. Ils étaient tous tellement sûrs de leur fait, dominateurs, et voilà que la petite Française jusque-là si docile et silencieuse venait mettre la pagaille dans leur stratégie !

Si je suis fier de toi ? Oh, mais c'est bien au-delà. Je suis impressionné et je pense que tu as joué très fin. Soit Ben a un peu de cœur et il te « retrouve » immédiatement ton passeport, soit il s'entête à t'empêcher de partir alors que rien n'est plus important pour toi, et tu pourras en tirer la conclusion qui s'impose.

S'il te plaît, tiens-moi au courant dès que tu as du nouveau. Je veux vraiment savoir où tu en es, j'allais dire au jour le jour. Écris-moi par exemple : « Passeport récupéré. Je rentre en France. » Ça me suffira. Bravo encore. À toi toute seule, tu vaux Ingrid Bergman, Joan Fontaine et Grace Kelly !

Alfred

~

Le 12 mars 2019

De : Adeline
À : Pierre-Marie

Pierre-Marie, toujours pas de passeport, c'est cuit, je ne vais pas pouvoir rentrer.

Depuis que j'ai pleuré l'autre soir, Ben a l'air inquiet pour moi. Il a même téléphoné (en ma présence) à un de ses amis qui travaille dans je ne sais quelle institution provinciale pour voir si on pouvait m'obtenir en urgence un passeport provisoire. Ça n'a pas marché, hélas (il aurait fallu que je produise un certificat de décès de cette amie qui n'existe pas), mais j'ai eu l'impression qu'il cherchait véritablement à m'aider.

Je ne sais plus quoi faire ni quoi penser. Hier, je me suis cognée dans un angle de placard, j'ai failli m'éborgner, et ce matin, j'ai passé vingt minutes à chercher mes lunettes jusqu'à ce que je me rend compte que je les avais sur le nez. Je suis tellement à côté de mes pompes ! Si ça se trouve, j'ai vraiment égaré mes papiers.

Adeline

~

La Bégude-de-Mazenc
Le 12 mars 2019

Une institution provinciale ! Pour obtenir un passeport « provisoire » ! C'était tellement énorme qu'on aurait pu en rire. Oui, Adeline devait être bien à l'ouest pour se laisser entortiller comme ça. Sotto donna du plat de la main un coup si violent sur son clavier que l'écran de l'ordinateur présenta l'espace d'une seconde l'aspect d'une gaufre psychédélique avant de revenir à la normale. Il se leva et arpenta son bureau une dizaine de minutes. Se calmer. Ne pas répondre à chaud avec cette rage en lui. Ça attendrait un peu.

Le 12 mars 2019

De : Pierre-Marie
À : Adeline

Bon, si tu penses vraiment que Ben est de bonne foi, tu as tes raisons. C'est toi qui le connais, pas moi. Prends soin de toi, dans tous les cas. Ne te mets pas en danger. Et ne me laisse pas sans nouvelles. Je vais passer deux jours à Toulouse chez Nicolas. Un de ses garçons va courir un cross « très important » demain et j'ai juré craché il y a six mois que j'irai le voir, alors j'y vais. Je rentre jeudi.

Je t'embrasse.

Pierre-Marie

~

Le 13 mars 2019

De : Adeline
À : Pierre-Marie

Pierre-Marie,

Tu m'as demandé des nouvelles régulières, voici les dernières. Ben a insisté pour que le médecin revienne m'examiner. J'ai 9/6 de tension (pas étonnant que j'aie des vertiges) et il m'a prescrit un bilan sanguin. Ben va prendre sa matinée, demain, pour m'accompagner au laboratoire. Je suis paumée, je t'assure. Hier soir, il m'a annoncé qu'il avait récupéré le double de nos clés et que Sue ne viendrait plus jamais chez nous à l'improviste. Imagine mon soulagement ! Puis, à ma totale stupéfaction, il m'a parlé de Kelly. « Cartes sur table », a-t-il dit. Et il m'a tout avoué au sujet de l'action juridique entreprise en son nom par Flemings & Partners. J'ai fait comme si je n'étais pas au courant, bien sûr, et il a justifié son silence en disant qu'il n'avait pas voulu me mêler à ces sales histoires avec son ex, car il n'y a pas pire poison pour un couple que les ardoises laissées par le couple précédent (*sic*). Je dois dire qu'il a raison sur ce point. Selon lui, Kelly est folle de rage qu'on se soit mariés, notamment pour des raisons financières, la fortune du clan Wyatt étant assez conséquente. Sinon, pourquoi à peine revenue au Canada, se serait-elle empressée de saisir un avocat ? m'a-t-il demandé. « Il faut bien que je me défende ! Méfie-toi d'elle, Adeline. Elle va tout mettre en œuvre pour nous plumer et briser notre couple. » En prononçant ces mots, il est devenu pâle et tremblant comme un enfant, ça m'a remuée.

Depuis dimanche, j'ai l'impression d'enchaîner les loopings. Je ne sais plus où j'en suis. Tout va peut-être s'alléger ? S'éclaircir ? Ou bien non ? Je suis trop fatiguée, de toute façon, pour réfléchir davantage.

Je te communiquerai mes résultats d'analyses. S'il te plaît, prends soin de toi aussi. Tu ne m'as pas dit si les abricotiers sont en fleur. Ici, aucun signe de printemps, fais-moi rêver !

Adeline

P.-S. : Un cross ! Sais-tu qu'à l'époque où j'étais retournée vivre chez ma mère après mon divorce (mon époque sportive), je courais le 10 km en quarante-cinq minutes ? La vache, c'est loin tout ça.

~

Le 14 mars 2019

De : Pierre-Marie
À : Adeline

Adeline,

Je rentre à l'instant de Toulouse et je trouve ton mail.

Je m'inquiète pour toi. Pendant tous ces mois que nous avons passés ensemble, tu étais toujours pétaradante d'énergie, et maintenant voilà. Repose-toi autant que tu peux. Ça va aller, hein ?

Ben a donc compris tout seul que les visites à l'improviste de sa mère t'exaspéraient. C'est un bon point, je le reconnais. Ça va peut-être t'aider à retrouver un peu de sérénité. Ceci dit, ne t'emballe pas, tu sais bien comme il peut souffler le chaud et le froid.

Je t'embrasse et te jette une brassée de courage ! (Pas terrible, Sotto, cette figure de style !)

Pierre-Marie

P.-S. 1 : Rémi, 12 ans, a fait 165e de son cross, et c'est con, mais j'ai eu les larmes aux yeux en le voyant tout donner dans la dernière ligne droite pour ne pas faire 166e.

P.-S. 2 : Ah oui, Max va descendre ici le 19 pour une dizaine de jours. Il y a de l'eau dans le gaz avec Josy et les deux combattants ont besoin d'une trêve, je crois. Je vais lui préparer un petit programme : ciné à Montélimar, rugby à Lyon, etc. Et bonnes bouteilles bien sûr. Tiens, je me demande si ce n'est pas ce qu'il te faudrait, à toi, en ce moment. Je suis sans doute naïf, mais parfois je me dis qu'un bon petit bordeaux et une heure ou deux de rigolade valent bien des traitements chimiques.

P.-S. 3 : Eh non, les abricotiers ne sont déjà plus en fleur depuis quelques jours ! Maintenant, ce sont les pêchers et les pruniers. Et il y a en abondance cette année : les violettes, les pervenches, les primevères, sans parler de l'explosion jaune des forsythias.

Sotto passa la matinée à recenser tous les concerts et toutes les manifestations sportives dignes d'intérêt dans la période du 19 au 29 mars 2019 à Toronto. Il adressa sa liste à Max vers midi et demi avec ce bref commentaire : « Tu choisis et je réserve. Fais vite stp. » Il doubla son envoi d'un SMS : « Regarde tes mails stp », auquel Max répondit :

« Je finis de grailler et je regarde ». À 15 heures Sotto reçut les choix de Max : trois concerts (dont The White Buffalo), un match de basket-ball et un match de hockey sur glace. Cela leur ménagerait donc six journées libres, ce qui semblait raisonnable pour régler leur petite affaire. Il relança aussitôt son ordinateur et entreprit de réserver, vite surpris de la facilité avec laquelle on pouvait le faire. Il restait de la place partout. Mais la mauvaise surprise vint du prix des billets, dont Max n'avait manifestement tenu aucun compte. Le match des Maple Leafs contre les New York Rangers à deux cent cinquante-huit dollars la place lui resta en travers de la gorge. La calculette chauffait dans ses doigts et après réflexion il se demanda si en dix jours passés avec Max à Toronto il n'allait pas claquer plus d'argent qu'en deux ans de dépression à La Bégude-de-Mazenc.

~

Toronto
Le 16 mars 2019

Après des semaines de gel intense et de neige, Toronto sortait de la paralysie et s'ébrouait. Les trottoirs étaient déblayés, les rues grouillaient de voitures, de bus, et dans le parc, Adeline croisa un joggeur, puis deux lycéens sur leur skate ainsi que plusieurs personnes qui promenaient leurs chiens. Tant de normalité la bouleversa. Il y avait donc, ici, dans cette ville immense et si étrangère à ses yeux, des gens qui s'amusaient, travaillaient, se rendaient à des rendez-vous, faisaient des projets, s'aimaient ou profitaient d'un rayon de soleil ? La gorge nouée, elle suivit longuement du regard une femme rousse accompagnée d'un magnifique golden retriever et l'idée lui vint que c'était peut-être ce qu'il lui fallait pour être enfin heureuse : la présence, simple et franche, d'un animal.

Le 16 mars 2019

De : Adeline
À : Pierre-Marie

Pierre-Marie,

Un mail rapide pour t'annoncer que ta Canadienne, malgré ses vertiges, sa petite tension et ses 49 piges, a une hématologie et une biochimie sanguine de première main. Glycémie : OK. Cholestérol : impec. Triglycérides : dans la fourchette. Sodium, potassium : *regular*. Il n'y a que le fer, un peu bas, qui reste à surveiller.

Bonnes nouvelles donc. Si ce n'est que je reste sans énergie et sujette au vague à l'âme. Un rien m'émeut. D'ailleurs, merci pour ton dernier message et « l'explosion jaune des forsythias ». J'adore ce mot : *forsythia*. Il me paraît aussi beau que la chose qu'il désigne, c'est comme si tu me les avais véritablement envoyées, ces fleurs. (Lire entre les lignes : vous devriez écrire, monsieur Sotto, vous avez un don pour ça.)

Maintenant qu'il fait moins froid et que les jours rallongent, Ben m'incite à sortir plus souvent et à explorer mon nouvel environnement. Ce week-end, il a proposé de m'emmener visiter les îles. Il y a un ferry qui traverse le lac. La vue sur la skyline de Toronto est, paraît-il, superbe. J'aurais aimé le faire avec Éliette, mais pour l'instant, les visites de ma petite pomme sont suspendues. Ben m'a promis que nous y retournerions, tous les trois, bientôt. Il dit qu'avant l'été, nous serons réunis pour de bon, Éliette, lui et moi… Est-ce bien raisonnable d'y croire ?

Je t'embrasse.

Adeline

P.-S. : J'ai eu une vision : quand tout ça sera fini, j'adopterai un chien dans un refuge. Un gentil. Un gros. Je l'aime déjà.

~

Le 16 mars 2019

De : Pierre-Marie
À : Adeline

Chère Adeline,

Content de savoir que l'hématologie et la biochimie sanguine réunies te déclarent au top. Mais ça ne m'étonne pas que le vague à l'âme leur ait échappé, leurs appareils ultra modernes manquent de finesse.

Ton P.-S à propos du chien m'a ému. Et, curieusement, un peu donné envie de faire ouaf ouaf.

Je t'embrasse.

Pierre-Marie

~

Le 18 mars 2019

De : Adeline
À : Pierre-Marie

Pierre-Marie,

Je t'écris en pleine nuit : 3 h 34 du matin, ici. (Donc 9 h 34 pour toi, à La Bégude-de-Mazenc, bonheur d'imaginer qu'il fait jour quelque part.) Je viens de faire un rêve désagréable qui m'a réveillée en sursaut. Je n'ai pas réussi à me rendormir, alors au bout d'un moment, je me suis levée, et je me suis dit que pour me débarrasser de l'impression laissée par ce rêve, le mieux, c'était de l'écrire. Et de te l'écrire, à toi.

Je ne sais pas si c'était un rêve ou une « visite » comparable à celle que tu as reçue de Léo. Là, c'était Vincent. Enfin, pas exactement : c'était lui et en même temps c'était toi – disons que c'était un hybride de toi et de lui. Nous nous trouvions dans une immense chambre, un lit était placé au centre, et sur le lit, une pile de linge : des vêtements d'homme, de femme, d'enfant, des serviettes de toilette, des draps, des nappes. Il fallait que je les plie et que je les range dans un placard, mais chaque fois que je commençais, l'homme défaisait tranquillement mon travail. Je m'énervais, je criais : « Laisse-moi ! », mais il ne m'écoutait pas. Et plus je m'obstinais à recommencer, plus il m'en empêchait, plus je m'épuisais. Soudain, Vincent/toi m'a hurlé : « Tu vois bien qu'il manque le jaguar ! » C'est ça qui m'a réveillée en sursaut.

Comment interpréter ce jaguar ? Pourquoi « manque »- t-il ? Et à qui ? Et ce linge impossible à plier, à ranger, qu'est-ce que ça signifie ? On dirait une allégorie. Sisyphe et son éternel rocher ? Pénélope et son interminable tapisserie ? J'y réfléchirai demain, au grand jour. Quoi qu'il en soit, j'ai l'impression que Vincent et toi êtes venus me mettre en garde contre quelque chose. J'ai la conviction que je dois accorder de l'importance à ce rêve.

Tu m'as dit l'autre jour que je n'avais pas perdu ma magie, tu t'en souviens ? Peut-être est-elle en train de se manifester à travers le jaguar ? Un jaguar, Pierre-Marie, c'est très très sauvage ! On n'a jamais vu un jaguar (même femelle) se préoccuper de plier du linge, n'est-ce pas ? Tout ce qui l'intéresse, le jaguar, c'est de vivre libre. Dehors. Tout le contraire de ce que je suis en train de faire, en somme… Et merde, j'en pleurerais.

Si je meurs avant toi, Pierre-Marie, veux-tu noter ceci ? Un, je souhaite qu'on m'enterre (le feu me fait peur). Deux, je souhaite qu'on m'enterre près d'une grande forêt. Trois, si c'était possible de transférer le cercueil de mon minuscule Philémon pour qu'on passe l'éternité côte à côte, lui et moi, j'aimerais bien. (Il est enterré au cimetière de Deuil-la-Barre. Tu rentres par la grille principale, tu prends l'allée jusqu'au monument en marbre blanc, là tu tournes à droite et c'est le long du mur sur ta gauche, l'emplacement n° 107. C'est facile, tu verras l'inscription : Philémon Vaast [le nom de son père] 2 juin 1992 - 19 juin 1992.) Quant à l'épitaphe, je te laisse trouver une chouette phrase, d'accord ?

Je te demande pardon pour ces divagations nocturnes pas très marrantes. Je vais essayer de me rendormir. C'est aujourd'hui je crois (à moins que ce soit demain) que ton ami Max débarque pour vider ta cave. Alors, amusez-vous bien et buvez un coup à ma santé.

Je pense à toi.

Adeline

P.-S. : Ben continue d'être bizarre. Hier, sur le ferry en direction des îles, il m'a soudain récité un poème anglais du XVIIIe siècle. L'histoire d'un bateau encerclé par les glaces, d'un vieux marin et d'un albatros. J'ignorais qu'il aimait la poésie. Ça n'a pas loupé, j'en ai pleuré.

~

Le 18 mars 2019

De : Pierre-Marie
À : Adeline

Chère plieuse,

Je ne suis pas doué pour interpréter les rêves. Je trouve le tien beau et troublant, un poil vénéneux. Apparemment tu essaies de mettre de l'ordre et on t'en empêche, c'est ça ? Si tu y vois un avertissement, c'est peut-être qu'il y en a un. Je ne sais pas. Ça me dépasse. Récemment j'ai rêvé que je ne trouvais plus l'entrée de ma maison (celle de Dieulefit). Je tournais autour et il n'y avait plus de porte. Je faisais un autre tour, et un autre encore, j'avais peur qu'on me voie chercher ma propre porte, alors je faisais semblant de bricoler par-ci par-là, de ranger des trucs, j'avais honte.

Adeline, je devrais être rassuré par ce que tu me dis de Ben et de ses attentions, mais pardonne-moi : je peine à y croire. Tu m'as écrit qu'il te faisait du mal, est-ce que tu l'as déjà oublié ? Je sais, je t'en ai fait aussi il y a quatre ans, mais je crois que lui et moi ne boxons pas du tout dans la même catégorie. Apprendre par cœur douze lignes de Coleridge pour te faire craquer, c'est très fort. Il n'aime pas plus la poésie que moi le hockey sur glace. Tu le saurais, sinon, depuis des années que tu le côtoies ! Ne te rendors pas, bon sang ! Prends garde à toi.

Max arrive demain après-midi par le train. Il m'a dit au téléphone que Josy commençait à *les lui briser menu.*

Je pense à toi aussi et je t'embrasse

Pierre-Marie

P.-S. 1 : Oui, promis, si tu lèves les fers avant moi, j'ai bien pris note de tout. En particulier pour Philémon. Oh, cette chose lourde qu'on partage, tous les deux…

P.-S. 2 : Ah oui, l'épitaphe. Je verrais bien : *Ici se repose Adeline, parce qu'elle est fatiguée*. Qu'en penses-tu ?

Le 18 mars 2019

De : Adeline
À : Pierre-Marie

Merci de m'avoir répondu aussitôt, Pierre-Marie ! C'est tellement réconfortant de savoir que, même loin, tu es là… Oui, je sais, je dois rester vigilante à l'égard de Ben. Je n'arrête pas de changer d'avis et de te donner des informations contradictoires, c'est vrai. Mais la vie est souvent comme ça, non ? Imprévisible, aussi indéchiffrable qu'un rêve ?

J'adore mon épitaphe ! Avec une phrase de Pierre-Marie Sotto sur ma tombe, je vais po voir frimer dans l'au-delà et faire bisquer tous ceux qui auront de banals « regrets éternels » ou « à jamais dans nos cœurs », ça me console d'avance !

Allez, cette fois, je vais me recoucher.

Salue bien ton ami Max pour moi !

Adeline

P.-S. : C'était en effet du Coleridge. On voit que tu joues souvent au Jeu des mille euros.

La Bégude-de-Mazenc
Le 19 mars 2019

Sotto boucla sa valise, vérifia que tous les volets étaient fermés, les radiateurs éteints, et il attendit l'arrivée de Laura. Elle lui redemanda ce qui lui prenait de partir à Toronto pour aller y voir Adeline alors qu'elle s'y trouvait avec son mec. Et avec Max, en plus ! En hiver ! Il bredouilla qu'il lui expliquerait éventuellement à son retour. Elle lui passa tout de même commande de quatre ou cinq boîtes de sirop d'érable, au cas où il lui resterait de la place dans ses bagages, au retour. Elle le conduisit à la gare TGV de Valence à destination de l'aéroport de Roissy. Max, heureux comme un ado qui part en Angleterre avec ses potes, l'y attendait de pied ferme à l'hôtel Kyriad.

Le 19 mars 2019

De : Max Vallardier
À : Josy Vallardier

Hello Josy !

How are you doin' ? Ça fait drôle de t'écrire (surtout en anglais). Comme on est toujours ensemble, tous les deux, j'ai perdu l'habitude.

Bon, le grand et moi, on occupe la chambre 638 tout au bout du couloir, au 6e étage du Sheraton (voir photo ci-jointe). Laisse-moi te dire que c'est pas chez Ginette et Bruno ! Tu as vu la taille de l'écran plat ! On est un peu dans le cirage avec le décalage. C'est comme si la journée avait duré trente-deux heures. Si je m'écoutais je me mettrais au lit, mais je préfère pas, il vaut mieux résister et se recaler très vite. On va sortir faire un tour, là, ça nous tiendra réveillés. Je te raconte ce soir ou demain.

Bises.

Max

P.-S. : Si besoin, n'oublie pas que tu peux envoyer un SMS sur le portable de Pierre-Marie, il me le transmettra.

~

Toronto
Le 19 mars 2019

Le temps que Sotto prenne une douche brûlante et se refasse une beauté d'après voyage, Max dormait comme une bûche sur son lit queen size. Il avait juste quitté ses chaussures, mais sa respiration régulière et profonde ôtait toute envie de le réveiller. À 18 h 30 heure locale, il était visiblement parti pour sa nuit. Sotto lui jeta une couverture dessus, griffonna un message succinct, au cas où le bébé se réveillerait : « Suis parti faire un tour. Je reviens dans une heure ou deux.»

Il s'habilla, mit sa parka, son écharpe et quitta sans bruit la chambre 638. Une fois dehors, il tira la boussole de sa poche. Le sens de l'orientation lui avait toujours fait cruellement défaut, au point qu'il aimait à raconter qu'au huitième jour Dieu avait créé la boussole et le GPS spécialement pour lui, Pierre-Marie Sotto. Il renversa la tête en arrière et vit au-dessus de lui la falaise moderne que constituaient les quarante-trois étages d'acier et de verre de l'hôtel Sheraton, et plus loin d'autres immeubles, certains dorés, d'autres plus clairs, mais tous baignés de lumière dans la nuit tombante. D'après Google Maps, le 14 de Palmerston Avenue était à vingt-cinq minutes à pied. Il se mit en route vers l'ouest en suivant la Queen Street. Les maisons de brique, les commerces à l'ancienne, les cyclistes emmitouflés, les voix anglophones et lui qui marchait là, sur ce trottoir de Toronto parsemé de quelques restes de neige, tandis que Max dormait au 43ᵉ étage, tout cela lui sembla parfaitement irréel.

Il ralentit à l'angle de Palmerston Avenue. Les numéros pairs étaient sur la gauche. Fallait-il s'aventurer jusqu'au 14 au risque de tomber sur Adeline ? Elle en ferait une attaque cardiaque. Il pouvait tout aussi bien croiser ce Ben Wyatt qu'il avait appris à détester sans l'avoir jamais vu. Il releva son col, enfonça son bonnet et suivit le trottoir de droite. La maison se trouvait dans un léger renfoncement, comme pour mieux se protéger. L'auvent, le bow-window, les briques de différentes couleurs, les vélos garés devant avec leurs paniers à provisions sur le porte-bagages, tout respirait l'aisance et la sérénité. Comment imaginer une seconde que derrière le silence de ces murs une personne en tourmentait une autre, jour après jour, et que cette autre était Adeline ?

Il se demanda ce qui se passerait s'il allait tout simplement sonner à la porte. Qui lui ouvrirait ? Adeline ? Est-ce qu'elle se jetterait dans ses bras ? Ou plutôt Ben, rentré du travail, qui demanderait : « C'est pour quoi, monsieur ? » À quoi il répondrait : « Bonsoir, je viens de La Bégude-de-Mazenc pour sauver Adeline, parce que vous êtes méchant avec elle, elle me l'a dit, alors que moi je suis gentil. Allez, ne faites pas d'histoires : rendez-la-moi, s'il vous plaît, et n'en parlons plus. »

Il sentit son cœur battre fort et se sauva avant de faire une énorme bêtise. Revenu à l'hôtel, sa décision était prise, il allait envoyer un SMS : « Adeline, ne cherche pas à comprendre, mais je suis à Toronto avec Max. Dis-moi où et quand on peut se rencontrer demain vendredi. Au White Squirrel ? » Avant cela, il prit encore le temps d'allumer son ordinateur pour consulter ses mails. Le premier lui proposait de changer de mutuelle. L'expéditeur du second était Benjamin Wyatt.

~

Le 19 mars 2019

De : Benjamin Wyatt
À : Pierre-Marie

Cher Monsieur Pierre-Marie Sotto,

D'abord permettez-moi de vous féliciter pour votre œuvre et votre grand talent. Je ne suis pas un lecteur très exercé, mais je suppose que quand un écrivain totalise 840 000 entrées Google sur son nom, ce n'est pas par hasard.

Mais ce n'est pas le propos de ce mail. J'y viens.

Mme Wyatt et moi formons un couple harmonieux. Nous n'avons pas de secrets l'un pour l'autre. Elle connaît ma vie d'avant comme moi je connais la sienne. Elle se confie à moi et je sais donc tout des liens particuliers qui continuent à vous unir, elle et vous, malgré votre rupture d'il y a quatre ans. Je n'en suis pas jaloux. Au contraire, je trouve cette fidélité assez touchante, j'allais même dire rassurante. Savez-vous que je garde moi-même beaucoup d'affection pour mon ex-épouse, au-delà des désaccords. Ainsi va la vie, et c'est très bien comme ça.

Si je vous écris, ce n'est donc pas pour nuire à votre complicité. C'est pour qu'ensemble, vous et moi, nous aidions Mme Wyatt à s'immerger pour de bon dans sa nouvelle vie américaine. Elle fait de son mieux pour s'intégrer, elle apprend l'anglais, elle se montre charmante avec ma famille (qui l'adore en retour), d'ici peu elle va chercher un travail, mais il me semble qu'elle a parfois la nostalgie de son pays, qu'elle a encore un « fil à la patte » (on dit comme ça en français, je crois) et ce fil, j'ai peur que ce soit vous.

Je pense que vous lui rendriez un immense service, non pas en cessant toute communication avec elle, ce serait cruel, mais peut-être en espaçant vos courriers et en l'encourageant à mettre son passé derrière elle. En bref, je vous serais très reconnaissant de nous laisser, ma famille et moi, accompagner Mme Wyatt dans son intégration, afin qu'elle puisse se projeter librement dans son avenir à Toronto.

J'imagine qu'elle vous a raconté l'accueil chaleureux que ma famille lui a réservé ici. Vous n'avez donc aucun souci à vous faire pour son bien-être. Elle ne manque pas d'affection.

Peut-être pourriez-vous aussi (mais c'est à vous de voir) la déculpabiliser à propos de ce roman épistolaire à paraître à l'automne chez Candis Éditions ? Même si vous avez donné votre accord (je vous ai trouvé très magnanime), Mme Wyatt se sent mal à l'aise à l'idée de révéler certains détails de votre vie privée. Bien sûr votre nom a été changé, bien sûr il y a eu un réel travail de transposition, mais tout de même... ce sont bien vos mails qui vont être publiés. J'ai lu le manuscrit et en particulier l'épisode dans lequel vous révélez que votre épouse a prélevé pendant des mois de l'argent sur vos comptes bancaires avant de filer avec son amant. Je n'ai pas pu m'empêcher de penser qu'un esprit malveillant pourrait très facilement utiliser cela contre vous en dévoilant, dans la presse par exemple, la véritable identité du « héros ». Mais bon, le contrat a été signé, Mme Wyatt a reçu son à-valoir de 30 000 euros, n'y revenons pas.

Je vous souhaite une belle journée, monsieur Pierre-Marie Sotto. Sans doute avez-vous le soleil dans la Drôme. Ici, à Toronto, c'est couvert, mais Dieu soit loué les grands froids sont derrière nous.

Ben Wyatt

P.-S. : Je vous présente mes sincères condoléances concernant la perte de votre petit-fils. Oui, on s'attache beaucoup à ses enfants et petits-enfants. Moi, par exemple, je suis très attaché à Éliette.

Sotto eut envie de réveiller Max, juste pour ne pas être seul après le choc qu'il venait d'encaisser, mais ce dernier dormait avec une conviction impressionnante et il n'osa pas.

Il comprenait le sens de tous les mots utilisés par Ben (pour un anglophone, ce type écrivait un français remarquable), l'ennui c'est que cela faisait comme un encombrement dans son cerveau et surtout lui nouait carrément les tripes.

Il descendit au bar, se percha sur un tabouret haut, commanda un bourbon, le siffla cul sec et en demanda un deuxième qu'il sirota à petites lampées. Peu à peu, ses pensées s'organisèrent. Il se sentit d'abord confirmé dans ce qu'il savait déjà : ce Ben Wyatt était un enfoiré de haut vol et, dans tous les cas, lui faire éclater le pif par Max serait un pur bonheur.

Ensuite lui vint une question qu'il posa à voix basse et douloureusement : « Adeline, qu'est-ce que tu me fais, là ? Dis-moi, qu'est-ce que tu me fais ? » Il remarqua que le barman le lorgnait discrètement, sans doute intrigué par ce grand et gros homme qui buvait des whiskys à 20 h 30 en parlant tout seul.

Il se livra malgré lui à un exercice mental très désagréable : combien de fois Adeline lui avait-elle menti depuis qu'ils se connaissaient ? Une première fois en lui affirmant qu'elle avait 34 ans alors qu'elle en avait 43. Une deuxième fois, par omission, en lui cachant pendant des semaines qu'elle savait comment et avec qui Véra s'en était allée. Et maintenant une troisième fois, la pire, en trahissant sans scrupule la confiance absolue qu'il lui faisait. Comment avait-elle pu concevoir ce projet tordu, pour ne pas dire pervers, d'utiliser leurs mails pour en faire un roman ? Ces mails intimes qu'ils avaient échangés avec passion, sincérité, ces mails qui étaient devenus le centre de leur vie ? Il s'en trouva comme écœuré. Pas très loin de vomir. Jamais personne à ce jour ne l'avait déçu à ce point, pas même Véra.

Une heure plus tard il fit mettre ses trois whiskys *on the bill, room six three eight* et remonta dans sa chambre.

— Oh merde, grogna Max en l'entendant entrer, j'ai dormi tout habillé. On va prendre le petit déj ?

— Non, Max, c'est un peu tôt pour le petit déj puisqu'il est 21 h 30. Viens, on va plutôt se manger un bout, et j'ai quelque chose à te raconter.

~

Toronto
Le 20 mars 2019

Adeline fut réveillée par un baiser. En ouvrant les yeux, elle découvrit Ben penché sur elle, rayonnant, rasé de près, beau comme à Cahors.

— Je ne voulais pas partir travailler sans t'annoncer la bonne nouvelle, murmura-t-il à son oreille. Je viens d'avoir Flemings & Partners au téléphone. Dans l'attente du procès, ils ont obtenu une première victoire : Kelly est obligée de nous laisser Éliette tous les week-ends. Tu crois que tu pourrais aller la chercher à l'école vendredi après-midi ?

Adeline se redressa sur un coude, cœur battant.

— Mais oui ! Évidemment !

— Formidable, ma chérie.

Il l'embrassa de nouveau. Il sentait l'after-shave, le café et le shampooing.

— Je dois filer, dit-il. Tu vas voir, tout va s'arranger, fais-moi confiance.

Un peu étourdie, Adeline le regarda quitter la chambre, puis elle l'entendit descendre les escaliers, claquer la porte et démarrer la Lincoln. Elle remonta alors les oreillers dans son dos et demeura quelques minutes immobile. Un bien-être inattendu se diffusait dans ses veines, pareil à une dose de morphine. Elle savoura l'instant, profondément heureuse à l'idée de retrouver Éliette après trois longues semaines. Et Ben avait dit « tous les week-ends » ! Oh la douce perspective !

Elle se leva et ouvrit les rideaux de la chambre pour contempler la rue. De l'hiver, il ne restait plus que de rares vestiges, plaques de neige grisâtres, çà et là, dans l'ombre des maisons. Aucun arbre ne bourgeonnait encore ici, mais Adeline sentit qu'elle avait traversé le plus difficile. Elle était comme la marmotte qui s'extrait de son terrier au premier rayon de soleil, et elle éprouva le désir urgent de partager ce sentiment de renouveau avec quelqu'un. Qui d'autre que Pierre-Marie pour accueillir pleinement sa joie ?

Le 20 mars 2019

De : Adeline
À : Pierre-Marie

Cher Pierre-Marie,

Regain d'énergie ce matin, car je viens d'avoir une bonne nouvelle : contrairement à ce que je craignais, Éliette sera avec nous ce week-end ! Et tous les autres week-ends jusqu'à la résolution juridique de l'affaire ! Ben vient juste de me l'annoncer. Alors oui, j'ai entendu tes avertissements, mais là, quand même, c'est du concret, non ? Tout semble s'arranger !

Ne t'en fais pas si tu n'as pas le temps de me répondre aujourd'hui. Je te sais occupé à distraire ton ami Max de ses tracas conjugaux. Je vous imagine joyeux comme des étudiants en goguette dans les petites rues de Montélimar. (Je me souviens de la vue à 360 ° en haut du château avec les monts d'Ardèche au loin, et je me souviens aussi de ce petit restau où tu m'avais emmenée après la visite. Mon Dieu, cette purée à la truffe noire ! J'en salive encore !) Mais quand tu auras cinq minutes, raconte-moi ce que deux vieux lascars se disent lorsqu'ils se retrouvent entre hommes et que l'un d'eux a du chagrin. Je sais combien les confidences entre femmes t'intriguent. Eh bien, dis-toi que j'éprouve la même curiosité envers les vôtres !

Je t'embrasse joyeusement !

Adeline

P.-S. : Je vais immédiatement me renseigner sur les activités les plus fun de Toronto pour une enfant de 7 ans ; je veux l'éblouir, ma pomme d'amour !

Le 21 mars 2019

De : Max
À : Josy

Hi Josy !

On rentre à l'instant (en taxi, c'est Sotto qui régale) du concert de DDT Band. J'ai adoré. D'accord, Shevchuk chante en russe et on est à Toronto, mais on s'en fout. Hier matin, assez tôt on est allés voir où habite Adeline et on pense avoir vu son mec sortir de chez eux et monter dans sa Lincoln. Ok, je ne t'en dis pas plus, je sais que ça t'énerve cette histoire. Ensuite journée en mode touristes : on est bien sûr montés à la CN Tower. Là-haut j'ai marché à quatre pattes sur le plancher de verre et ils ont beau te dire que ça peut supporter le poids de trente-cinq élans, tu serres les fesses. L'après-midi on s'est baladés dans la vieille ville (enfin ici c'est jamais très vieux) et je suis revenu avec les plantes des pieds qui fumaient ou presque. Mais DDT, j'ai vraiment adoré. Ce soir c'est The Interrupters. Ça va donner !

Bises.

Ton puissant orignal : Max

P.-S. 1 : Tu as envoyé un SMS à Pierre-Marie, mais il n'y avait pas de texte, c'était exprès ?

P.-S. 2 : Je te demande encore pardon pour ce que je t'ai dit dimanche. Je le pense pas.

Le 22 mars 2019

De : Josy
À : Max

Comme c'est facile, M. Vallardier, de demander pardon une fois arrivé au bout du monde ! Comme c'est facile, bien planqué dans ta suite de luxe ! Oh ça oui, tu peux crâner avec ton écran plat et ton jet-lag… Moi, pendant ce temps, rue de l'Ardoise, au Mans, je suis censée faire quoi ? Classer le dossier et attendre une carte postale ? Tu sais ce qui me *tue*, Max ? Ton immaturité. Soixante-six ans que tu roules ta bosse dont quarante-trois avec une alliance au doigt, et tu n'es pas fichu de me faire confiance ? Et si, dimanche dernier, je n'étais pas tombée *par hasard* sur cette autorisation d'entrer au Canada libellée à ton nom, que se serait-il passé au juste ? Tu aurais attendu d'être à l'aéroport pour m'annoncer que tu partais ? Oui, je sais, on a déjà eu cette discussion dans la cuisine. Et oui, j'ai entendu ton explication : Monsieur a eu peur que je réagisse mal, alors il a fait l'autruche. Tu sais comment on appelle ça en langage moderne ? Une prophétie auto-réalisatrice. 1/ Tu te persuades que je vais mal réagir lorsque tu m'annonceras que tu pars en vacances sans moi. 2/ Du coup tu ne me dis rien. 3/ Du coup, forcément, je réagis mal ! Mais pas parce que tu pars sans moi, couillon, parce que tu me crois capable de t'empêcher de partir ! Alors tu peux toujours m'écrire que tu ne le pensais pas, mais tu l'as dit : « un peu castratrice sur les bords ». Merci, ça fait plaisir.

Alors maintenant, rame. Raconte-moi tes concerts et tes visites à quatre pattes en haut des gratte-ciel, raconte-moi tes taxis et ton histoire à dormir debout avec ce type à qui tu dois péter le nez, ÇA NE M'INTÉRESSE PAS. Mieux : si tu dois finir au poste avec l'autre grand con et croupir dans une geôle canadienne jusqu'à la fin de tes jours, eh bien, tu sais quoi ? JE M'EN FOUS.

À bon entendeur.

Josy

P.-S. : Oui, le SMS sans texte, c'était exprès.

Le 22 mars 2019

De : Max
À : Josy

Salut Josy,

Bon, tu es encore plus remontée que je croyais. Je pensais qu'on s'était tout dit dans la cuisine et qu'on pouvait passer à autre chose, mais apparemment non. Tu te rappelles qu'on n'a qu'une seule vie ? On va pas la passer à se bouffer le nez, putain !

Je te répète puisque tu n'as pas compris : je t'ai caché ce voyage avec mon pote parce que c'était mon truc à moi. Et que je voulais que ça le reste. Je t'en aurais parlé, tu m'aurais fait douter de tout : de la date de départ, des vêtements à emporter, de la dette que j'aurais envers le grand qui règle tous les frais, etc. J'en aurai aucune de dette ! Ça marche pas comme ça entre nous.

Tu m'aurais surtout fait douter de la raison du voyage. De ma mission ! Bon, là t'aurais peut-être pas eu tort, mais est-ce que tu peux comprendre que j'ai envie, de temps en temps, de faire une bonne grosse connerie sans qu'on vienne me dire que c'en est une, tu peux le comprendre, ça, bordel ?

Tu contrôles tout, Josy ! De l'achat de la voiture à la couleur des papiers peints. Tu contrôles ma tête. Bientôt tu vas me coller un mouchoir sur le nez et me dire : « Souffle ! » Je suis le type qui dit oui. Là j'ai juste osé dire : « oui, mais... » et tu exploses !

Écoute, on va en rester là pour l'instant. Je veux profiter de mon voyage sans me sentir coupable de rien ! Tu t'ennuies toute seule rue de l'Ardoise ? Eh bien, continue, je m'en fous, moi aussi ! Trouve-toi une copine et partez à Tataouine. Je vous ferai pas la gueule, moi, je vous souhaiterai juste bon voyage.

Et puis traiter Pierre-Marie, prix Goncourt, de *grand con*, alors celle-là excuse-moi, mais je vais te la resservir ! Et devant lui ! Je te vois déjà t'aplatir et bafouiller que c'était juste une blague. Il la trouvera très drôle. Là, c'est toi qui vas ramer. Et grave !

Je te donne quand même des nouvelles (voir ci-dessous). Si elles ne t'intéressent pas, il te suffira de ne pas les lire.

Max

On était ce soir au concert des Interrupters. C'était génial. Juste trois gars à la guitare (trois frères), un batteur et une chanteuse, mais ça dépote. C'est sûr qu'on n'a pas fait descendre la moyenne d'âge de la salle. Le grand avait l'air un peu hébété, c'est pas vraiment sa *cup of tea* en principe ce genre de musique, mais je crois qu'il était tout surpris d'aimer, finalement, et moi j'étais plutôt fier de l'avoir encanaillé comme ça. Il nous avait pris des places au deuxième rang, mais ça sert à rien puisque tout le monde s'agglutine devant la scène dès le troisième morceau. Pour « A friend like me », la chanteuse s'est penchée et elle nous a checkés tous les deux avec le poing, je pense que ça l'amusait de voir des vieux parmi ses fans. Qu'est-ce qu'on s'est marrés ! Ça a bien détendu le grand qui n'est pas au top de sa forme à cause de notre affaire qui se complique un peu, mais vu que ça t'intéresse pas… Et puis, tiens, puisque tu ne lis pas ce que je suis en train d'écrire, j'en profite pour te dire que ça me rend drôlement malheureux de me quereller avec toi, bien plus que tu ne l'imagines.

Le 22 mars 2019

De : Adeline
À : Pierre-Marie

Pardon de m'inquiéter, c'est sans doute idiot, mais tu ne m'as pas habituée à des silences de plusieurs jours. Nous sommes vendredi et depuis lundi, rien. Est-ce que tout va bien, Pierre-Marie ? J'espère que oui.

Fais-moi signe bientôt !

Je pense à toi

Adeline

Il était à peine neuf heures du matin lorsqu'elle envoya le message, soit le début de l'après-midi en France, calcula-t-elle. En admettant que Pierre-Marie ait embarqué Max pour une promenade dans un coin reculé de la Drôme et qu'ils prolongent l'excursion par un dîner, elle pouvait raisonnablement patienter jusqu'à 17 heures, heure de Toronto, avant d'envoyer un autre message.

Pas un seul mot en quatre jours, Adeline trouvait ça étrange. Pierre-Marie ne maîtrisait apparemment pas encore sa nouvelle voiture et c'était plus fort qu'elle, elle ne pouvait s'empêcher d'imaginer un accident. Dans la Drôme, les routes bordées de platanes ne manquent pas, hélas. Lorsqu'elle y songeait, le sol se dérobait sous ses pieds. Elle se rappelait ce qu'elle avait ressenti, le matin du 9 octobre 2013, quand la gendarmerie l'avait appelée pour lui annoncer qu'un petit Cessna venait d'être retrouvé en pleine jungle guyanaise et que le nom de Vincent figurait sur la liste des passagers. Combien de fois peut-on, dans une même vie humaine, supporter d'apprendre la mort de ceux que l'on a aimés ? Pire… de ceux que l'on pourrait encore aimer ?

~

Le 22 mars 2019

De : Pierre-Marie
À : Adeline

Bonjour Adeline,

Ne t'inquiète pas, c'est juste qu'on est bien occupés, Max et moi. Là, par exemple, on rentre d'un concert à Valence. Content de savoir que ça roule pour toi.

Pierre-Marie

~

Le 23 mars 2019

De : Josy
À : Max

Brouillon : courrier non envoyé

Bien sûr que je contrôle tout, Max ! Et tu sais pourquoi ? Parce que l'histoire a montré que laisser les hommes aux commandes est pure folie, tu veux une liste ? Néron, Attila, Gengis Khan, Pol Pot, Hitler, Staline… Tu en veux encore ? Ben Laden, Franco, Jean-Bertrand Aristide, Khadafi…

~~Alors, je sais, tu vas me dire qu'ils n'étaient pas tout seuls, qu'ils avaient des Eva Braun, des~~

Le 23 mars 2019

De : Josy
À : Max

Brouillon : courrier non envoyé

Et qui m'a dit, pas plus tard que la semaine dernière, qu'il en était *très content* de sa Sandero ? Qui m'a dit, tout faraud, qu'une fois assis au volant il avait l'impression de piloter un Airbus ? Qui m'a fait l'éloge de l'ergonomie du tableau de bord et de la qualité du châssis ? Ce ne serait pas Max Vallardier, par hasard ??? Alors oui, c'est vrai, j'ai choisi la couleur de la Dacia. PARDON ! Quant aux papiers peints, je te rappelle qu'on les a fait poser en 1996 – Céline avait 15 ans, c'est pour que tu mesures bien le temps qui passe. Et tu viens m'expliquer que depuis tant d'années, tu l'as en travers de m'avoir laissée seule dans les rayons du Saint-Maclou ? Il était temps de faire ton coming-out, en effet. À propos de Céline, elle avait un truc à te dire, un truc très important, mais puisque tu

Le 23 mars 2019

De : Josy
À : Max

Trois fois que je recommence ce courrier, Max. Entre- temps, j'ai eu Céline au téléphone, j'ai pleuré un peu et je me suis calmée. Tu sais quoi ?

Nous avons une fille formidable. Je me demande si nous le lui avons suffisamment dit. Il faut toujours le dire aux gens, qu'on les aime et qu'on les trouve formidables. Alors écoute. Je suis d'accord avec toi, c'est bête de s'engueuler à distance. Tu m'as volé dans les plumes comme il faut (c'est ça qui m'a fait pleurer), et j'ai bien reçu le message : à ton retour, tu pourras décider de tout ce que tu voudras, je ne me mêlerai plus de rien. Si tu veux revendre la Sandero pour acheter une autre voiture, vas-y. Si tu veux faire retapisser la chambre ou changer la crédence de la cuisine, c'est oui. Je suis même d'accord pour que tu achètes ton fameux système de home cinéma, avec le caisson de basses, le casque de réalité virtuelle, le vibreur et tout le bazar, même si c'est encombrant et hors de prix. C'est bon comme ça ?

La vérité, c'est qu'on t'avait préparé une surprise, Céline et moi. On avait programmé ça pour aujourd'hui. Comment on aurait pu deviner que tu serais à Toronto le samedi 23 mars, hein ? D'habitude, tu ne pars jamais, Max ! Depuis que tu es à la retraite, tu ne t'es absenté qu'une seule fois de la maison, et c'était pour ton opération de la hanche en 2013 ! Évidemment, la surprise est à l'eau. C'est ça qui m'a le plus contrariée. Parce que cette surprise, figure-toi qu'elle est belle et que je me réjouissais depuis des semaines de voir ta tête au moment où. Mais bon, comme me l'a répété Céline sur tous les tons au téléphone, tu ne pouvais pas le savoir. Alors la surprise attendra ton retour, à moins que tu ne décides de rester là-bas avec la chanteuse de The Interrupters, évidemment. (Je suis allée voir sur Internet à quoi elle ressemble. Très mignonne. À mon avis, elle s'est fait refaire le nez, mais c'est toi qui vois.)

Ici, le temps s'est brusquement mis au beau. Christiane vient déjeuner. Bon, j'arrête là. On fait la paix ?

Josy

~

Toronto
Le 23 mars 2019

En principe, c'était Sotto, le chef. Il avait planifié le séjour, il se débrouillait un peu en anglais, il s'était engagé à régaler Max de toutes les façons, oui, c'est lui qui aurait dû mener la danse, mais depuis le mail de Benjamin Wyatt son moral avait enregistré une chute vertigineuse et il était constamment à la remorque. De son point de vue morose, plus rien n'avait de sens. Aller au bout du projet, coincer ce tordu et lui aplatir la figure pour l'obliger à rendre son passeport à Adeline ? Et après ? Il se voyait très mal assis dans l'avion à côté d'une menteuse sur le point de le jeter aux chiens dans une publication de caniveau. Il avait beau chercher, une seule raison pouvait encore justifier le maintien du cassage de gueule, c'était le gourmand plaisir qu'y trouverait Max. C'est d'ailleurs ce dernier qui avait insisté pour prendre Ben deux fois en filature, sans succès d'ailleurs puisqu'il apparaissait que ce petit connard (Max ne l'appelait plus que comme ça, sans doute pour faire monter l'adrénaline dont il aurait besoin le moment venu) n'avait pas encore d'habitudes installées dans ses déplacements. Le mieux serait sans doute de le serrer en impro, dans des toilettes par exemple ou dans un ascenseur, et de faire vite. Sotto n'y croyait plus du tout, en fait. Il ne voyait plus que son profond ennui à visiter Toronto, il voyait son peu de goût pour les concerts, il voyait son argent filer à grande vitesse, et il se demandait surtout : *Qu'est-ce que je fous ici, nom de Dieu ?*

Il se surprit à penser de nouveau à son projet d'écriture. Il aurait donné beaucoup pour se retrouver à marcher sur les chemins autour de La Bégude, à y enflammer son imagination, et rentrer presque en trottinant pour se jeter sur son ordi et écrire. Les personnages de fiction ne vous trahissaient jamais, même les pires, puisque c'était vous-mêmes qui inventiez leurs trahisons et qu'ils ne faisaient que jouer leur rôle en bons petits soldats de votre histoire. Vous pouviez organiser le monde à votre convenance, punir et récompenser. Vous pouviez vous permettre toutes les fantaisies : faire des bonds dans le temps par exemple, revenir en arrière ou vous propulser en avant. Vous pouviez écrire « Trois mois passèrent ». En comparaison, la réalité était lente, poisseuse, vide de sens.

~

Toronto
Le 23 mars 2019

Lovée dans l'un des fauteuils crapauds, encore en chemise de nuit et les mains serrées autour d'un mug de lapsang-souchong, Adeline savourait l'instant. Un soleil matinal et généreux entrait par la baie vitrée, baignant de lumière la cuisine et une partie du salon, jusqu'au piano. Pieds nus, le cheveu hirsute, Ben était assis devant le clavier, Éliette sur les genoux. Depuis une demi-heure, avec une patience inaltérable, il lui apprenait à jouer les premières notes de « Donkey riding ». La comptine faisait *mi fa sol sol la fa sol* et la petite frimousse d'Éliette, bien que froncée sous l'effet de la concentration, rayonnait de fierté. *Voilà*, songeait Adeline, émue aux larmes par ce tableau plein de douceur, *ce sont des matins comme celui-ci qui justifient toutes les difficultés et les sacrifices.*

— Tu m'écoutes, Adeline ? demanda la petite.

— Oui, ma petite pomme d'amour, je t'écoute !

Mi fa sol sol... fa fa mi... Bercée par la comptine, Adeline se remit malgré elle à penser à Pierre-Marie. Et si, finalement, le monde se divisait en deux catégories de personnes ? Les premières traversent l'existence avec facilité et désinvolture, elles semblent considérer le bonheur comme un dû : elles veulent une maison, elles l'achètent ; elles ont envie de découvrir le vaste monde, elles y vont ; elles désirent des enfants, elles en font, quoi de plus naturel ? Dans la seconde catégorie, à l'inverse, on trouve tous ceux qui doivent souffrir, soulever des montagnes pour arracher les miettes d'un bonheur qui à leurs yeux ne va pas de soi ; les clandestins du bonheur, les pénitentes comme Adeline. Alors oui, avec ses six enfants, ses quatre mariages, ses succès de librairie et la reconnaissance dont il jouissait, Pierre-Marie appartenait sans l'ombre d'un doute à la première catégorie. Il posait sur la vie ce regard candide et désarmant qui, par moments, irritait Adeline.

— Écoute ! Je joue jusqu'au bout ! Toute seule !

— Je suis tout ouïe, ma pomme d'amour.

— *And this time I want to try all by myself Daddy*[11].

Ben leva les mains en riant et laissa Éliette entamer son premier concert en solo. *mi fa sol sol la fa*. La veille au soir, Adeline avait reçu le mail de Pierre-Marie comme on prend un seau d'eau froide sur la tête. À quoi rimaient donc ces quelques lignes laconiques ? « Content de savoir que ça roule pour toi ». *What the fuck ?* avait-elle eu envie de répondre, mais elle s'était retenue parce qu'elle n'avait pas 14 ans et qu'elle préférait s'interroger sur la raison de cette brutale prise de distance. Pierre-Marie s'était-il senti oppressé par la sollicitude qu'elle lui avait manifestée ? Avait-il interprété de travers un mot qu'elle lui avait envoyé ? Mais lequel ? Non, décidément, elle ne voyait pas. *mi fa sol sol la.*

— Bravo ! s'écria Adeline en comprenant que le morceau était terminé.

— Non, attends, je me suis un peu trompée, ronchonna Éliette. *Can I try again ?*[12]

— *You didn't mess up bunny. No, no, you did great*, la consola Ben. *We'll play some more tomorrow, okay*[13] *?*

Il la fit descendre de ses genoux.

— *Anyway, we've gotta get ready to leave for Legoland. Run brush your teeth and pick out your clothes, I'll come help you in a sec*[14].

Les yeux brillants, Éliette obéit et fila vers l'étage. Adeline sortit de ses pensées, but la dernière gorgée de thé et s'étira dans son fauteuil, comme un chat.

— Au fait, j'ai déposé les papiers sur ton bureau, lui signala Ben. Tu n'oublieras pas de les signer, cette fois ? Il me les faut absolument pour le rendez-vous à la banque lundi.

Ces papiers ! Dix fois que Ben lui en parlait, dix fois qu'elle répondait oui oui, je vais les signer, et dix fois qu'elle « oubliait » de le faire. Lorsqu'on est mariés, il paraît que cela « va de soi » d'ouvrir un compte bancaire commun et d'y déposer l'essentiel de ses ressources ; c'était du moins le point de vue de Ben. Mais pour Adeline, et malgré la fortune des Wyatt, cela ressemblait à une sorte… d'abdication.

— Je m'en occuperai, sourit-elle. Promis.

— Et si tu allais les chercher tout de suite, suggéra Ben. Tu les signes et on n'en parle plus ?

— Oui. D'accord, on n'en parle plus.

À contre cœur, Adeline monta l'escalier jusqu'à son bureau. *Sol mi fa mi do*. Quelque chose la contrariait. *Fa mi fa mi ré*. C'était à la fois, et de façon énigmatique, cette histoire de compte en banque, la bienveillance appuyée de Ben depuis quelques jours et le mail de Pierre-Marie qui s'entremêlaient pour lui nouer l'estomac. Pour une fois qu'elle avait Éliette tout le week-end ! Pourquoi fallait-il toujours qu'un rien vienne lui gâcher son plaisir ? Elle entra dans le bureau. *Sol fa sol do*. Là, elle s'immobilisa et sentit le nœud se serrer un peu plus.

Posé sur le secrétaire en merisier, il y avait un pot en terre cuite dans lequel s'épanouissait un petit arbuste en fleur.

Un forsythia. Un cadeau. Une surprise de Ben. Une… explosion de jaune.

~

Toronto
Nuit du 23 au 24 mars 2019

À la Scotiabank Arena, les Maple Leafs de Toronto avaient perdu leur match de hockey sur glace 2 à 1 contre les New York Rangers devant 19 999 spectateurs dépités. Le vingt millième, qui s'en contrefichait, avait passé son temps à froisser nerveusement dans sa poche son billet d'entrée à 238 dollars et il s'appelait Pierre-Marie Sotto. Max, à côté de lui, avait adoré le spectacle, avec le regret cependant qu'il n'y ait pas eu de bagarre générale. Ils avaient ensuite mangé sur le pouce au bar du Sheraton avant de regagner leur chambre 638, au bout du couloir.

— Hé grand, tu dors ?

— …

— Tu dors, grand ?

— Je dormais, oui… Qu'est-ce qu'il y a ?

— Il y a que je réfléchissais et qu'il m'est venu une idée.

— Putain, il est trois heures du mat, gros ! C'est quoi, ton idée ?

— Ton gars, là, le Ben, c'est un geek ?

— Oui, d'après Adeline, oui.

— Et dans son mail il évoque des trucs très privés sur toi.

— Oui, on peut le dire.

— Et tu t'étonnes qu'Adeline lui ait raconté ces trucs, c'est ça ?

— Oui, et alors ?

— Alors je pense qu'elle ne lui a rien raconté du tout, et que ce petit connard lit les mails de ta copine.

Sotto agita sa main sous l'ampoule de la lampe de chevet pour l'allumer et il se redressa à moitié sur son lit.

— Tu peux me répéter ça ?

Max était allongé sur le dos, genoux repliés, les mains croisées sous la tête.

— Je pense qu'il lit tous les mails d'Adeline, même ceux de sa boîte secrète. Il a cracké les mots de passe.

— Max, ça se cracke pas comme ça, un mot de passe…

— Si. Il y a des logiciels pour ça. Il suffit que tu connaisses bien la personne. Tu donnes des mots de base au logiciel qui va brasser des milliers de possibilités jusqu'à ce que ça marche. Si je voulais cracker ton mot de passe à toi par exemple, je chercherais autour de *Orwell* parce que je sais que tu aimes George Orwell, tu vois. Ou autour de *bordeaux*, de *abricotier*, ou de *fesses*, ou de… *Max*. Pour Adeline, je sais pas, mais lui doit savoir.

Tu penses, qu'il sait ! songea Sotto dans la seconde. Elle n'aura quand même pas mis ÉLIETTE comme mot de passe !

Max lui expliqua encore qu'avec un autre logiciel, appelé Key quelque chose, tu pouvais accéder à tout ce qui était tapé par quelqu'un sur le clavier de son ordinateur.

Quinze secondes plus tard, Sotto était assis, en caleçon et T-shirt, devant l'écran de son portable. Il fit apparaître la quarantaine de mails échangés avec Adeline dans les quatre derniers mois, et plus il les faisait défiler, attrapant du regard ici une confidence, là un mot tendre, et plus la colère montait en lui. Ce tordu était entré *chez eux*, dans ce qu'ils avaient de plus secret. Et ce petit voyeur répugnant avait poussé le vice jusqu'à salir Adeline à ses yeux. Un virtuose de la manipulation ! Restait cette histoire de manuscrit à éclaircir, bien sûr, mais si ça se trouvait, c'était pure invention.

Oui, la colère le faisait bouillir et il aurait pu partir sur-le-champ avec Max pour aller tirer ce type de son lit et lui enseigner les bonnes manières à coups de poing dans le tarbouif, mais un sentiment bien plus doux tempérait sa rage : non, Adeline n'avait pas avec Ben le centième de la complicité qu'elle avait avec lui. Il se rendit compte qu'en réalité il crevait de jalousie depuis quatre jours. Qu'elle partage encore son lit avec cet homme, il pouvait l'accepter, cela lui valait juste une vague crampe à l'estomac, mais qu'elle partage avec lui les souvenirs, la tendresse, le rire, les secrets et les larmes, ça lui était parfaitement insupportable.

Il se recoucha, presque apaisé, et éteignit. Max s'était enroulé sur le côté et semblait dormir, mais après une dizaine de minutes, Sotto entendit la voix ensommeillée de son ami :

— Au fait, grand, tu sais ce que c'est, toi, une prophétie auto-réalisatrice ?

— Une quoi ?
— Une proph… non, laisse tomber, bonne nuit.

~

Le 24 mars 2019

Pierre-Marie, c'est Adeline. J'ai acheté en urgence un nouveau téléphone. Je crois que Ben nous espionne. Je t'expliquerai, mais je suis presque sûre qu'il a lu tous nos mails. Pour l'instant STOP, ne m'écris plus RIEN par mail. Réponds-moi par SMS à ce numéro UNIQUEMENT. Je suis effondrée. Réponds-moi, s'il te plaît !

Oh putain, Adeline ! Je m'en doutais depuis la nuit dernière. Moi aussi je t'expliquerai. Avant de lire mon SMS suivant, trouve s'il te plaît un endroit où t'asseoir.

Tu es assise ?

Je suis à Toronto avec Max.

Quoi ??? Mais où ?

Tu me fais marcher ?

Hôtel Sheraton. On est arrivés mardi dernier.

Mais c'est dingue ! Depuis mardi ! Pourquoi tu ne m'as rien dit ?

Tu n'aurais pas voulu qu'on vienne. Donne-moi un rendez-vous quelque part demain lundi.

Oui. Ok. Midi au White Squirrel ?

Non, attends.

Midi devant le Cineplex 10 Dundas East. C'est plus anonyme. Vous êtes vraiment venus pour moi ?

Non, c'était juste pour acheter du sirop d'érable. D'accord pour le rendez-vous. J'y serai. Prends garde à toi.

Ok. À demain.

Je n'en reviens pas.

Tu es

Je suis quoi ?

Non rien. À demain ;-)

Enfermée dans les toilettes, le cœur battant à cent cinquante pulsations minute, Adeline referma le clapet de son téléphone. Elle avait les larmes aux yeux, elle souriait comme une idiote, assise sur la cuvette. Pierre-Marie était à Toronto ! Pierre-Marie avait quitté la Drôme ! Pris un train, un avion, une chambre au Sheraton ! C'était parfaitement extravagant. Et surtout... infiniment rassurant. Elle ignorait pourquoi il était venu avec Max, mais cela n'avait aucune importance. Seule comptait désormais cette certitude : elle avait un ami dans cette ville.

En lui offrant le forsythia, Ben avait été trop loin dans son entreprise de séduction – ou d'enfumage, appelons un chat un chat. L'innocent arbuste avait provoqué un électrochoc salutaire dans l'esprit d'Adeline. Depuis, chaque pièce du puzzle trouvait sa place, s'emboîtant avec une évidence déconcertante : la sollicitude, le soin qu'il prenait d'elle, les clés récupérées chez Sue, la promenade aux îles, le poème de Coleridge et même, hélas, la charmante leçon de piano, tout cela n'avait qu'un seul et même but, endormir la méfiance d'Adeline. À quel moment Ben avait-il trouvé le moyen d'accéder à sa boîte mail ? Difficile de le savoir. Peut-être après le fameux dîner où elle avait inventé le décès de « Marie-Pierre » et réclamé son passeport ? Peut-être avant ? Quoi qu'il en soit, pour un paranoïaque particulièrement doué en informatique, fouiller dans les entrailles d'un ordinateur devait être un jeu d'enfant, et les pauvres précautions qu'elle avait prises n'avaient pas dû lui résister longtemps, en particulier les mots de passe qu'elle avait choisis pour ses deux boîtes mail : « pommedamour1 » et « pommedamour2 ». Elle en avait eu la confirmation glaçante pendant leur après-midi à Legoland. Profitant d'un moment de répit en tête à tête (Éliette était partie sans eux à l'assaut d'une des attractions réservées aux petits), elle avait tendu un piège à Ben.

— Il va falloir que je trouve un boulot, avait-elle soupiré. Il va me trouver minable, ton banquier, quand il va constater que je n'ai rien à déposer sur le compte commun !

— Et l'à-valoir de ton livre ? avait réagi Ben. 30 000 euros, ce n'est pas rien ! Ne te dévalorise pas comme ça, chérie. Tu vas écrire un autre livre ! Moi, je suis là pour assurer le quotidien, ok ?

Quelle gentillesse ! Quelle générosité ! Adeline avait poussé un soupir, puis elle avait souri en disant : « Ok, tu as raison », tandis qu'à l'intérieur, une tempête se déchaînait. Car elle en était certaine : elle n'avait jamais parlé devant Ben d'un à-valoir. Quant au montant, elle ne s'en était surtout pas vantée tant elle éprouvait de scrupules à gagner cet argent sur le dos de Pierre-Marie.

Durant le reste de l'après-midi, l'angoisse avait grossi en elle, pareille à une monstrueuse tumeur : Ben avait cracké ses mots de passe, il avait lu toute sa correspondance avec Pierre-Marie, avec Guylaine Bellecombes de Candis... C'était à vomir. C'était un viol.

En sortant du Legoland, prise de malaise, elle avait manqué s'évanouir et elle avait dû s'allonger à même le sol du parking. Éliette avait eu peur. Elle s'était mise à pleurer. Adeline avait refusé que Ben appelle les secours. « Ça va passer, ça va passer... » Ils avaient fini par monter dans la Lincoln et ils étaient rentrés à la maison dans un silence de corbillard.

Ce matin, prétextant un vif besoin de marcher, elle avait annoncé qu'elle partait faire le tour du parc pour s'aérer, elle n'en aurait pas pour longtemps. Elle y avait réfléchi toute la nuit, elle devait trouver un moyen sécurisé de contacter Pierre-Marie. Au bout de la rue, prenant la direction opposée du parc, elle avait filé jusqu'au Chinatown Center sur

Spadina Avenue où toutes les boutiques étaient ouvertes le dimanche. C'était là, entre deux échoppes de *chinese food* qu'elle avait acheté ce solide mobile à clapet d'occasion avec une carte SIM prépayée sans abonnement : le téléphone idéal des gangsters débutants et des apprentis agents secrets. Ce petit appareil était désormais sa sauvegarde, sa bouée de sauvetage. Sa balise Argos au milieu d'un océan hostile.

~

Le 24 mars 2019

De : Max
À : Josy

Ah, mais moi, je suis toujours d'accord pour la paix, Josy. Surtout que j'ai pas déclaré la guerre.

Bon, ok, j'ai mes torts. Je te reproche de décider de tout, mais j'avoue que ça m'arrange bien aussi, parfois. On n'aura qu'à couper la poire en deux, si tu es d'accord : tu décides un peu moins et moi j'en fais un peu plus. Pour le home cinéma, tu as raison, c'est ringard. Pierre-Marie et Adeline ont vu ensemble tous les Hitchcock sur leur petite TV. C'est ça, la classe ! On ira plus souvent en salle et voilà. J'ai calculé que pour le prix du home, on peut aller voir huit cent soixante-treize films avec notre abonnement aux Cinéastes !

Allez, je suis super content que tu ne m'en veuilles pas trop.

Christiane allait bien ?

Pour Céline et la surprise, j'ai une petite idée, mais j'ai tellement peur que ce ne soit pas ça que je m'empêche d'y penser. Si c'est ça, prépare les Kleenex.

Ton fougueux caribou : Max.

Et maintenant, même si je sais que tu ne les lis pas : des nouvelles du front !

On est retournés cet après-midi au Scotiabank Arena pour un match de basket. Ils sont complètement dingos. Ils ont une peur panique du silence. À chaque temps mort (au basket ça dure soixante-quinze secondes) les pom pom girls se ruent sur le terrain et se déchaînent comme s'il y allait de leur vie. Tu ressors de là hébété et sourd. Le grand a même dit : vaguement humilié. C'est tout lui.

Bon, mais ça, c'est rien. L'événement, c'est qu'on a découvert que l'autre tordu lisait les mails d'Adeline. Il a cracké les codes, il sait TOUT et il manipule tout le monde. C'est du très lourd, ce mec. Il lui a bel et bien chourré son passeport, à Adeline. Du coup elle s'est procuré un petit téléphone de guerre et elle communique comme ça avec le grand. Ils ont rendez-vous tous les deux demain à midi pour… pour je sais pas quoi… pour *établir une stratégie*. Moi, j'en connais une, de stratégie.

~

Le 24 mars 2019

De : Josy
À : Max

D'accord, vieux caribou, la hache de guerre est enterrée et je t'attends sagement rue de l'Ardoise.

Comme me l'a fait remarquer Christiane, il n'y a que les gens heureux qui osent se plaindre. Venant d'elle, ça m'a fait réfléchir. Tu l'as entendue se plaindre depuis la mort de Jeannot, toi ? Moi non. Du coup, j'ai fermé ma grande bouche et j'ai ouvert la bouteille de gevrey-chambertin que j'avais prévue pour fêter « la surprise ». On l'a entamée avec mon boudin aux pommes, on l'a terminée en faisant un Scrabble. Ne t'en fais pas, j'en achèterai une autre.

Sinon, dans la dernière partie de ton message (que je n'ai pas lue, bien sûr, puisque ça ne m'intéresse pas), tu m'inquiètes quand même un peu. Si ce type a vraiment chouré le passeport d'Adeline, pourquoi elle ne va pas déposer plainte à la police ? Ils n'ont pas de police, là-bas ? Je sais que Pierre-Marie confond toujours la réalité et la fiction, je sais qu'il vendrait père et mère pour que sa vie ressemble à un épisode de Navarro, mais toi ? Tu as les pieds sur terre, non ? Alors, s'il te plaît, fais gaffe pour deux.

Bon voilà, c'est bête, mais j'ai bien hâte que tu me racontes la suite. Et que tu reviennes pour qu'on aille aux Cinéastes bras dessus bras dessous.

Allez, un gros bécot de ta Josy.

P.-S. : En passant devant l'agence Marmara de la rue François-Mitterrand, je me suis arrêtée. Te savoir loin m'a donné des fourmis dans les pattes, j'ai pris un catalogue. Ils font des promos intéressantes en ce moment pour les Cyclades. (Il paraît qu'en mai c'est sublime, tout est en fleurs.)

Le 25 mars 2019

La dernière fois qu'Adeline avait vu Pierre-Marie, c'était à Espère sur le parking de l'Intermarché, le 7 septembre 2014.

Depuis plusieurs jours, déjà, elle le trouvait distant, absorbé dans de mystérieuses pensées. À l'évidence, quelque chose clochait, mais elle faisait semblant de croire le contraire. Ce matin-là, quand il lui avait annoncé (entre deux gorgées de café) qu'il devait rentrer chez lui, à Dieulefit, à cause d'un *imprévu*, Adeline avait compris que deux options s'offraient à elle : continuer de faire semblant ou mettre les pieds dans le plat. Après une brève hésitation, elle avait opté pour la seconde, la plus courageuse, la plus douloureuse, et Pierre-Marie lui avait alors avoué qu'il partait à Boston pour six mois. Son avion était dans huit jours, il avait beaucoup de choses à préparer avant, c'est pourquoi il prenait la route immédiatement.

— Mais… Et notre croisière ? La réservation ? Le bateau ? avait bêtement bredouillé Adeline.

Ils avaient réservé pour le 10 un de ces petits bateaux sans permis qui permettent de naviguer agréablement entre Luzech et Larnagol – « 150 kilomètres de bonheur au fil de l'eau », promettait l'office du tourisme – mais devant l'embarras de Pierre-Marie, elle avait compris qu'elle allait devoir trouver quelqu'un d'autre pour descendre le Lot avec elle.

Une heure plus tard, Pierre-Marie avait remballé ses affaires, calé sacs et valises dans le coffre de sa vieille Peugeot : il était prêt. Adeline, pas du tout.

— Il faut que tu fasses le plein ! s'était-elle écriée. Je t'accompagne !

D'un bond, elle était montée à l'avant de la voiture et dans une tentative désespérée de gagner du temps sur l'inéluctable, elle avait bouclé sa ceinture. C'est ainsi qu'ils s'étaient retrouvés, dix minutes plus tard, sur le parking de l'Intermarché, devant les pompes à essence.

— Et quand tu l'auras bien avancé, ton roman, avait dit Adeline, je pourrais peut-être te rejoindre ?

Il y avait du vent, ce matin-là. Un vent d'autan qui vous jetait au visage son haleine chaude et lourde de lendemain de cuite.

— Tu sais, je ne pars pas en vacances, Adeline. Là-bas, il faudra que je reste concentré sur mon travail.

Il avait dévidé le tuyau de la pompe tandis que dans une entreprise vaine, elle replaçait derrière son oreille des mèches de cheveux bousculées par le vent. Elle essayait de faire bonne figure, mais elle sentait s'ouvrir en elle une faille large et profonde comme celle de San Andreas. On y était. C'était l'heure du chagrin. Le « Big One ».

Pierre-Marie avait achevé de remplir son réservoir. Derrière lui, un type s'impatientait au volant d'un camping-car.

— Est-ce que ça vaut la peine que je t'attende ? avait-elle demandé.

Le silence de la réponse avait été ponctué par un coup de Klaxon du connard dans son engin – Adeline se souvenait encore de l'inscription sur la portière : « Rapido ». Et c'est ainsi, dans ce décor pathétique, qu'avait pris fin leur brève histoire d'amour.

En arrivant sur l'esplanade, devant l'énorme centre commercial du Yonge-Dundas Square qui abritait le Cineplex, Adeline chassa de son esprit ces souvenirs douloureux. Plus de quatre ans s'étaient écoulés depuis cette scène. Elle n'était plus la même, et l'homme qu'elle allait revoir dans un instant, non plus. Car cette fois, il avait été capable de traverser l'Atlantique non pas pour la fuir, mais pour la retrouver ; la différence était de taille.

Elle s'arrêta un instant sur l'esplanade pour observer la foule autour d'elle. Des centaines de silhouettes inconnues, indistinctes… et parmi elles, là-bas, reconnaissable entre mille, le mètre quatre-vingt-douze de Pierre-Marie qui marchait vers elle dans une épaisse parka noire.

Le 25 mars 2019

De : Max
À : Josy

Coucou ma biche !

(De la part d'un caribou, tu devineras que c'est affectueux.)

Je suis tout seul à l'hôtel, là et j'aimerais bien que tu sois avec moi, pour une partie de Scrabble par exemple, ou plus si affinités. Parce que je viens d'assister à un joli spectacle hyper romantique et que ça m'a rendu tout chose. Je t'explique.

J'ai accompagné le grand à son rendez-vous avec Adeline. C'était au centre-ville devant un cinéma, à dix ou douze minutes à pied du Sheraton. J'ai essayé de déconner un peu en route, mais il était tendu comme une arbalète, et pour cause, tu te rappelles comment les deux s'étaient séparés il y a quatre ans, ou plutôt comme il l'avait un peu plantée. Quand on est arrivés sur l'esplanade, il l'a repérée aussitôt, devant le cinéma. « C'est laquelle ? » j'ai demandé. Il a dit : « C'est la grande avec le manteau gris et l'écharpe sable, tête nue. On se retrouve à l'hôtel ? » J'ai dit : « D'ac. » J'aurais dû tourner les talons et dégager, mais je me suis arrêté après dix mètres et retourné.

Elle est restée immobile et l'a regardé s'approcher en secouant doucement la tête comme pour dire non j'y crois pas. Quand ils ont été l'un en face de l'autre, je ne sais pas ce qu'ils se sont raconté, mais ils sont restés un moment sans se toucher, et puis, ensemble exactement, ils se sont pris dans les bras. La bonne grosse étreinte, tu vois. Je me suis dit : *Allez dégage, t'es pas un voyeur, dégage*, et je suis parti. Mais dix mètres plus loin, à l'angle de la rue, rebelote, je m'arrête et je jette un dernier coup d'œil. Ils n'ont pas bougé. Ils sont collés serrés. Et là j'ai pensé que j'avais le droit de les regarder, qu'ils étaient beaux et émouvants, que je ne leur faisais aucun mal. Alors j'ai regardé, enfin j'ai regardé rien du tout, puisqu'ils ne bougeaient pas, et c'est justement ce qui était fort : la durée de leur câlin et leur indifférence à tout le reste. Les Canadiens sont assez grands ici, mais eux étaient plus grands encore et ils n'avaient rien à faire des regards. Ils étaient loin, très loin. Je me suis dit que peut-être ils pleuraient, et ça m'a tellement touché que je me suis mis à pleurer aussi, comme un couillon. J'essayais de m'arrêter, mais ça bouillonnait carrément.

En fait je crois que je pleurais autant sur nous que sur eux. Je peux te le dire, Josy : je suis très malheureux quand on s'engueule. Tu ne peux pas t'imaginer. Je déteste ça. Et comme tu ne lis pas ce mail, je vais oser te dire quelque chose : malgré tout et tout, je t'aime très fort, tu sais. Tu me manques vachement, putain !

Je suis parti quand ils se sont désunis et qu'ils sont partis eux-mêmes. En rentrant je pensais à eux, à nous, à nos séparations, nos retrouvailles, à ce gâchis qu'on fait parfois par bêtise, alors qu'au bout du compte il ne restera que l'amour qu'on avait les uns pour les autres et qu'on aura eu si peu de temps pour vivre, bordel de merde…

Maintenant, je sens la colère qui monte en moi contre ce petit connard qui jouit de faire souffrir. Je ne suis pas une lumière, soit, mais le grand m'en a assez dit pour que je comprenne parfaitement ce qui se passe : ce type, pour se venger de son ex et lui ruiner la vie, n'hésite pas à pourrir celle d'Adeline. Il la rend malade. Elle peut tout à fait péter les plombs et faire un truc très moche. Il est capable de tout, ce taré, et il se promène dans la nature la bouche en cœur. J'ai la haine ! Je ne sais pas ce que Pierre-Marie et Adeline veulent faire, mais moi, je sais bien qu'il ne faut pas traîner.

Pour les Cyclades, si la promo est vraiment intéressante et que tu en as envie, c'est d'accord. Ça fait au moins vingt ans qu'on en parle, de ces Cyclades, alors banco !

Je t'embrasse avec amour.

Ton élan généreux : Max

P.-S. : T'en fais pas pour moi.

Toronto
Le 25 mars 2019

C'est le parfum d'Adeline qui bouleversa Sotto. Lui qui n'était pas très « nez », trouva cela renversant. Une discrète nuance de violette, mais inchangée, et qu'il reconnut, dès qu'il la respira, comme une des plus jolies choses que la vie lui ait offertes. Cela avait la puissance d'un souvenir d'enfance, alors qu'ils n'avaient partagé que quelques mois, et à l'âge adulte. C'était tout à la fois confortable et sensuel. Et surtout, après plus de quatre ans de séparation, cela avait quelque chose de merveilleusement familier.

Il ne savait pas combien de temps ils étaient restés à s'étreindre devant le centre commercial, indifférents à tout. Ils s'étaient dit peu de choses, presque rien. C'était décousu, haché et purement émotionnel : ça va ? – oui – pardonne-moi – non, pardonne-moi, toi – tu sens bon – qu'est-ce qu'on va faire ? – je sais pas – oh merde – merci – non, merci, toi…

Ensuite ils s'essuyèrent les yeux et prirent le temps de mieux se regarder. Tu es très bien, dit Sotto, très belle. Tu as juste l'air un peu fatiguée. Elle répondit en souriant qu'elle était épuisée, puis elle mit son doigt sur les plis aux commissures des lèvres de Sotto. Tu n'avais pas ça avant. C'est Léo ? Il s'en fallut de peu qu'ils ne se reprennent dans les bras.

Qu'est-ce qu'on fait ? On marche ? On va boire quelque chose ? Tu as déjeuné ?

Le quartier rappelait Times Square, saturé d'écrans et de publicités, tellement peu romantique qu'il le devenait presque. Ils s'installèrent à la première table libre du Beer Store, au premier étage du centre commercial, une chance sur un milliard que Ben les surprenne ici, d'après Adeline.

Il y eut un temps suspendu pendant lequel ils commandèrent leur repas et firent la « petite conversation ». Adeline enseigna à Sotto qu'on disait ainsi en anglais, *small talk* : ils parlèrent du confort des chaises, de la nationalité du serveur qui n'était certainement pas Canadien, etc. Sotto trouva cela délicieux et il ne se lassait pas de regarder le visage d'Adeline. Mais quand ils furent, lui devant sa pizza au bacon et elle devant son assiette de saumon, la question arriva : Pierre-Marie, dis-moi, qu'est-ce que vous êtes venus faire ici ?

Pour répondre, il lui fallait partir de loin. Il fit tourner son verre de bière dans sa main, et lâcha piteusement : je n'aurais pas dû te quitter. Elle se tut. Je me suis trompé, continua-t-il, et nous l'avons payé très cher tous les deux. Je ne sais pas si tu pourras me le pardonner un jour. J'espère que tu pourras me le pardonner un jour, voilà... Je ne sais pas, dit-elle, et elle répéta sa question : Qu'est-ce que vous êtes venus faire ici ? Où est Max ?

Max est à l'hôtel. Il m'attend. Et si je l'ai amené avec moi, c'est que... Bon, il faut d'abord que je te reparle de Gloria. Quand je lui ai expliqué ce qui t'arrivait, elle m'a répondu : dis-lui de fuir, à ton amie, qu'elle se sauve, et vite ! Sinon il va l'anéantir. Elle peut en mourir, tu le sais ?

Mais tu ne peux pas te sauver, Adeline, puisqu'il t'a pris ton passeport. Ça m'a rendu malade de te savoir captive et malheureuse, alors je me suis rappelé que Gloria m'avait confié autre chose, à l'époque. Elle me l'avait raconté dans la cuisine, à Dieulefit. Ça m'avait bien fait rire et même jubiler, tu sais, comme on jubile quand le méchant est puni dans les histoires.

Adeline lâcha sa fourchette et délaissa son assiette. Elle le savait, Pierre-Marie confondait souvent la vraie vie avec la fiction, c'était plus fort que lui. Selon les circonstances, cette faculté qu'il avait à se prendre pour un personnage (et à « personnagiser » son entourage par la même occasion) se révélait précieuse ou complètement désastreuse. En l'occurrence, l'idée de débarquer à Toronto et de missionner Max pour casser la gueule à Ben était une pure folie !

Elle fut secouée d'un rire nerveux, joignit les deux mains et leva les yeux vers le dôme du centre commercial :

— Heureusement que vous n'avez encore rien tenté, Max et toi ! Ah là, là ! Heu-reu-sement !

Face à elle, Pierre-Marie avait l'air penaud et elle fut touchée d'apercevoir ainsi, sous les traits de l'homme mûr, ceux de l'enfant qu'il avait été.

— Excuse-moi, se reprit-elle, ce n'est pas par méchanceté que je ris, je t'assure. C'est juste que... c'est juste que je ne t'ai pas tout dit au sujet de Ben. Tu dois savoir qu'il a pratiqué le shorinji kempo pendant vingt ans.

Elle le vit grimacer.

— Le quoi ?

— Le shorinji kempo. C'est un art martial. Le maître qui a inventé la discipline était un membre des services secrets japonais. Alors, même si Ben ne pratique plus beaucoup, je ne crois pas qu'un ancien talonneur d'Aix-en-Provence, si bourrin soit-il, l'aurait impressionné.

Cette fois, Pierre-Marie avait carrément blêmi. Adeline hocha la tête : Une fois, à Cahors, Ben et moi, on est tombés sur un type qui nous a braqués avec un couteau, un camé sans doute, vu les yeux. C'était la nuit, il pleuvait. Ben est resté hyper calme, il lui a juste demandé de ne pas avancer davantage, mais le gars était trop stone pour comprendre qu'il était en danger et il ne s'est pas arrêté. Alors Ben l'a frappé, une seule fois, avec l'avant-bras, sur le côté du cou, et l'autre s'est retrouvé au sol, pris de convulsions. Après coup, Ben m'a dit que ce pauvre mec s'en tirait bien, qu'il aurait pu le tuer.

Pierre-Marie haussa les sourcils, puis il poussa un drôle de soupir. Décidément, il en a, des qualités, ton mari ! Adeline le dévisagea avec gravité. Non, dit-elle, Ben a surtout beaucoup de défauts.

Elle sourit. Elle tendit une main par-dessus son assiette de saumon. La main survola le reste de pizza de l'autre côté de la table et vint se poser délicatement sur celle de Pierre-Marie. Elle glissa ses doigts entre les siens, si émue qu'elle manqua dire tout haut ce qu'elle pensait tout bas depuis un bon quart d'heure. Parvenant in extremis à se contenir, elle murmura simplement qu'elle était contente. Très contente que Pierre-Marie soit venu.

Sotto marcha plus d'une heure avec Adeline à son bras dans le parc Trinity Bellwoods, à l'opposé du lieu de travail de Ben. C'est idiot, avait-elle dit, mais je me sentirai mieux s'il y a de la distance entre lui et moi, ça devient physique. Ils finirent par un thé au White Squirrel, qui jouxtait le parc. Puisque l'option « baume des îles » était abandonnée, il ne restait plus que la solution longue afin qu'Adeline obtienne un nouveau passeport : faire la demande au consulat, rassembler tous les documents nécessaires auprès de l'administration française, attendre. Cela prendrait du temps. À cette perspective, Adeline éclata en sanglots, pour la deuxième fois en trois semaines au White Squirrel, et le barista se demanda sans doute si cette personne s'en faisait une sorte de spécialité : venir pleurer au White Squirrel avec des personnes chaque fois différentes.

Je vais être dans ses griffes, il va me rendre folle, et toi qui seras parti… pleurait-elle dans sa serviette. Sotto se sentit fondre. Depuis qu'au Beer Store, elle lui avait pris les mains, il était dans un état second. Mais non, bien sûr que je ne vais pas t'abandonner, Adeline ! Je vais renvoyer Max au Mans, mais moi je vais annuler mon vol. Je vais rester avec toi. On va s'en sortir, ne t'en fais pas, je te promets, allez !

Elle raccompagna Sotto en tramway jusqu'à l'angle de York Street et ils se séparèrent pleins de courage.

Sotto frappa en vain à la porte de la chambre 638 de l'hôtel Sheraton et appela : Max ! avant d'utiliser sa carte magnétique pour entrer. Max ! Tu es dans la salle de bains ?

Le ménage du matin avait été fait, mais il trouva dans la poubelle de bureau l'emballage d'un bagel que Max avait visiblement mangé sur la table basse avant de partir. Il s'assit sur le lit et se dit qu'il n'aimait pas ce silence-là. Depuis leur départ de Roissy, six jours plus tôt, ils ne s'étaient pas quittés d'une semelle et c'était étrange de se retrouver seul, soudain. Par réflexe il tira son smartphone de sa poche avant de pester : Max n'avait pas de portable ! Chez les Vallardier, il y en avait un seul pour deux, on continuait à manger dans la même gamelle !

Il ralluma l'appareil et vit qu'il avait un message. De Josy.

> Pierre-Marie, c'est Josy. Max m'a envoyé un mail tout à l'heure. Il avait l'air remonté comme un coucou, il parlait de ne pas traîner et de passer à l'action. Qu'est-ce que ça veut dire ? Rassure-moi : il est près de toi, là ?

Adeline rentra chez elle avec des pieds de plomb. Après une journée pareille, à quoi cela rimait-il ? Car maintenant, elle savait jusqu'où son mari était capable d'aller.

Non seulement il avait cracké ses mots de passe et lu toute sa correspondance, mais il avait osé écrire à Pierre-Marie ! Un mail truffé de mensonges et de menaces, digne d'un grand malade. C'était d'une telle violence que pour la première fois, elle envisageait sérieusement de fuir. Elle l'avait dit à Pierre-Marie : je ne vais pas pouvoir rester un soir, une nuit de plus au contact de ce serpent. Ils avaient réfléchi ensemble avant d'en revenir au point de départ : le passeport. Ils s'étaient promis de se retrouver dès le lendemain matin pour aller ensemble au consulat. Tant que Ben ignorait que Pierre-Marie était à Toronto, elle ne se sentait pas totalement vulnérable. Elle pouvait se battre.

Elle retira la carte SIM de son téléphone de guerre. Elle planqua l'appareil au fond d'une boîte à chaussures dans le placard de l'entrée, et elle glissa la puce dans une poche de son manteau. Ensuite, le plus urgent, la banque. Elle fila à l'étage, alluma son ordinateur et vérifia que le virement effectué la veille avait été validé. C'était loin d'être idéal, mais en attendant de pouvoir joindre le Crédit Agricole de Mercuès (pourquoi ces fichues banques fermaient-elles le lundi ?), elle pouvait transférer son petit capital – par tranches plafonnées de 4 000 euros – sur l'ancien compte épargne de feue Viviane Parmelan.

Elle achevait de mettre en place le deuxième virement lorsqu'elle entendit une voiture se garer devant la maison. Déjà ? Elle bondit de son siège, se pencha discrètement à la fenêtre et vit Ben sortir de la Lincoln. Elle quitta le site du Crédit Agricole, effaça son historique, éteignit l'ordinateur, et demeura immobile quelques secondes, aux aguets.

La porte d'entrée s'ouvrit puis se referma doucement. Elle entendit les pas de Ben dans l'entrée. Respirer. Gagner du temps. Mentir encore. Elle ferma les yeux, pensa à Pierre-Marie, rouvrit les yeux et quitta son bureau.

Au milieu des marches de l'escalier, elle s'arrêta net. *Sol mi fa mi do*. Ben venait de s'installer au piano.

Bien, songea Adeline. Elle acheva de descendre et, sans un mot, traversa le salon jusqu'au placard de la cuisine. Là, elle déboucha la bouteille de scotch et se servit généreusement.

Les yeux mi-clos, Ben était penché sur le clavier. En bras de chemise, le visage lisse, il enchaînait les arpèges, les trilles et les fioritures. Un beau salaud. Une fascinante ordure. Dans un sourire, Adeline leva son verre à Sue Wyatt et à son piano qui, pour une fois, lui rendait service en lui épargnant d'avoir à faire la conversation.

Sotto arpentait la chambre, s'asseyait, se levait, ne tenait plus en place. Son cœur cognait carrément. Qu'est-ce que j'ai fait ? Mais qu'est-ce que j'ai fait, bon Dieu ? Il était 18 h 15. Si Max guettait Ben à la sortie de son bureau, il n'était peut-être pas trop tard pour l'arrêter avant qu'il ne commette le pire. Il fallait prendre un taxi et foncer. Il chercha fébrilement l'adresse de Fly Events et la nota sur son mémo, puis il enfila sa parka et se rua hors de la chambre. Devant l'ascenseur, il eut une idée soudaine, mais oui bien sûr, c'était cela qu'il fallait faire, et vite. Son index tremblait sur les touches quand il composa le numéro de Fly Events. Une voix masculine répondit immédiatement, mais il n'attendit pas la fin de la phrase et lança : « *I'd like to speak with mister Ben Wyatt. Please, it's very urgent !*[15] » À l'autre bout du fil, la personne affecta un air désolé : « *Oh, Ben left one hour ago, I'm afraid*[16]. » À cet instant la porte de l'ascenseur s'ouvrit et Sotto laissa échapper un déchirant :

— Ma-a-a-ax...

Max penchait un peu en avant et maintenait son bras gauche replié sur sa poitrine, inerte. Son visage était intact, mais d'une pâleur cadavérique. Son œil droit était enflammé et rouge.

— Max, bon Dieu, qu'est-ce qu'il t'a fait ?

Il le prit sous l'aisselle et l'aida à progresser dans le couloir, très lentement.

— Je crois que je vais tomber dans les pommes.

— Attends, attends, on y est.

Il ne voulut pas s'allonger sur le lit. Trop mal. Il s'assit sur le bord d'une chaise et demanda un verre d'eau.

— Qu'est-ce qu'il t'a fait ?

— Il m'a pété le poignet. J'ai entendu craquer.

— Ça va aller, gros. Tu l'as attaqué ?

Sotto n'avait pas le cœur à l'engueuler, ni même à lui faire le moindre reproche. Il était infiniment désolé. Et triste.

— Tu l'as attaqué ?

— Oui, je l'ai pris au col et plaqué contre le mur, mais il m'a fouetté l'œil avec ses doigts et fait une clé au poignet. J'ai entendu craquer et je suis tombé par terre. Lui, il a foutu le camp, ça a pas duré quinze secondes, il m'a pas dit un mot, juste *you fucking bastard* je crois… Oh putain j'ai mal…

— Comment tu es rentré ?

— À pied, j'ai eu peur de tourner de l'œil dans le métro.

À la réception, on se montra très réactif et empressé, et quand les deux Français se présentèrent en bas, l'un soutenant l'autre, l'ambulance était déjà devant l'entrée de l'hôtel. Moins d'un quart d'heure plus tard, un jovial médecin du Toronto General Hospital diagnostiquait, après radiographie, une fracture complexe du radius. *How did you do that ?*[17] demanda-t-il et il parut sceptique quand Sotto lui répondit : *he fell down*[18]. Il semblait pourtant qu'il y avait eu une violente torsion, non ? *No*, s'entêta Sotto : *he just fell down*[19].

Entre-temps le poignet de Max avait encore enflé et il n'était pas nécessaire d'être un spécialiste pour constater le spectaculaire déplacement en baïonnette de l'articulation. Le médecin expliqua joyeusement la suite du protocole, et Sotto eut toutes les peines du monde à suivre, d'autant plus que Max ne cessait pas de demander : qu'est-ce qu'il dit ? Il s'avéra qu'on allait d'abord calmer le malheureux avec des antalgiques puissants puis lui poser une simple attelle. Il passerait la nuit ici et on l'opérerait le lendemain sous anesthésie générale. Il aurait sans doute des broches.

Allongé sur le lit de camp aménagé au chevet de son ami, Sotto songea au prix de la nuitée au Sheraton : Quatre cent trente-six euros. C'était cher, surtout quand on n'y dormait pas. Il alluma son portable et la lumière de l'écran éclaira faiblement le profil de Max qui ronflait, shooté par les calmants.

> Pardon, Josy, je viens seulement de trouver ton texto. Ne t'en fais pas. Max est près de moi et tout va bien. Je t'embrasse.

Pendant ce temps, shootée à un autre calmant, Adeline ronflait aussi, étendue de tout son long sur le lit d'Éliette. La veille, après plusieurs verres de scotch, elle s'était mise à chanter sur les accords de Ben au piano. D'abord à voix basse, puis de plus en plus fort. « *Oh happy day, Oh happy day, When Jesus washed... OH HAPPY DAY ! HE WASHED MY SINS AWAY !* »* Surpris, Ben s'était interrompu. Dans un silence glacial, il l'avait fusillée du regard, puis le menton levé, il s'était remis à jouer. Pour une fois, Adeline ne s'était

* *Oh Happy Day*, Edwin Hawkins, Kama Rippa Music Inc.

pas démontée. Elle avait descendu cul sec un énième verre, et elle avait recommencé à brailler par-dessus le piano, puis à claquer dans ses mains en cadence. Ah comme c'était bon ! Ah comme c'était libérateur ! Ah comme c'était drôle ! Elle aurait chanté ainsi toute la nuit si après quelques minutes une violente nausée ne l'avait pas obligée à courir aux toilettes.

Quand elle ouvrit les yeux, il faisait jour et ça tanguait encore. La maison était parfaitement silencieuse. Elle rassembla ses esprits, prit son courage à deux mains et quitta la chambre sur la pointe des pieds. Personne à l'étage, ouf. Elle s'enferma dans la salle de bains et resta de longues minutes sous la douche en espérant que l'eau chaude parvienne à dissoudre tout ce qui la salissait. Affronter les jours, voire les semaines suivantes lui paraissait impossible. Elle en aurait pleuré si la pensée de rejoindre Pierre-Marie ne l'avait pas tirée du désespoir. Il avait dit qu'il resterait avec elle tout le temps nécessaire. Il avait dit « On va y arriver » alors oui, Adeline devait y croire.

Quand elle sortit de la salle de bains, elle entendit du bruit. Elle se figea. Ça venait du salon. Ou plutôt de la cuisine. La machine à espresso. Elle se faufila jusqu'à la chambre et jeta un regard au réveil sur la table de chevet. 9 h 02, déjà. Si Ben n'était pas encore parti, c'est qu'il l'attendait. Avait-il décidé de lui faire une scène ? Avait-il fouillé et découvert ses petites transactions bancaires illicites ? Elle s'habilla à toute allure, le cœur battant, puis d'un pas déterminé (ou presque), elle descendit au rez-de-chaussée. Là, elle sursauta et poussa un cri.

Ce n'était pas Ben qui l'attendait.

— Sydney ? fit-elle, ébahie.

Son beau-père reposa la tasse de café sur le plan de travail. Il lui fit un sourire embarrassé et lui montra le trousseau de clés.

— Mais… je croyais que Sue nous les avait rendues, dit Adeline.

Sydney secoua la tête. Il prit un air apitoyé, et dans son français hésitant, lui répondit que malheureusement, Sue ne rendait jamais rien.

— Cette maison est à elle, ajouta-t-il en ouvrant ses longs bras maigres. Alors… elle est chez elle. Ben est son fils, alors… il est à elle. Éliette est à elle. Moi, je suis à elle depuis plus de quarante années ! Et vous aussi, vous êtes à elle, vous comprenez ?

Estomaquée, Adeline hésitait entre secouer la tête et opiner vaguement. Elle demanda où était Ben. Sydney lui expliqua qu'il était parti depuis une demi-heure avec la Lincoln.

— Mais alors, qu'est-ce que vous faites là, Sydney ?

— Je suis venu pour vous. Parce que maintenant, ça suffit.

Ayant dit cela, il redressa ses épaules voûtées et écarta le pan de sa veste. De sa poche intérieure, il sortit un petit rectangle de couleur bordeaux et le tendit à Adeline.

— Vous n'appartenez à personne, n'est-ce pas ?

Elle porta ses mains à sa bouche. Il était 9 h 14, à Toronto, en ce mardi 26 mars, et si elle en croyait bien ses yeux, Adeline Wyatt, née Parmelan à Épinay-sur-Seine le 2 juillet 1970, était de nouveau une femme libre.

Après trois heures d'un sommeil chaotique, Sotto s'extirpa à grand-peine de son lit de camp. Son dos était martyrisé, son crâne douloureux. Dans la salle de bains, il observa ses yeux bouffis à cause de la température trop élevée de la chambre et il souffla dans sa main pour avoir la confirmation de son haleine empuantie. La mauvaise nourriture avalée dans la nuit au distributeur du rez-de-chaussée était passée par son organisme.

Max ouvrit son œil valide.

— Tu ne dis rien à Josy, grand ! La version officielle, ça sera que j'ai glissé en sortant de la baignoire d'accord ?

— Et tu penses qu'elle va te croire ?

— Non.

— Bon, moi je vais me refaire une beauté à l'hôtel et je rejoins Adeline au consulat de France. Elle va y demander un nouveau passeport. J'appellerai l'hôpital en fin de matinée pour savoir si tu es réveillé et je reviendrai te voir. Tu as mal ?

— Ça va. Faut pas que je bouge mon poignet d'un centimètre, sinon je déguste.

— Allez, je te bise, gros, ça va aller...

Il se pencha sur Max et l'embrassa sur le front.

— Oh le con, lâcha Max, tu as une haleine de chacal.

— Je sais.

— J'ai des pastilles à l'eucalyptus dans la poche droite de mon pantalon, prends-en une, non deux !

La douche du Sheraton, des vêtements frais et le breakfast à vingt-trois dollars cinquante rendirent à Sotto sa dignité perdue et il marchait presque gaillardement en direction de la station de métro quand son portable vibra.

> Pierre-Marie, pas de consulat ce matin, je t'expliquerai. Retrouve-moi au White Squirrel dès que tu peux. Moi, j'y serai dans 10 minutes, je t'attendrai.

À peine entré, Sotto repéra Adeline. Elle était attablée derrière son ordi ouvert, au fond du coffee-shop presque désert, juste sous la grande carte du Canada. Un mug de chocolat chaud fumait sur sa table. Il lut sur son visage quelque chose de nouveau, une énergie, une sorte d'impatience. Il l'embrassa sur les joues. C'était étrange, ils avaient été amants, s'étaient embrassés sur la bouche pendant des mois, et maintenant c'était sur les joues. Et ils auraient été tous les deux bien embarrassés pour dire ce qu'ils étaient l'un pour l'autre : des amoureux, des amis très complices, un vieux couple en séance de rattrapage, ou deux adolescents dont les cœurs brûlaient encore.

Un sac de voyage en toile était posé contre le pied de la table. Où vas-tu avec ce sac ? demanda Sotto. J'ai quitté la maison, dit-elle, je ne peux plus y rester, c'est au-delà de mes forces. Hier je me suis soûlée pour y arriver, et j'ai dormi sur le lit d'Éliette. Si j'y retourne ce soir, l'un de nous deux va tuer l'autre.

Où vas-tu dormir ?

Elle désigna l'écran de son ordi. Je vais prendre cette chambre, à York. C'est à l'ouest de Toronto, à une demi-heure de métro. Personne ne me cherchera là-bas. Qu'est-ce que tu bois ?

Il commanda un café noir, ôta sa parka et prit place en face d'elle. Tu vas devoir y passer plusieurs semaines, tu le sais, tu n'as pas plutôt une amie chez qui tu pourrais…

Elle l'interrompit : Je n'ai pas d'amie ici, Pierre-Marie, pas une. Mais je m'en fous, si tu savais comme je m'en fous.

Comme elle disait ces mots, les larmes lui vinrent et elle fit une grimace que Sotto ne lui avait jamais vue. Le barista, qui apportait le café, lui jeta un coup d'œil incrédule. Le scénario de l'histoire continuait à lui échapper, mais le feuilleton restait passionnant avec une actrice de ce talent.

Je m'en fous parce que je quitte cette putain de ville dans trois jours maxi et que je n'y remettrai plus les pieds. Regarde.

Il lui fallut prendre le document, l'ouvrir et reconnaître le visage d'Adeline sur la photo pour y croire. LE PASSEPORT ! Celui pour lequel il avait traversé l'Atlantique avec Max, celui pour lequel il avait déjà dépensé plus de 10 000 euros, celui pour lequel Max venait de se faire désosser au point qu'à cette heure il se trouvait sans doute sous anesthésie générale sur le billard d'un hôpital canadien.

Elle lui raconta le piano, elle lui raconta « Happy Day », elle lui raconta surtout Sydney, parce que si, bien sûr que si, elle avait eu sans le savoir un formidable ami dans cette ville, et c'était ce vieux monsieur.

Sotto se dit que la vraie vie était décidément d'une inventivité folle. Ils avaient soulevé des montagnes pour récupérer ce passeport, et voilà que celui-ci revenait tout seul, gentiment, par la grâce d'un personnage qui était à peine dans l'histoire ! Il se promit de ne pas l'oublier si parfois il parvenait à écrire encore.

Dehors le vent s'était mis à souffler fort et des rafales de pluie giflaient les vitres. Ils étaient à présent les deux seuls consommateurs. Le barista avait disparu dans la cuisine.

Tu vas rentrer en France, Pierre-Marie, dit-elle. Prenez le premier vol disponible, Max et toi. Pour ce que j'ai encore à faire ici, je n'ai plus besoin de vous. Tu lui diras que je le remercie pour son courage. Tu lui diras aussi qu'il l'a échappé belle. Rien que d'y penser, ça me fait peur.

Sotto ouvrit la bouche, hésita. Adeline avait tant à faire avec elle-même.

D'accord je lui dirai. Et d'accord on va rentrer dès que possible. Qu'est-ce que je peux encore faire pour toi ?

Rien du tout. Juste rentrer en France. Je te ferai signe quand j'y serai aussi.

Oui, mademoiselle, j'aimerais bien vous revoir là-bas...

Elle lui prit les mains, comme au Beer Store.

On verra ça, monsieur. Je ne suis pas contre. Il faudra juste être un peu patient avec moi, parce que j'aurai un gros chagrin d'amour à surmonter, tu comprends, monsieur ?

Sotto comprenait. Il savait combien les petites personnes peuvent vous manquer à en crever quand elles sont arrachées de vous pour cause de séparation, ou pire pour cause de mort.

Oui, il laisserait Adeline vivre toute seule ses derniers jours à Toronto. Personne ne pourrait rien pour elle. Personne ne pourrait l'atteindre là où elle serait. Lui, pendant ce temps, s'occuperait de son ami meurtri, mais c'était tellement plus facile.

~

Toronto
Le 26 mars 2019

Il était un peu plus de 14 heures quand Adeline arriva devant l'école, sur Braemar Avenue, au nord de Midtown. Il pleuvait encore un peu, alors elle s'abrita sous les arbres. De là, elle put guetter chaque voiture qui se garait le long du trottoir. Plusieurs fois, au volant d'un pick-up ou d'une berline, elle crut reconnaître Kelly à travers le pare-brise. Mais non. Enfin, quand elle aperçut la jeune femme parmi les passagers qui descendaient d'un bus, elle avança à sa rencontre. Kelly marqua un temps d'arrêt. Adeline ? Puis elle fronça les sourcils parce qu'elle venait de remarquer le sac de voyage.

— Qu'est-ce que tu fais là ?

La réponse fusa.

— Je quitte Ben.

Kelly laissa échapper un « oh » de surprise.

— Et je quitte le Canada dès que possible. Mais avant, je suis venue te demander une faveur. Je voudrais passer un peu de temps avec Éliette. Pour lui dire au revoir.

Il fallut quelques secondes à la jeune femme pour enregistrer ces informations. Elle demeurait sur ses gardes, mais elle finit par dire oui, je comprends, c'est d'accord. Adeline lui expliqua qu'elle avait loué une chambre, que Ben ignorait encore tout, et qu'elle resterait injoignable, car elle avait préféré désactiver son smartphone. Kelly hocha la tête sans faire de commentaire. Elle consulta l'heure.

— Ecoute, Adeline, je...

Elle s'interrompit en voyant une Dodge bleue ralentir à leur hauteur. La vitre descendit côté conducteur, dévoilant le visage souriant d'un trentenaire de type indien, vêtu d'une épaisse veste à carreaux.

— *Just on time* ! lança le jeune homme à l'adresse de Kelly. *Check it out, I even had time to grab donuts from uncle Betty's !*[20]

Kelly lui sourit, leva le pouce pour dire cool, et revint à Adeline.

— Comme tu le vois, ça ne va pas être possible aujourd'hui. Et demain, on a prévu d'emmener Éliette aux Niagara Falls... Alors, jeudi ?

— D'accord jeudi, répondit aussitôt Adeline avec soulagement. Je viendrai ici, à la même heure.

Elle se tourna vers l'homme qui patientait au volant de la Dodge. Il avait une bonne tête. Un regard franc. Elle ajouta :

— Je t'apporterai une lettre à charge contre Ben que tu pourras transmettre à ton avocat.

Kelly se pinça les lèvres. Ses yeux s'embuèrent.

— Je suis désolée pour toi, Adeline.

— Ça ira. C'est moi qui suis désolée, Kelly. Pour toi, pour Éliette et pour...

— Il s'appelle Navash, dit la jeune femme. On travaille ensemble. Il a un petit garçon du même âge qu'Éliette.

Adeline sentit sa gorge se nouer, mais elle ne laissa pas l'émotion la submerger. Elle jeta son sac sur son épaule, lança « À jeudi » et tourna les talons avant que les portes de l'école s'ouvrent et libèrent la joyeuse cohue des enfants.

~

Le 27 mars 2019

De : Guylaine Bellecombes
À : Adeline Wyatt

Objet : Couverture

Chère Adeline,

Le temps file !

Nous voilà bientôt en mai, et comme prévu nous envisageons d'adresser bientôt les épreuves non corrigées de *Prière pour ceux qui restent* aux libraires (au passage, quel beau titre !). Il y aura bien entendu encore quelques allers et retours du texte entre vous et Marissa pour les dernières corrections. Elle vous les proposera d'ici une quinzaine. Ne craignez rien, la plupart sont purement techniques.

Mais ce qui m'amène ici est tout autre chose, et j'ai grand plaisir à en être la messagère : vous trouverez en pièce jointe la première de couverture pressentie !

Nos graphistes ont opté pour cette photo retravaillée. Je trouve qu'elle porte un mystère, une mélancolie, mais tout ça sans plomber. En tout cas, ici tout le monde l'adore, et moi la première. Dites-moi votre sentiment.

J'imagine que vous êtes maintenant tout feu tout flammes dans votre vie américaine et que vous découvrez avec bonheur les charmes de Toronto. Vous allez nous manquer les semaines et les mois à venir, car les commerciaux et les libraires auraient bien aimé vous rencontrer, mais je comprends que vous nous préfériez le Nouveau Monde !

Est-ce que nous pouvons tout de même vous espérer une petite semaine en septembre pour le service de presse et quelques interviews ? Nous nous chargerions volontiers d'organiser et de financer votre vol.

Bien à vous.

Guylaine Bellecombes
Candis Éditions

Adeline laissa son regard flotter jusqu'à ce qu'il bute sur un obstacle : le mur de la chambre. Un mur jaunâtre (légèrement « poil de chameau », non ? aurait sans doute ironisé Pierre-Marie). Dieu que cette planque était laide ! Jaune, étroite, humide et sombre. À 36 $ la nuit, la figure mal aimable de l'hôte en prime, le décorateur d'Hitchcock n'aurait pas trouvé mieux.

Elle relut le mail de Guylaine.

Si étonnant que cela puisse paraître, les affaires du monde extérieur suivaient donc leur cours. Les éditrices éditaient, les correctrices corrigeaient, les commerciaux commerçaient, et les graphistes composaient des couvertures de livres.

Elle cliqua sur la pièce jointe. Elle eut un choc en découvrant la photo surmontée du titre, mais surtout de son nom : Adeline Wyatt. Après des mois et des mois d'atermoiements, ce livre abstrait, presque hypothétique, commençait à se matérialiser. Et avec lui, de nouvelles angoisses.

Incapable de penser quoi que ce soit de la couverture, elle referma le document Jpeg et décida de ne pas répondre au mail. Qui sait ce dont Ben était capable en matière de géolocalisation ? Aucun message ne devait émaner de son ordinateur avant son départ, c'était plus sûr.

Elle quitta sa chambre, brava la figure antipathique de son hôte et lui demanda le code d'accès à l'ordinateur qui trônait dans la salle commune. De là, elle put consulter sans inquiétude les comparateurs de vols, et elle réserva une place dans le premier avion disponible. En comptant l'escale à Lisbonne, elle serait donc à Paris dans trois jours. Seule et dépouillée. Un jaguar blessé, de retour dans sa jungle natale.

~

Toronto
Le 27 mars 2019

Max, encore bien patraque, était resté assis sur un siège ergonomique, à l'accueil, le bras gauche tenu en écharpe dans une belle résine vert bouteille. Sotto, muni du passeport de son coéquipier, se chargea de régler les formalités de sortie. La jeune femme noire se montra particulièrement aimable et souriante, à l'image de tout le personnel de l'hôpital général de Toronto.

— *How is your friend ?* demanda-t-elle en lui tendant la facture.

— *He's fine, thanks*, répondit Sotto et il chaussa ses lunettes.

Le mot *Ambulance* et le chiffre indiqué sur la même ligne : 235 $, étaient faciles à comprendre, de même que *Hospital expenses 2 nights* : 567 $. Si Sotto se rappelait bien, *surgery* signifiait chirurgie, et 1 782 $ signifiait... 1 782 dollars.

Il s'excusa auprès de la jeune femme et marcha vers Max.

— Dis-moi, gros, tu n'aurais pas pris une assurance spéciale pour ton voyage, en prévision d'un ennui de santé, je veux dire ?

— Ben, non. En principe, c'est Josy qui s'en occupe, et là vu qu'on était un peu en froid, je suis parti comme ça... Pourquoi ? Ça cogne ?

— Oui, un peu.

En tapant les quatre chiffres de son code secret sur le terminal bancaire afin de régler la somme globale de 2 584 dollars, Sotto essaya en vain de se rappeler si Gloria avait donné 600 ou 700 euros à son tueur pour faire le boulot.

De retour au Sheraton, Sotto annonça qu'il avait changé leurs billets de retour.

— On s'envole demain à 19 h 30 et on arrive à Roissy vendredi à 8 h 40.

— Ah, et *The White Buffalo* alors ?

— On laisse tomber. Il pourrait y avoir des bousculades et j'ai pas envie de te ramener à l'hosto.

Les billets étaient perdus, bien sûr, mais Sotto n'en était plus à ça près. Il lui sembla que depuis trois semaines il était entré dans une autre dimension avec son argent.

Un peu plus tard, Max entreprit d'envoyer un mail à Josy, mais avec son seul index droit, c'était laborieux, sans parler des majuscules presque impossibles à réaliser. Sotto lui offrit ses services, il voulait bien écrire sous la dictée. En fait tout lui était bon pour éviter de penser à Adeline, seule à York dans sa chambre à 36 dollars, et avec pour tout bagage son petit sac en toile. Il prit le portable de Max et s'installa au bureau.

— Vas-y, je t'écoute.

— « Salut ma belle, non, salut ma cocotte... », commença Max.

— Je te préviens, gros, si ça devient trop personnel, je préfère que tu le fasses toi-même.

— T'en fais pas, je resterai correct. « Salut ma cocotte, pardon de t'avoir laissée sans nouvelles depuis avant-hier, mais on a été bien occupés. Hier nous avons passé la journée entière au Botanical Garden et je te jure que ça en valait la peine... »

— Moins vite, gros, je suis pas sténodactylo !

— « Le jardin que le visiteur découvre dès son arrivée sur le site a été conçu par le designer hollandais Piet Oudolf qui a choisi les plantes en fonction de leur texture et de leur architecture. Hamamelis, viburnum et cotinus se marient en une harmonieuse... »

— Max, c'est une blague ? Tu vas pas envoyer ça à Josy ? Pose ce dépliant et raconte avec tes mots, bon sang !

— Tu as raison. Reprends un peu plus haut. « On s'est baladés dans les serres, les allées. Ça sentait hyper bon. C'est un peu le jardin des Plantes du Mans, mais en mieux, tu vois. Pierre-Marie a fait plein de photos qu'il te montrera à l'occasion... »

— Max, si tu peux me laisser hors de tout ça, je veux bien...

— D'accord. « On a déjeuné sur une terrasse... » Non, attends, ça va pas, il faisait 7° hier, on n'aurait pas pu... « Et puis merde, on n'est pas allés au jardin botanique... »

— Je dois écrire, ça ?

— Oui, tu écris ça : « Et puis merde, Josy, on n'est pas allés au jardin botanique. La vérité, c'est que je me suis fait péter le poignet gauche par ce petit trou du cul de Ben qui est un champion de shorinji kempo, mais ça on ne le savait pas. Cherche en ligne ce qu'est une clé *katamuna otoshi*. Il y a des vidéos, tu comprendras tout. J'ai une fracture du radius et on m'a mis des broches. On m'enlèvera ma résine dans trois semaines et j'aurai trois mois de rééducation. Alors pour les Cyclades, inutile de te faire un dessin, c'est cuit. Voilà, ouf, je te l'ai dit et... »

— Pas si vite, gros, je te suis plus.

— « Ouf, je te l'ai dit. S'il te plaît, pique une bonne colère, là, toute seule à la maison, je te comprends, mais ne me tombe pas dessus quand je rentrerai. Je serai tellement content de te revoir, ne me gâche pas ce moment. Je te promets que je... »

— Max, je ne veux pas savoir ce que tu lui promets. Conclus, s'il te plaît.

— D'accord. « Je t'embrasse. Ton orignal diminué : Max. »

— Ton quoi ?

— « Ton orignal diminué ». Cherche pas, écris.

~

Toronto
28 mars 2019

— Tu me portes ? demanda Éliette en tendant les bras à Adeline.

Kelly rouspéta, mais Adeline se pencha, attrapa la petite sous les aisselles et la cala sur sa hanche.

— Comme quand tu étais petite, dit-elle. Sauf que tes jambes m'arrivaient là, et maintenant, tu vois ?

Éliette considéra l'écart entre le haut de la cuisse et les genoux d'Adeline.

— Quel âge j'avais quand tu m'as vue ? voulut-elle savoir.

— La première fois ? Tu avais 3 ans. C'était devant ton école maternelle, à Cahors.

— Je m'en rappelle pas du tout.

— C'est normal, petite pomme. Mais moi, je m'en souviens très bien.

— Et tu étais contente, parce que toi, tu as pas eu d'enfants. Sauf Philémon, mais il est mort.

— C'est ça, ma caille.

— Pourquoi il est mort ?

— Je te l'ai déjà raconté, non ?

— Oui, mais raconte quand même.

— Eh bien… commença Adeline.

Elle sentit quelque chose se creuser en elle et se ravisa :

— Un autre jour, petite pomme. Là, j'ai envie de parler de choses joyeuses, pas toi ?

— Si si, fit la petite, un peu déçue.

Elles marchèrent un moment en silence, Adeline serrant fort contre elle le corps déjà lourd de l'enfant, Kelly songeant sans doute aux remous juridiques qu'allait provoquer la lettre d'Adeline. Comme le temps n'était pas mauvais, de nombreux promeneurs sillonnaient les allées de High Park. Des couples avec des poussettes, des grands-parents trottinant derrière des apprentis cyclistes, des grappes de gamins avec des ballons.

— C'était bien, les Niagara F…

— Oh ! Des jeux ! s'écria Éliette.

Elle se libéra de l'étreinte d'Adeline et sauta à terre avant de s'élancer vers les toboggans et les ponts de singes qui reliaient des structures en bois au milieu d'un carré d'herbe. Les deux femmes la regardèrent s'éloigner. Adeline soupira. Cela faisait deux heures qu'elles se promenaient, deux heures qu'elle cherchait comment annoncer à Éliette qu'elle repartait en France. Les mots ne venaient pas.

— Tu sais que l'autre jour, elle m'a appris à faire les véritables crêpes bretonnes d'Adeline ? dit Kelly avec un large sourire. Elle connaissait les proportions par cœur, elle a tenu à casser les œufs elle-même, on s'est régalés.

C'était gentil, mais l'anecdote rendit Adeline encore plus triste. Kelly s'en rendit compte et elle ne chercha plus à lutter. Elle sortit une cigarette.

— Tu fumes ? s'étonna Adeline.

— Uniquement lors des grandes occasions, sourit Kelly. Tu en veux une ?

Adeline hésita. Elle avait arrêté depuis des années et elle en avait bavé, mais là…

— Merci, dit-elle.

Elles décidèrent de s'asseoir dans l'herbe, au pied d'un érable, face à l'aire de jeux. Adeline toussa en inhalant la première bouffée de sa cigarette et elle se mit à rire en se rappelant ses premières taffes derrière le collège de Deuil-la-Barre. Décidément, la vie n'en finissait pas de lui proposer des retours à la case départ.

— Tu vas rentrer à Espère ? lui demanda Kelly.

— Pour l'instant non. J'ai loué ma maison à une famille, je ne vais pas les déloger un mois et demi après leur emménagement.

— Qu'est-ce que tu vas faire alors ?

— Je ne sais pas encore. J'ai un frère, mais…

Adeline tira sur la cigarette. Elle sentait dans son dos l'écorce, le tronc, la solidité impassible de l'arbre. Elle pensa à Pierre-Marie, aux palpitations sauvages qu'elle avait ressenties en sa présence. Elle observa Éliette qui jouait avec un garçon de son âge sur les toboggans. Elle pencha la tête en arrière vers les ramures de l'érable.

— J'ai remarqué qu'ici, le ciel paraît plus vaste. Je ne sais pas pourquoi.

Elle écrasa subitement sa cigarette.

— Je vais y aller, dit-elle.

— Maintenant ? s'étonna Kelly.

— Oui. Inutile d'expliquer tout ça à Éliette. Nos histoires et nos chagrins d'adultes vont l'encombrer. Les enfants ne sont pas solennels. Ils vivent, c'est tout, et ils ont bien raison.

— Mais... si elle te réclame ?

— Je sais que je ne lui manquerai pas longtemps, sourit Adeline. On se parlera par Skype.

Elle se redressa, fit tomber quelques brins d'herbe de son manteau et ajouta :

— Bonne chance, Kelly. J'espère que ton avocat est costaud et que ma lettre pèsera en ta faveur.

— Elle pèsera.

La jeune femme s'était levée. Elle se tint debout devant Adeline, un peu gauche et indécise. Que fait-on dans ces cas-là ? On se fait la bise ? On se serre dans les bras ? Finalement, Adeline lui tendit la main.

— J'ai été contente de te rencontrer.

— Moi aussi.

Partir, vite. Adeline s'avança vers l'aire de jeux, appela Éliette, puis agitant la main, elle lui lança :

— Je dois y aller, petite pomme ! Amuse-toi bien !

Perchée en haut d'une cabane, la gamine agita la main aussi et envoya un bisou à Adeline. Puis elle s'intéressa à autre chose et disparut à l'intérieur de la cabane. *Des adieux parfaits*, se dit Adeline un peu plus tard en essuyant ses larmes dans le métro.

~

Le 30 mars 2019

De : Max
À : Pierre-Marie

salut grand !

bon tout s'arrange plutôt bien, josy m'a fait bon accueil, elle a pas pu s'empêcher de m'engueuler un peu, mais elle a reconnu que si elle m'avait pas comme mari, elle adorerait m'avoir comme pote

bonne nouvelle aussi du côté de la mgen qui va prendre en charge une partie des frais d'hôpital, josy t'expliquera

et pour finir le truc qui m'a bien fait chialer quand je l'ai appris et qui me fait rechialer maintenant que je te l'écris : céline attend un bébé, c'est pour l'automne, elle vient demain et on va fêter ça

je te remercie pour la somptueuse virée à toronto, je me suis bien éclaté (avant de me faire éclater par un autre)

je t'embrasse

max

sorry pour les points et les majuscules, j'ai qu'un doigt

Le 5 avril 2019

De : Adeline Parmelan
À : Guylaine Bellecombes

Re : couverture

Chère Guylaine,

Je suis confuse d'avoir laissé votre précédent message sans réponse, je vous prie de m'excuser. Cette dernière semaine a été bousculée, le temps a filé plus vite que jamais. Je vous raconterai, mais pour l'heure, j'en viens à l'essentiel : la couverture de *Prière pour ceux qui restent.*

Pour être franche, je ne suis pas convaincue. Je comprends l'intention (l'humeur recherchée pour faire contrepoint au titre), mais j'avoue que le contenu m'échappe. Pourquoi ces boîtes remplies de pelotes de laines de toutes les couleurs ? Je n'ai pas le souvenir que les personnages tricotent. À moins que ce ne soit une allégorie ? Quant au chat en bas à droite, je ne suis pas fan non plus. Si dans ses courriers, le personnage de M. Chapuisat évoque en effet son « chat arrogant », cela reste un élément très secondaire. Je suis peut-être un peu conservatrice, mais ne pourrions-nous pas envisager une photo qui corresponde au texte ?

J'espère que ma réaction tardive et mitigée ne vous chagrinera pas outre mesure. Si besoin, vous pouvez me joindre à ce nouveau numéro : 07 89 91 XX XX (j'ai égaré mon portable, j'en ai profité pour changer)

Bien à vous

Adeline

P.-S. Comme vous le voyez, j'ai également changé d'adresse mail. Merci beaucoup de la noter !

Le 5 avril 2019

De : Adeline
À : Pierre-Marie

Brouillon – courrier non envoyé

Très cher Pierre-Marie,

Je te remercie infiniment de ~~m'avoir laissée tranquille~~ ne pas avoir cherché à me joindre durant ces derniers jours. J'avais besoin ~~de silence~~ de rassembler mes esprits après tout ça. ~~Il va me falloir du temps pour~~ J'espère que Max et toi êtes bien rentrés. Quant à moi, je suis en France, ça y est. Bien paumée, mais entière. ~~Si tu savais où je suis, tu~~ Je préfère ne pas te dire où je vais pour l'instant de peur que tu

À Toronto, tu m'as demandé si je pourrais te

Le 6 avril 2019

De : Adeline
À : Pierre-Marie

Pierre-Marie,

Je suis rentrée depuis quelques jours déjà, mais je n'ai pas eu le courage de t'écrire plus tôt. J'espère que tu vas bien, ainsi que Max. Et que tu t'es remis du décalage horaire.

Comme tu l'imagines, les neuf heures de vol entre Toronto et Paris n'ont pas été de trop pour réfléchir à ce que j'allais faire de ma peau. En arrivant à Roissy, j'ai d'abord eu la pire idée qui soit : j'ai appelé Cédric. Il n'a pas répondu, évidemment. J'ai laissé un message assez précis pour qu'il comprenne que j'avais besoin d'aide rapidement, mais il m'a rappelée quarante-huit heures plus tard en prétextant je ne sais quoi (il avait prêté son téléphone à un pote, il y avait eu une chute de météorite sur son écran, bref du Cédric tout craché). Entre-temps, j'avais pris une chambre à Paris, mais je ne voulais pas y rester. Alors j'ai posé la question : « Est-ce que tu peux m'héberger quelques jours ? » « Il a dit Ouais, ouais, évidemment sœurette, on va se serrer, viens ! » Devant tant d'enthousiasme, je n'ai pas voulu savoir qui était ce « on ». Je lui ai demandé son adresse vu qu'il change de logement comme de chemise et c'est comme ça que je me suis retrouvée à la gare de Vierzon, l'autre soir, avec mon petit sac.

Je n'avais pas revu Cédric depuis six ans. Une grosse barbe, le crâne rasé, des tatouages partout et trente kilos en plus, ça vous change un homme ; si je l'avais croisé par hasard dans la rue, je ne l'aurais pas reconnu. Au moins, il était à peu près sobre quand il est venu me chercher. Et puis il était content de me dépanner, mais quand j'ai vu dans quoi il habitait... (Tu vois, dans certains cas, les points de suspension sont utiles : ils servent à éviter une description misérabiliste. Validé ?)

Bref. Plutôt fier de lui, Cédric m'a renseignée. Y a plein de squats, à Vierzon. C'est le déclin, ici, tu trouves des logements vides en veux-tu en voilà, tu fractures la porte, tu te raccordes à l'électricité des voisins, tu te fais aider par les associations pour bouffer, tu touches ton RSA et roule ma poule. J'ajoute que, bien sûr, tu trouves vite des potes de défonce pour te tenir compagnie. Là, ils étaient cinq : deux filles et trois autres types, sans âge, sans visage. Une soirée m'a suffi pour me dire qu'en comparaison de leurs malheurs, les miens étaient très relatifs. Et c'est le lendemain, dopée par la déprime, que j'ai eu l'autre idée : la meilleure qui soit, pour moi, en ce moment.

Alors voilà, Pierre-Marie, je suis arrivée hier à Boyer, commune de Saône-et-Loire.

L'abbaye Notre-Dame de Venière vit sous la règle de saint Benoît. Les sœurs bénédictines pratiquent l'hospitalité monastique : tu te présentes à leur porte, elles t'accueillent. Tu peux rester huit ou dix jours à condition d'observer strictement le règlement. Notamment ceci : le silence et la méditation.

Pas de Wi-Fi ni de téléphone autorisé à l'abbaye. Pour t'envoyer ce mail, (au passage, tu noteras ma nouvelle adresse avec mot de passe archi sécurisé), j'ai marché deux petits kilomètres, mon ordi sous le bras, jusqu'au Relais de l'Europe. C'est un routier (sympa bien sûr) sur la départementale voisine. Je ne ferai pas ça tous les jours, mais je viendrai relever mon courrier quand même, alors donne-moi quelques nouvelles.

Cette expérience arrive au bon moment pour moi. Je n'ai plus grand-chose à perdre. Je n'ai plus qu'à me trouver.

Que la paix du Christ soit avec toi, mon ami.

Signé : Sœur Adeline.

~

La Bégude-de-Mazenc
Le 7 avril 2019

Lorsque le vendredi 29 mars au soir Sotto s'était retrouvé à La Bégude-de-Mazenc, seul dans sa cuisine devant une boîte de maquereaux sauce moutarde et quatre biscottes éventées à défaut de pain frais, il avait essayé de faire le point sur sa situation personnelle.

Le bilan objectif était un désastre, il fallait le reconnaître. L'échec lamentable de l'opération commando qu'il avait montée, la grave blessure de Max dont il était responsable et pour finir le coût exorbitant de l'aventure canadienne (16 750 euros selon son dernier calcul), tout cela aurait dû le désespérer. Or, ce n'était pas le cas, et ces menues contrariétés pesaient très peu dans la balance en face de la mélodie joyeuse qui chantonnait à son cœur et que rien ne pouvait faire taire : *Je crois bien qu'Adeline m'aime encore*. Il se disait : *Je ne l'ai pas mérité, mais je crois bien qu'elle m'aime encore un peu, et si jamais elle me laisse le quart de la moitié d'une chance, je la saisirai.*

Et maintenant ce mail surprenant arrivé de nulle part. Savoir Adeline bien protégée dans son abbaye de Notre-Dame de Venière le rassurait. Il ne la voyait pas vraiment comme une femme jaguar, mais plutôt comme un petit animal traqué qui a trouvé refuge et qui se blottit, souffle court et cœur battant. Il se fit la réflexion qu'il était la seule personne au monde à la savoir là, qu'il était la seule personne au monde à qui elle l'ait dit.

Le 7 avril 2019

De : Pierre-Marie
À : Adeline

Chère Adeline,

Comme je suis heureux et soulagé que tu sois de retour en France et que tu me donnes de tes nouvelles, tu ne peux pas savoir !

La semaine a été longue sans pouvoir te joindre après toutes ces émotions à Toronto. Ton téléphone de guerre ne répond plus. Est-ce que ça signifie que la guerre est finie ? Je l'espère.

Oui, merci, je suis bien rentré. Laura est venue me chercher à Montélimar. Je lui ai donné ses cinq boîtes de sirop d'érable, et elle m'a demandé comment tu allais. Je lui ai dit que tu allais mieux, mais qu'il y avait encore des petites choses à régler. Est-ce que c'est bien résumé ?

Tu veux des nouvelles de Max, alors voici la vérité. Puisqu'il faudra bien te la dire un jour ou l'autre, allons-y. Et pardon de t'infliger ce récit très éloigné de la spiritualité bénédictine.

Tandis que nous mangions tranquillement un morceau au Beer Store en nous félicitant que

Max ne soit pas encore allé affronter Ben, eh bien sache-le ce même Max était précisément en train de se faire démonter par ton champion de shorinji kempo. Max l'a attiré dans la petite rue qui se trouve derrière Fly Events et il l'a attaqué. D'après lui, le combat a duré une quinzaine de secondes, je miserais plutôt pour six. Il est rentré à l'hôtel avec une fracture du radius (bras gauche), on lui a posé des broches au General Hospital. Il s'est jeté à l'assaut sans me le dire parce qu'il en avait « marre de tergiverser » et qu'il était très remonté contre Ben avec cette histoire de passeport. J'ajouterais à ça que, sans te connaître, il t'aime bien, sans doute grâce à ce que je lui ai dit de toi. Bref il a piqué un coup de sang et il est parti tout seul au secours de la veuve et de l'orpheline (toi).

J'ai visité en ligne ce matin le site de Notre-Dame de Venière. J'ai vu ces vieilles pierres, ces fleurs, ce calme, et je me dis que tu as bien fait d'aller te réfugier là-bas, dans le silence, même si ce n'est que pour quelques jours.

J'espère seulement que la méditation ne va pas te rendre trop lucide et que la voix du Seigneur ne va pas te souffler : *Petite moinette Adeline, laisse donc tomber ce grand et gros type de plus en plus déplumé qui t'a mise dans un sacré pétrin il y a cinq ans. Je te conseille de l'oublier et de faire ta route sans lui. Enfin bon, je dis ça je dis rien… Je me suis moi-même pas mal planté quand j'y regarde de plus près, alors les conseils… Mais il va certainement te proposer de te recueillir chez lui, ce coquin. Il va jurer que ce sera « en amis », qu'il te laissera te « reconstruire », des trucs comme ça, mais je lui donne une semaine maxi pour faire toc toc à la porte de ta chambre, un soir d'orage, comme dans la chanson de Brassens (que j'écoute en cachette, ne le dis à personne) et pour que tu le laisses entrer. Une semaine à tout casser, petite moinette, crois moi.*

Bon, je ne suis pas sûr que Dieu s'exprime en ces termes, c'était juste l'idée.

Pardon de me mêler de ce qui ne me regarde pas, mais il me vient à l'idée que tu te retrouves peut-être dans l'embarras, comme on dit. Est-ce que vous aviez un compte commun, Ben et toi ? Il est bien capable de le vider pour te punir d'être partie. Si tu as besoin, n'hésite pas à me le dire, je te dépannerai, promis ?

Je t'embrasse (chastement, sur ta cornette).

Pierre-Marie

P.-S. : Avec tout ça, je me rends compte que je viens de rater la messe de 11 heures à Dieulefit, zut !

Abbaye Notre-Dame de Venière
Le 10 avril 2019

C'était le cinquième matin d'Adeline dans cet étrange endroit. Le cinquième matin qu'elle ouvrait les yeux sur le mur blanc de la chambre avec la sensation d'accoster sur un rivage inconnu après une tempête. Ses nuits étaient d'épuisantes traversées, peuplées de cauchemars dans lesquels des silhouettes menaçantes la poursuivaient. Lorsqu'elle reprenait conscience au petit jour, la menace s'estompait ; l'abbaye était là. Une île. Il lui fallait plusieurs minutes, sans bouger dans les draps rêches de son lit une place, pour accueillir la réalité : ici, rien ne pouvait la blesser. Elle était à l'abri.

Une prière de saint François d'Assise était punaisée sur la porte. « C'est en se donnant qu'on reçoit. C'est en s'oubliant qu'on se trouve. C'est en pardonnant qu'on est pardonné. C'est en mourant qu'on ressuscite à l'éternelle vie. » Comme le lui avait dit sœur Élisabeth de la Trinité dès le premier jour, le seul risque qu'elle courait en venant ici était de rencontrer Jésus. *Aucune chance*, avait pensé Adeline, tout en admettant que cela devait être extrêmement reposant d'aimer un type mort depuis deux mille ans. Celui-là, au moins, ne pouvait ni vous maltraiter, ni vous larguer, ni vous voler votre passeport et la moitié de vos économies.

Elle se leva et alla ouvrir l'armoire en acajou qui meublait la pièce. Tout ce qu'elle avait rapporté de Toronto tenait sur trois étagères : quatre pantalons, cinq pulls, deux chemisiers, une veste qu'elle aimait bien, sa seule robe un peu classe (achetée à l'époque où Vincent l'emmenait dans des cocktails), deux paires de chaussures, une trousse de toilette sommaire et des sous-vêtements ; sa doudoune et son manteau étaient suspendus à une patère sur le mur. Elle s'accroupit et tira du fond de l'armoire ce qu'elle avait de plus précieux : son passeport, sa carte bancaire, son ordinateur portable, quelques papiers administratifs qu'elle n'avait pas voulu laisser entre les sales pattes de Ben, une série de photos glissées dans un petit album, et le carnet noir format 9×13 de Pierre-Marie.

Cinq jours de silence, de promenades erratiques, de haltes timides dans l'oratoire et de discussions à mi-voix avec sœur Élisabeth de la Trinité avaient suffi à la convaincre d'au moins une chose : rebâtir sa vie ne pouvait se faire sur les sables mouvants des non-dits. Elle avait un devoir d'honnêteté envers elle-même et envers les autres.

Elle s'habilla comme la veille, quitta la chambre, traversa les couloirs déserts de l'hôtellerie, descendit l'escalier de secours et se retrouva dans le parc au moment où les cloches sonnaient pour les laudes. Elle vit surgir les moniales par petits groupes, ici des cuisines, là du réfectoire ou de la laverie, puis trottiner vers la chapelle, les mains dissimulées sous leurs robes noires et les cheveux sous leurs voiles gris clair. Parmi elles, elle aperçut sœur Élisabeth de la Trinité qui lui adressa un signe de tête et un sourire qui signifiaient tout va bien.

Oui, tout allait bien.

Pour Adeline, l'abbaye n'avait rien d'une prison. Elle pouvait assister ou non aux offices, prier ou ne pas prier, chanter ou se taire, pleurer ou dormir, la seule chose qu'on lui demandait en échange du gîte et du couvert c'était d'aider à quelques menus travaux domestiques. La veille, elle avait passé trois heures à tailler au sécateur mécanique les haies du parc. Elle en avait des cloques sur les mains.

Il était 8 h 10 quand elle enfourcha le vélo que sœur Élisabeth avait proposé de lui prêter, un antique Motobécane à trois vitesses dont la roue avant frottait sur le garde-boue, et elle quitta l'enceinte de l'abbaye. Le soleil matinal était franc, mais l'air était frais, elle remonta le col de son manteau et prit la petite route en direction des bords de Saône.

Quand elle arriva à Tournus une demi-heure plus tard, elle avait trop chaud.

Le 10 avril 2019

De : Adeline
À : Pierre-Marie

Cher Pierre-Marie,

Je fais une entorse ce matin à la règle de saint Benoît : me voici en ville, dans un café sur la place de la mairie de Tournus où je prends un copieux petit déjeuner. Loin du Seigneur donc, mais face à la statue de Jean-Baptiste Greuze qui (sache-le au cas où la question tomberait au Jeu des mille euros) est né ici en 1725.

Je viens seulement de lire ton message de l'autre jour. Pauvre Max ! Je suis sincèrement désolée pour lui ! Il est trop tard pour m'alarmer, mais dis-lui, s'il te plaît, que je le remercie d'avoir voulu m'aider. J'espère que tout ça ne sera bientôt plus qu'un mauvais souvenir pour lui, pour toi, pour nous tous. En attendant, chaque jour qui passe, je mesure un peu plus l'étendue des dégâts. À Toronto, j'ai tout perdu. J'ai perdu Éliette, j'ai perdu du temps, j'ai perdu le peu de confiance en moi qui me restait, j'ai perdu les fauteuils crapauds et le petit secrétaire que j'avais gardés de ma mère (ça me fend le cœur), j'ai perdu de l'argent, je t'en ai fait perdre aussi, et maintenant le radius de Max réduit en bouillie, bref une catastrophe de A à Z.

À l'abbaye, on m'a proposé un *accompagnement spirituel*. Au début, j'ai dit non, tu penses. Moi, la mécréante ! Puis, voyant dans quel état j'étais, j'ai changé d'avis et sœur Élisabeth de la Trinité est venue à ma rencontre. C'est une drôle de nonne. Elle a d'abord fait une école de commerce puis bossé chez Bouygues Télécom pendant dix ans jusqu'à ce qu'elle reçoive, un beau matin, l'appel de Dieu en personne. Quand elle m'a dit ça, j'ai failli rigoler et lui demander le 06 du patron, mais je me suis retenue. En tout cas, elle n'a rien d'une oie blanche, elle est même assez marrante. Mieux que ça, en vérité. Car au fil de nos entretiens, quelque chose se passe. J'y vois plus clair. Des perspectives commencent à s'ouvrir. C'est l'objet de mon message d'aujourd'hui.

J'ai un aveu à te faire, Pierre-Marie. Je sais où est le fameux carnet noir que tu m'as réclamé en novembre : il est en ce moment même posé sur la table devant moi, entre ma tasse de café et la corbeille de croissants. Tu l'avais oublié dans le tiroir du meuble de l'entrée, à Espère. Quand je suis tombée dessus quelques mois après ton « éclipse », je n'ai pas pu m'empêcher de le lire. Ces mots écrits de ta main ne m'étaient évidemment pas destinés, mais j'étais tellement triste. Tout signe de ta présence me consolait, j'avais l'impression de t'avoir encore un peu avec moi. En bas d'une page, vers le milieu du carnet, tu avais noté ceci : « Penser à rassembler les courriers échangés avec A. entre février et octobre 2013/ transposer ? en faire un roman ? » Sur le coup, j'ai été soufflée. Ça m'a fait un mal de chien, et je t'en ai voulu à mort d'avoir envisagé, même fugitivement, d'utiliser notre histoire pour en faire un roman. C'était tellement violent ! N'avais-je donc été rien d'autre pour toi qu'un personnage ? Une opportunité pour te remettre en selle après des années sans écrire ? De rage, j'ai failli flanquer le carnet au feu, mais je ne l'ai pas fait. Des mois se sont écoulés. Mes sentiments ont évolué. Ben était entré dans ma vie, je voulais avancer, il fallait coûte que coûte que je t'arrache de mes pensées, que je renverse la situation à mon profit. Alors je me suis servie de ton idée et je l'ai concrétisée : j'ai rassemblé tous nos courriers dans un fichier et j'ai cherché un éditeur.

De fil en aiguille, par l'entremise d'une vieille connaissance de l'époque où je vivais à Paris avec Vincent, j'ai fait passer un courrier à Guylaine Bellecombes, chez Candis Éditions. Dans cette lettre, je lui expliquais la vérité, à savoir que j'avais partagé, durant des mois, l'intimité du célèbre Pierre-Marie Sotto, prix Goncourt 2005 et que j'avais en ma possession une vraie pépite éditoriale. Elle m'a contactée aussitôt. Je suis montée à Paris, je lui ai fait lire, elle a été emballée, et pendant les mois qui ont suivi, nous avons travaillé ensemble, à distance. Je ne voulais pas que ton nom apparaisse, ni le mien, ni aucun autre nom réel. Nous avons tout maquillé. J'ai même inventé les courriers qui manquaient, comme ceux que tu as échangés avec Gloria, ou avec Max, Josy et Lisbeth. En revanche nous n'avons pas touché à l'essentiel, c'est-à-dire à l'authenticité des sentiments qui animaient nos courriers.

Quand la copie a été prête, j'ai tout relu et j'ai été saisie de vertige. Avais-je le droit de faire ça ? De *te* faire ça ? Car cette violence que j'avais ressentie en lisant tes notes gribouillées dans le carnet, tu allais inévitablement la recevoir en plein dans l'estomac. Étais-je prête à l'assumer ? J'étais au bord de renoncer quand les choses se sont précipitées : Kelly est partie avec Éliette à Toronto, Ben m'a proposé de nous marier, puis de partir à notre tour. Un vertige en annulant un autre, je me suis dit : *Allons-y, quand le livre sortira, je serai loin, rien ne m'atteindra*. Et puis, pour être complètement franche, je n'ai pas résisté aux 30 000 euros d'à-valoir que Guylaine Bellecombes avait fini par me proposer. J'ai signé le contrat.

Quand tu m'as écrit en novembre pour me réclamer le carnet, j'en suis tombée à la renverse. Je te l'ai dit : c'était le pire moment pour réapparaître. As-tu senti, à distance, que j'étais en train de nous trahir ? Je pense que oui.

Le roman va sortir en septembre. Il s'intitulera *Prière pour ceux qui restent*. Contrairement à ce que je croyais, je ne serai pas à l'autre bout du monde quand il arrivera en librairie. Ce sera le premier (et dernier) roman d'une inconnue, Adeline Wyatt. Il y aura un plan marketing. On laissera entendre que ce roman est tiré d'une histoire vraie ayant pour protagoniste un écrivain connu. Des bruits courront, des noms seront murmurés dont le tien sans doute, et je serai morte de honte.

À l'abbaye, il y a une prière de saint François d'Assise punaisée sur la porte de ma chambre. « C'est en pardonnant qu'on est pardonné. » Je ne voyais pas du tout ce que ça pouvait signifier, jusqu'à ce matin où j'ai compris un truc. Si je t'avais pardonné de m'avoir quittée, je n'aurais pas cherché à prendre ma revanche en publiant ce livre, et nous aurions peut-être une chance de nous retrouver aujourd'hui ? Mais voilà, ça ne s'est pas passé comme ça.

Selon sœur Élisabeth de la Trinité, une vie bien remplie est rythmée par la prière et le travail. La prière n'est pas mon fort, mais j'envisage très sérieusement de trouver du travail. J'ai sauvé un petit tiers de l'à-valoir des griffes de Ben, et je ne me battrai pas pour le reste, qu'il l'emporte au diable. Il va bien falloir que je gagne ma vie. J'ai regardé les secteurs qui recrutent : restauration, service aux personnes âgées, tout m'ira. Voilà pour mes perspectives immédiates, Pierre-Marie. Je ne viendrai donc pas à La Bégude-de-Mazenc. Tu ne seras pas tenté de venir toquer à la porte de ma chambre. Et le plus beau, c'est que ce sera sans regret puisque tu vas – et à raison – me détester après mes aveux.

Nous n'étions décidément pas faits pour vivre davantage qu'un début d'histoire. Alors tournons cette page. Si je peux me permettre un dernier conseil, des pages tu en as encore bien d'autres à écrire. Des belles, des déchirantes, des profondes, des puissantes. Car contrairement à Adeline Wyatt, tu es un écrivain, Pierre-Marie, et que tu le veuilles ou non, c'est là que tu es vraiment bon.

Je vais te poster tout à l'heure le carnet. Il a fait le voyage jusqu'à Toronto et retour, sa place est désormais entre tes mains.

Je t'embrasse affectueusement,

Adeline

P.-S. : J'ai vérifié : *Un léger fandango* date de 2009. Dix ans que tu n'as rien publié ! Tu peux me dire ce que tu fabriques ? Vas-y, merde !

~

La Bégude-de-Mazenc
Le 11 avril 2019

Dès le lendemain matin, Sotto trouva dans sa boîte aux lettres une enveloppe à bulles demi-format. La Poste avait fait diligence. Il se souvint que cinq ans plus tôt, le 24 février 2013 exactement, il avait reçu d'Adeline un autre courrier, plus volumineux. Depuis, beaucoup d'eau avant coulé dans la Sarthe, dans le Roubion et même dans l'océan Atlantique. Le temps de prendre l'enveloppe dans ses mains, il constata que ce n'était pas l'écriture d'Adeline, mais celle d'un enfant. Il l'ouvrit en marchant et vit qu'elle contenait deux CD : l'un de The Interrupters et l'autre de The White Buffalo. Une feuille A4 pliée en deux les accompagnait :

salut, c'est max, de la main gauche, comme on a raté the white buffalo en vrai, le voilà en boîte ! et je te mets the interrupters en prime et en souvenir, je veux te dire que malgré la branlée que je me suis prise, j'ai fait un beau voyage en amérique avec toi ! merci ! on t'embrasse, josy et moi

Cette petite diversion ne parvint à le distraire que quelques minutes. Depuis la veille et le mail d'Adeline, c'était un joli bourbier dans sa tête. Il lança The White Buffalo, pas trop fort, s'assit sur le vieux fauteuil râpé qui le suivait depuis toujours et ouvrit sur ses genoux le carnet des courses, appelé un jour par lui « le carnet des commissions » à la grande joie d'Adeline qui répertoriait sur un autre carnet intitulé *P-M Vintage* ses expressions d'un autre temps. Elle y avait noté entre autres saillies : « allumer le poste », « y aller à fond les ballons », « enfiler un maillot de corps » ou encore mieux « piocher dans le frigidaire ».

Il écrivit :

1) *Adeline n'a pas l'intention de me revenir.*

2) *Je n'ai toujours pas*

Son idée était de recenser froidement ce qui constituait sa situation actuelle et de faire en quelque sorte le point sur sa vie. Il aurait pu titrer : « Où en suis-je ? »

Hélas le 1) : *Adeline n'a pas l'intention de me revenir* le décourageait par avance de s'attaquer à tous les autres problèmes, il s'en rendait bien compte.

Il avait trouvé successivement dans son projet d'écriture puis surtout dans le lien renoué avec Adeline deux moteurs puissants. Il avait senti une énergie nouvelle circuler dans son corps et dans son cerveau, d'autant plus savoureuse qu'il en avait été longtemps privé. Mais le formidable enthousiasme littéraire qui l'avait exalté pendant quelques jours au mois de février n'avait été qu'un feu de paille. Cette histoire de jonglerie lui semblait à présent plus que dérisoire : farfelue. C'était une simple velléité, un effort pathétique et purement volontariste. Un flop. Ce n'était porté par rien de profond, sinon par le désir effréné d'écrire à nouveau, mais cela ne suffisait pas.

Et maintenant Adeline l'avait dit très clairement : elle ne viendrait pas à La Bégude-de-Mazenc. Il s'en trouvait soudain comme débranché, sans force ni désir. Son piteux artifice, faire parler Dieu pour l'amuser et la convaincre de revenir, lui semblait maintenant tout à fait ridicule. Comme si une pirouette d'écrivain pouvait gommer d'un coup toutes les souffrances. Adeline était autrement lucide et conséquente que lui.

Pour la première fois, il sentit que quelque chose se déplaçait dans sa relation avec elle. Ce n'était pas un petit ajustement qu'on y aurait apporté, c'était plutôt comme si on avait pris à bras-le-corps l'ensemble de la structure et qu'on en avait changé l'axe. Il avait d'abord été celui qui ne voulait pas qu'ils se rencontrent, puis celui qui s'en va quand ça lui chante, puis celui qui vole à son secours parce qu'elle est en danger. Or voilà qu'elle s'était sauvée toute seule, et qu'il avait apparemment davantage besoin d'elle qu'elle de lui. En un mot, et c'était une expérience à la fois nouvelle et déstabilisante, il se trouva… plus petit.

Restait ce projet éditorial ahurissant et qui n'était donc pas une invention tordue de ce tordu de Ben. …

Penser à rassembler les courriers… Mais oui, bien sûr, c'était la phrase qu'il avait notée, à l'époque. Elle lui revenait en pleine figure. Comment avait-il pu l'oublier ? Sans doute justement parce que c'était un projet à ce point déloyal que son cerveau l'avait censuré.

Prière pour ceux qui restent ! Il se rappelait ces mots écrits par Adeline dans son tout dernier mail, la veille de leur rencontre à Nantes. Il s'était même dit qu'elle avait décidément le sens de la formule.

Il était furieux, maintenant. Il jeta le carnet des commissions, se leva de son fauteuil et courut à son bureau. Le fichier nommé A était toujours là, dans les archives, à l'année 2013. Comme Adeline, il avait classé et conservé leurs cent trente-six mails. Il l'ouvrit et tomba, pas vraiment par hasard, sur :

« … alors je suis allé à la banque et j'ai demandé à consulter l'historique de nos comptes. J'ai découvert que Véra retirait 750 euros de nos différents comptes chaque semaine de chaque mois, depuis février 2009, c'est-à-dire depuis vingt et un mois, ce qui représente une somme totale de 63 000 euros. »

C'était son mail du 4 mai 2013. Il descendit à la cave et en remonta avec un château-bellevue 2010, tremblant de rage.

Le 11 avril 2019

De : Pierre-Marie
À : Adeline

Statut : brouillon – courrier non envoyé

Adeline,

Je ne comprends pas très bien. Tu veux publier tels quels les mails que je t'ai écrits il y a cinq ans ? Juste en changeant mon nom ? Mais ~~tu te moques~~ j'en tombe de ma chaise ! Oui, c'est vrai, j'ai envisagé d'écrire un roman épistolaire inspiré de notre correspondance, mais inspiré seulement. J'aurais fait dessus un travail d'ÉCRIVAIN ~~moi~~ ! ~~Pas une besogne de chacal prêt à vendre père et mère pour gagner trois sous et avoir son nom~~ J'aurais pris la peine de

Le 11 avril 2019

De : Pierre-Marie
À : Adeline

Statut : brouillon – courrier non envoyé

Adeline,

Autant te le dire franco, ton projet éditorial est une idée désastreuse, ~~et je vais t'expliquer pourquoi~~. Permets-moi de t'expliquer pourquoi, calmement. ~~Lorsqu'on écrit un roman, il y a tou-~~

~~jours une part de~~ Dans mes romans je me mets tout entier, mais je ne raconte jamais ma vie, Adeline, jamais. C'est privé, ça, ça n'appartient qu'à moi. ~~Jamais de la vie je n'irais~~ Et voilà que toi, tu as imaginé cette folie de ~~me voler~~ t'emparer de ce ~~que j'ai~~ qui nous a

Le 11 avril 2019

De : Pierre-Marie
À : Adeline

Statut : brouillon – courrier non envoyé

Adeline,

~~ton roman~~ ton livre ne va honorer personne, ni toi, ni moi. Il va juste ~~engraisser~~ profiter à Candis. Tu vas y gagner quelques sous, mais si tu n'enchaînes pas avec d'autres publications ce sera vite mangé~~, je te le~~ Tu y gagneras peut-être une notoriété ~~passagère~~ passagère, mais tu ne seras pas pour autant considérée comme ~~auteur autrice auteure écrivain~~ écrivaine. Tout au contraire, tu seras cataloguée dans un genre mineur et quoi que tu fasses ensuite, ~~tu auras ça comme une étiqu~~ ça te collera à la peau

La bouteille était à moitié vide. Il se leva, tourna quelques minutes en rond dans son bureau, puis sortit et marcha à grandes enjambées le long de la départementale. À l'épicerie de La Bégude, qui était sur le point de fermer, il acheta spontanément un pot de moutarde, sans doute parce qu'elle lui était montée au nez, se dit-il sans arriver à en rire, et il y ajouta une boîte de maquereaux à la mexicaine. Puis il rentra, le sac en plastique bringuebalant au bout de son long bras. À 14 heures il était de retour à son bureau, ayant très mal mangé, et à peine moins à cran.

Le 11 avril 2019

De : Pierre-Marie
À : Adeline

Adeline,

Merci de m'envoyer ce carnet. Je suppose que je l'aurai demain ou après-demain.

Je me demande pourquoi tu as prétendu de ne pas l'avoir retrouvé, depuis novembre. Sans doute voulais-tu garder cette arme pour te défendre de ma colère. En ce cas tu as vu juste : je suis en colère. Mais hélas pour toi, cette petite phrase griffonnée par moi il y a plus de quatre ans ne pèsera pas très lourd en ta faveur. Premièrement parce tu minimises le mot : transposer. Transposer ne veut pas dire changer les noms des gens ! Ce serait trop facile. Cela veut dire saisir l'esprit de quelque chose et le réinventer. C'est un travail de CRÉATION. Deuxièmement, il s'agissait d'un simple projet, Adeline ! Je ne l'ai pas réalisé. J'ai failli écrire : je ne l'ai pas réalisé, MOI. Je ne sais pas ce que vous avez bricolé avec cette Guylaine Bellecombes, mais je crains le pire.

Tu penses qu'elle a été « emballée » ! Et comment ! Si tu avais mieux regardé ses yeux quand tu lui as pitché ton projet, tu aurais sans doute vu dans les pupilles clignoter les dollars, comme dans les films de Tex Avery, et tu aurais entendu le gling-gling du tiroir-caisse dans son cerveau. As-tu vu les dernières parutions de chez Candis ? Je vais te les présenter : c'est *Mignon Miaou*, un livre sur les chats, et c'est *Ma vie en cage*, la biographie d'un goal écrite par un mercenaire de la plume. Adeline, tu t'es vendue à des marchands de soupe. Et tu m'as vendu avec. Je crois bien que je suis encore plus triste que furieux.

Je m'arrête là pour aujourd'hui, sinon je risque d'écrire des choses que je regretterai. J'ai encore besoin de temps pour digérer tout ça. Ne te sens pas obligée de me répondre.

Salue bien sœur Élisabeth de la Trinité de ma part. Elle a tout compris, cette personne.

Pierre-Marie Sotto (bientôt de retour dans toutes les bonnes librairies).

~

Le 12 avril 2019

De : Pierre-Marie
À : Oliver

Cher et patient éditeur,

Je n'arrive pas à t'attraper au téléphone, alors je t'envoie ce mail.

Pourrais-tu, s'il te plaît, poser de ma part cette petite colle au service juridique du Songe : dans quel cas de force majeure un contrat signé entre un éditeur et un auteur (un à-valoir ayant déjà été versé) peut-il être invalidé par l'une ou l'autre partie ? Exclus le décès de l'auteur, s'il te plaît, merci.

Rassure-toi, ça ne nous concerne en rien. J'en ai juste besoin pour mon roman en cours, enfin presque en cours, disons en voie d'être entrepris dans un avenir qui… dont… enfin ça vient, quoi !

Tu peux m'appeler, je suis là tout ce week-end. J'aurai seulement Jon, mon fils d'avec Elin, ma Norvégienne. Il est luthier à Paris et vient s'aérer. Il va se lever à 13 heures, faire des jeux de mots et jouer de la guitare, tu ne nous dérangeras pas.

Pierre-Marie

P.-S. 1 : Une amie vient de me faire remarquer que *Un léger fandango* remonte à… dix ans. Ça m'a mis un bon coup sur la tête.

P.-S. 2 : Et puis zut, je crache le morceau : le projet que je t'ai soumis, ce truc de jonglerie, est en train de me filer entre les doigts, de se dégonfler. C'était du vent, une pure construction cérébrale. D'ailleurs je te connais bien et j'ai vu le doute dans le coin de ton œil. Il faut que j'aille chercher ailleurs, plus profond et surtout plus personnel. Je vais creuser, promis !

Le 13 avril 2019

De : Pierre-Marie
À : Adeline

Adeline,

Quatre jours sont passés et je n'arrive pas à penser à autre chose qu'à ce livre (je ne l'appelle pas roman) prévu pour cet automne, c'est-à-dire demain. Et plus j'y pense, plus j'ai la conviction qu'il ne peut pas paraître en l'état.

S'il te plaît, envoie-moi le manuscrit en pièce jointe. J'aimerais pouvoir juger sur pièce. J'ai mon mot à dire, tu ne penses pas ?

Depuis hier et pour tout ce week-end, j'ai Jon, mon fils d'avec Elin. Il a 26 ans et il est installé à Paris comme luthier. Quand tu l'as vu à Nantes, tu m'as dit qu'il ressemblait au Christ, tu t'en souviens ? C'est de plus en plus vrai. Et il mesure 1,94 m. S'il débarquait à l'improviste à Notre-Dame de Venière, tu peux être sûr qu'il y aurait pas mal d'évanouissements. Y es-tu toujours au fait ? Si tu n'as le droit d'y rester que huit ou dix jours, ça doit tirer à sa fin, non ? Hier soir, on a eu une belle conversation, Jon et moi, et il m'a donné quelques conseils. Il est moins compliqué que moi. J'ai admiré sa jeunesse et sa façon de considérer la vie pour ce qu'elle est selon lui : un terrain de jeu. Hélas, j'ai un peu de mal à le suivre, là.

Pierre-Marie

P.-S. : J'ai reçu le carnet hier matin. Merci.

En réalité, la « belle conversation » que Sotto avait eue avec son fils, la veille, lui avait donné à réfléchir. Ce très grand garçon (il tenait à la fois des deux souches paternelle et norvégienne) s'était affalé sur le fauteuil, sa guitare sur le ventre, et il avait écouté le récit américain de son père, tout en pinçant les cordes en sourdine. Il se fendait de temps en temps d'un commentaire laconique :

— T'es trop intelligent, papa.

— Oui, en bref, t'es amoureux, quoi…

— Si t'écris pas, arrête de dire que tu es écrivain.

— Et si tu étais peut-être juste un peu flemmard, t'as pensé à ça ?

— Elle n'a qu'à rendre l'argent, Adeline, et elle sera libre. 30 000 euros dans une vie, c'est quoi ?

— Si le bouquin paraît, c'est mort, pour vous deux. Faut pas.

Il avait hurlé de rire avec les épisodes Max au combat puis Max à l'hôpital.

— Mais il est monstrueux, ton pote ! Tu le mets dans un roman, personne n'y croit !

Et il avait conclu :

— Moi à ta place, je loue un cheval, je fonce à l'abbaye Machin, j'enlève Adeline, je galope jusqu'ici avec elle en croupe. Elle vend Espère, elle rembourse l'avance et basta. Vous vous mariez pas, vous faites aucun enfant et vous vivez presque heureux, c'est pas beau ça ?

Malgré tous les reproches qu'il pouvait faire à Adeline, Sotto avait trouvé ce programme plutôt alléchant.

~

La Bégude-de-Mazenc
Le 14 avril 2019

Ce dimanche-là, attirées par la présence de leur demi-frère, Laura et Ève rappliquèrent toutes les deux avec conjoints et enfants, si bien qu'on se retrouva à huit à la table de Sotto pour le déjeuner. Jon, d'abord contrarié (il était venu pour être tranquille) s'accommoda très bien de l'invasion et fut finalement le premier à faire le pitre pour amuser la galerie. Benoit, parfait comme à son habitude, avait cuisiné en deux temps trois mouvements de savoureux penne au pesto. Quand il déposa le plat fumant sur la table, il y eut un bref silence, il ouvrit la bouche, comme pour présenter sa réalisation, mais rien n'en sortit, ce qui déclencha un éclat de rire général. Benoit rougit légèrement et s'assit à sa place. Sotto se dit que décidément il l'aimait bien.

Au milieu du repas, Zoé alerta son grand-père. « Papy, il y a ton portable qui sonne dans ton bureau. » Il y courut.

— Salut, c'est Oliver. Tu es tout seul ?

— Presque, dit Sotto en se bouchant l'oreille gauche avec l'index. Dis-moi.

— Bon, pour ton affaire, en deux mots : une fois le contrat signé, un auteur garde toujours un droit moral sur son œuvre, ça, tu le sais déjà. Mais il garde aussi, tant que le livre n'est pas paru, un droit de *retrait*, ou un droit de *repentir*. Ça signifie qu'il peut tout simplement dire : je veux plus !

— Sans se justifier ?

— Sans se justifier.

— Et les conséquences ?

— Eh bien, si le livre a déjà été imprimé, il devra rembourser les frais d'impression, c'est énorme, tu t'en doutes.

— Et s'il ne l'est pas ?

— Alors il devra rembourser tout ou partie de l'à-valoir, selon l'éditeur. Attends un peu, Pierre-Marie, tu me dis que ça n'a rien à voir avec notre contrat à nous et je te crois, mais alors ça a à voir avec quoi, ton truc ?

Des voix s'élevèrent dans la salle : « Ça refroidit ! On t'attend ! »

Sotto coupa court :

— Je te rappellerai demain, Oliver, et je te raconterai tout. C'est un peu délicat.

Laura avait mis l'assiette de son père au micro-ondes.

— Rien de grave ? demanda-t-elle en remarquant l'air lointain de Sotto.

— Non, rien de grave, répondit-il, peut-être même une bonne nouvelle.

De la brève conversation avec Oliver Vandeweert, il avait surtout retenu cette phrase : « L'auteur peut tout simplement dire : je veux plus. »

Boyer
Le 15 avril 2019

Quelque chose qui tombe ne fait pas forcément de bruit. Quelqu'un qui s'effondre non plus. Durant les derniers jours de sa retraite à l'abbaye, c'est ce qui était arrivé à Adeline : elle s'était effondrée de l'intérieur. Comme une étoile se condense sur elle-même avant de former une supernova, elle avait senti sa propre structure s'affaisser en son cœur. À présent, elle était un corps inerte, un objet non identifié, flottant sans but, en orbite autour de sa propre vie. Et dans l'espace (elle le savait depuis la fameuse affiche du film *Alien*) personne ne vous entend crier.

« Où irez-vous ? » s'était inquiétée sœur Élisabeth de la Trinité lors de leur ultime entretien. Dieu en personne n'avait pas la réponse à cette question. Adeline s'était contentée de sourire et de remercier chaleureusement la nonne pour son accompagnement. « Prenez au moins ceci », lui avait suggéré sœur Élisabeth en lui tendant une feuille de papier pliée en quatre. « Dans votre cas, ça peut servir. »

Adeline avait mis le papier dans sa poche sans même le lire.

Le lundi matin, elle quitta Notre-Dame de Venière, discrètement, à l'heure de la messe et elle partit à pied en direction du Relais de l'Europe. Elle n'avait pour l'instant pas d'autre projet que boire un café au bord de la départementale 906 et connecter son ordinateur à la Wi-Fi.

Sur l'immense parking à l'arrière du bâtiment, cinq ou six poids-lourds étaient stationnés, rideaux tirés sur les cabines. Adeline passa devant sans y prêter attention. Mais lorsqu'elle entra dans la salle, elle se trouva face à une assemblée d'hommes taciturnes, assis devant leurs tasses, leurs bocks, leurs assiettes d'œufs mayonnaise, et elle se sentit subitement mal à l'aise. La dernière fois qu'elle était venue, c'était un samedi, la clientèle était plus familiale, elle s'était fondue dans le décor ; aujourd'hui, cette grande brune bien en chair qui débarquait de nulle part ne passait pas inaperçue. Elle se força à dire bonjour et se faufila entre les tables pour gagner le fond de la salle, près du bar. Elle déposa son sac de voyage sur une chaise, son manteau sur le dossier d'une autre, sortit l'ordinateur de sa housse et s'installa en évitant de croiser les regards.

— Qu'est-ce que je vous sers ? lui demanda le patron.

Adeline se rappela l'époque, juste après le décès de sa mère, où elle buvait des petits verres de schnaps toute seule dans sa maison humide. Elle hésita à en commander un, se disant que ce serait à coup sûr le moyen d'épater la galerie ; elle opta finalement pour un café allongé et une tartine.

Son compte en banque indiquait un solde positif de 5 876 euros auxquels s'ajoutaient les 4 000 euros qu'elle avait *in extremis* transférés sur le compte épargne de sa mère. Ses seuls revenus étaient désormais les loyers versés par ses locataires d'Espère. Elle n'avait plus de logement. Plus de voiture. Plus de famille. Plus d'amis depuis que

Ben, progressivement, l'avait coupée des uns ou des autres. Plus de mari. Et plus de Pierre-Marie.

Il fallait qu'elle refasse faire son permis de conduire, sa carte d'identité, sa carte Vitale, qu'elle entame les démarches pour son divorce, bref qu'elle reconstruise sa vie de fond en comble. Par où commencer ? Elle observa la salle du restoroute, avec son carrelage flammé, ses boiseries, la rangée de spots poussiéreux au plafond, les tabourets en similicuir.

— Excusez-moi, demanda-t-elle au patron, vous ne chercheriez pas une serveuse, par hasard ?

Il la dévisagea avant de secouer la tête d'un air désolé, et pour être aimable il lui demanda si elle était du coin.

— Non, avoua Adeline. J'arrive de l'étranger, je cherche à me fixer quelque part, je me disais...

Un des routiers attablés non loin détacha son regard de l'écran de la télé où les infos passaient en boucle. Il sourit à Adeline, fanfaron.

— C'est drôle, moi aussi, je cherche à me fixer ! Ça vous dirait de visiter mon camion ?

Les autres routiers se mirent à rigoler. D'un signe, Adeline évinça la proposition et s'empressa de replonger la tête vers l'écran de son ordinateur. Elle redoutait d'ouvrir ses mails.

Dans le pire des cas, Pierre-Marie ne lui aurait même pas répondu.

Si. Il lui avait répondu. Deux fois. Et Guylaine Bellecombes également, qui lui envoyait sans doute une nouvelle proposition de couverture pour ce maudit roman. Adeline se sentit submergée. Le silence de l'abbaye lui manquait, et surtout cette impression d'être inaccessible aux problèmes de la vie courante. Chassée de son refuge, elle était plus nue et vulnérable que jamais. Incapable d'affronter la réalité, elle éteignit son ordinateur portable sans avoir lu les messages. Elle comprenait soudain ce qui poussait certaines personnes à se volatiliser un beau matin sans donner d'explication. N'était-ce pas ce que Vincent avait voulu faire avec Véra ? N'était-ce pas ce que son frère Cédric mettait en œuvre, plus ou moins consciemment, au fil de ses galères et de ses addictions ? Et elle ? Au point où elle en était, déjà à moitié effacée, à qui manquerait-elle ? Une voix enflait dans sa tête : *Foutez-moi la paix, laissez-moi !* Dans un élan aussi fou qu'inattendu, elle se tourna vers le chauffeur routier et avec le plus grand sérieux, déclara :

— En fait oui. Je veux bien le visiter, votre camion.

~

Le 17 avril 2019

De : Pierre-Marie
À : Adeline

Adeline,

Hier Oliver Vandeweert est descendu me voir à La Bégude et nous avons eu un échange fructueux. Il m'a, entre autres choses, parlé du contrat qui te lie à Candis et il m'a donné cette information : tu es moins « liée » que tu ne le penses.

Il existe forcément une clause de « repentir » ou de « retrait », selon la terminologie de l'éditeur, regarde sur ton contrat. Ça signifie en gros que tu conserves le droit de te rétracter, de dire : je ne veux plus. Il ne t'en coûterait pour l'instant « que » le remboursement de l'avance.

Je ne sais pas où en est le processus éditorial, mais si tu souhaites le bloquer, il devient urgentissime de le faire avant que de très grosses dépenses soient engagées, celles d'impression en particulier, tu ne pourras jamais les endosser.

Adeline, est-ce que tu veux encore que cet ouvrage paraisse ? C'est une grave décision que tu vas prendre là. Pour toi-même, bien sûr, mais aussi pour nous deux, pour le devenir de ce que nous sommes encore l'un pour l'autre, malgré tout, tu le comprends.

Je n'ai aucun conseil à te donner, de quel droit ? Mais… Oh et puis merde, si ! Je te donne un conseil ! Fais ce que tu veux, mais, je t'en conjure, ne le fais pas pour ces misérables 30 000 euros d'à-valoir. Ce serait une erreur majeure. Cette somme t'impressionne peut-être, peut-être l'as-tu déjà dépensée en partie, mais ce n'est rien dans une vie. Rien ! Je t'aiderai à régler ce problème si nécessaire. On trouvera une solution ensemble.

Peut-être ne lis-tu plus mes mails. Je peux comprendre, j'ai été agressif dans l'avant-dernier. Pardonne-moi, mais je suis très mal avec cette histoire.

Je me demande bien où tu es.

Pierre-Marie

Zone industrielle de Grugliasco, Turin
16 avril 2019

Adeline sortit de la cabine du Scania, étira ses membres endoloris et regarda autour d'elle. Le jour se levait. À perte de vue, des hangars, des champs, un entrelacs de routes, d'autoroutes puis, à l'horizon, les contreforts du Piémont. Franchir les Alpes par le tunnel du Fréjus à bord d'un attelage de 40 tonnes lui avait donné des frissons. C'était étrange de se sentir si libre dans un engin si lourd, et pourtant.

La remorque était à quai pour charger. Pièces détachées. Carrosserie, lui avait expliqué Joaquim. Elle fit le tour du camion et l'aperçut sur la plateforme, occupé à manœuvrer un transpalette. Dans son malheur, elle avait eu une sacrée veine de tomber sur lui.

Nord de Chambéry, zone industrielle de la Motte-Servolex
17 avril 2019

Adeline jeta le gobelet en plastique dans la poubelle à l'entrée de la station-service. Le café du distributeur lui laissait un goût un peu salé dans la bouche. Trois jours qu'elle ne s'était pas douchée. Elle traversa le parking, grimpa dans la cabine et sourit à Joaquim.

— Ça va ?

— Oui, ça va.

Autoroute A6
18 avril 2019

N'être là pour personne. Pour personne, sauf pour Joaquim et pour la route. Pour le Scania, pour Bruce Springsteen qui chantait « American skin » ou « Hello sunshine » au fil du bitume et des barrières de péage. Embarquée à bord de cet étrange vaisseau, Adeline s'était absentée. Téléphone éteint. Ordinateur relégué au fond du sac, muet. Elle respirait.

Joaquim ne lui posait aucune question à part les plus essentielles. Tu veux que je monte le chauffage ? Tu as besoin qu'on s'arrête ? J'ai des bières à l'arrière, tu en veux une ? Tu as vu la Lune, là ? L'existence réduite à son essence même. Charger le camion, décharger le camion, coincer quelque part, dormir, regarder défiler le paysage, débâcher, bâcher, charger encore et livrer cinq cents kilomètres plus loin. C'était tout. La vie parfaite.

La Bégude-de-Mazenc
Le 17 avril 2019

Fructueux. C'est ainsi que, dans son mail à Adeline, Sotto avait qualifié l'échange qu'il avait eu la veille avec Oliver Vandeweert. En réalité, il s'était fait carrément engueuler.

Sur un coup de sang et au lieu de téléphoner comme convenu, Oliver avait sauté dans le TGV gare de Lyon, pris un taxi à Valence et débarqué sans prévenir ou presque à La Bégude. Et l'humour, qui prévalait en toute occasion entre les deux hommes, n'avait cette fois pas été invité. Malgré ses faux airs de Darry Cowl, Oliver était remonté, et même devant un pastis bien frais, il n'y était pas allé avec le dos de la cuillère : L'autre jour j'ai prononcé ton nom devant un stagiaire, et tu veux savoir ce qu'il a dit, le stagiaire ? Il a dit : j'connais pas… Dix ans que tu n'as rien écrit ! Qu'est-ce que tu réponds quand on te demande ta profession ? J'espère que tu n'as pas le culot de dire *écrivain*, quand même ! Dis *retraité* ! Assume !… Oui, tu as raison, j'étais plus que sceptique avec tes histoires de jonglerie. Ça sentait le faux projet à dix kilomètres… Le pire, tu veux que je te le dise : c'est le gâchis. Tu as un don et tu le gardes pour toi… Tu as été malade, d'accord. J'ai compati. Tout le monde a compati. Mais maintenant que tu es guéri, tu pourrais peut-être commencer à te bouger les fesses… Au fait, est-ce que par hasard, tu n'aurais pas juste un gros poil dans la main ?

Sotto s'était contenté de se défendre mollement et il avait laissé passer l'orage. Puis, comme son frigo sonnait creux, ils étaient allés déjeuner à Montélimar et le ton s'était adouci devant les rognons de veau aux morilles.

— Je ne suis pas descendu pour t'engueuler, Pierre-Marie. Enfin si, un peu. Mais je veux surtout te mettre en face d'un vrai projet, puisque tu n'y arrives pas tout seul.

Quand le serveur apporta la mousse au chocolat maison, Oliver avait enfin avoué le fond de sa pensée : Pierre-Marie Sotto n'avait jamais été aussi bon que quand il parlait... de lui. Que ce soit en 93 avec *Comme le fleuve* ou en 2005 avec *La Mélodie du crépuscule* (ses deux meilleurs romans selon lui), il s'était chaque fois nourri de ce qui l'habitait à ces moments-là : le souvenir de son père dans le premier ; l'énergie volcanique de la maison de Dieulefit dans le second. Il l'avait fait par le détour de récits transposés bien sûr, mais c'était bel et bien lui qui était dedans et il y avait mis ses tripes. Or voilà que la vie lui offrait une troisième fois et sur un plateau une histoire incroyable : la sienne ! Cette correspondance avec Adeline et les autres était une bénédiction, il n'en doutait pas.

— Pierre-Marie, je vais te demander quelque chose de très délicat. Fais-moi confiance. Montre-moi ces mails ! Montre-les-moi tous : les tiens, ceux d'Adeline, ceux de Max, ceux de Josy, ceux de Gloria. Tous ! Rassemble-les, fais un fichier et poste-les-moi ! Donne-moi trois jours. Je les lis et je te dis. Si je n'y crois pas, je les détruis et j'oublie. Mais si j'y crois, je te préviens, je ne te lâcherai plus.

Oliver n'eut pas besoin de trois jours pour se faire une idée. Il ne reprit pas le train pour Paris ce jour-là. Il resta six heures dans le bureau de Sotto à lire l'ensemble des quelque deux cents mails qui constituaient l'histoire. Quand il descendit, il avait les yeux rougis et l'air un peu hagard.

Jon dormait sur le canapé. Sotto préparait un bouillon de légumes dans la cuisine.

— Alors ? demanda-t-il à voix basse pour ne pas réveiller son fils.

— Alors, dit Oliver, alors c'est tout simple : Adeline va informer Candis qu'elle ne veut plus qu'ils publient, et nous, au Songe, on va leur rembourser l'à-valoir et racheter les droits. Trouve-moi un petit bordeaux dans ta cave, là, et je vais t'expliquer tout ça.

~

Zone industrielle de la Prairie,
Villebon-sur-Yvette
20 avril 2019

La remorque était vide à présent, toutes les palettes livrées à bon port, et après six jours d'échappée hors du temps, Adeline redoutait d'atterrir. Pour les gens fragiles, le sol est dur.

— Je repars lundi, annonça Joaquim. Limoges, Toulouse, Bilbao.

Il attendit que les mots atteignent leur cible.

— Bilbao, répéta Adeline, rêveuse. C'est au bord de la mer ?

— Pas exactement, mais on peut toujours faire un crochet.

~

Le 20 avril 2019

De : Pierre-Marie
À : Oliver

Cher sorcier,

Tu peux dire que tu as mis le bazar dans ma maison mentale ! Je me retrouve à agiter des pensées qui étaient à des années-lumière de moi il y a encore trois jours. J'en ai (presque) perdu le sommeil (pas l'appétit, faut pas pousser) et je me démultiplie tous azimuts comme s'il y avait urgence absolue.

Hier donc j'ai d'abord appelé Max et Josy (quand tu parles à Max, Josy est collée derrière et inversement). Ils en sont tombés sur les fesses d'étonnement, mais ensuite ils se sont marrés comme des baleines. Ils veulent juste pouvoir relire tous leurs mails de l'époque, mais ça ne devrait pas leur poser de problème d'autorisation, sauf en ce qui concerne Max qui m'a rappelé en douce pour me dire qu'il ne voulait pas qu'on publie le passage dans lequel il évoque sa petite aventure extraconjugale, celle avec les coups de téléphone secrets passés en cabine à l'occasion de la promenade du chien, les mots doux postés dans des enveloppes CASDEN, sans parler des érections intempestives vingt-cinq ans après, rien qu'en y repensant. « Josy serait furieuse. » Tu penses ! Les deux préfèrent qu'on change leurs noms.

J'ai ensuite appelé Gloria et elle a trouvé le projet étonnant. Elle est très surprise que j'aille sur ce terrain-là, mais elle estime que ça va donner du *boost* à ma carrière et surprendre mes lecteurs. Elle a raison. Elle ne souhaite pas qu'on la nomme ni qu'on puisse la « tracer ». Elle demandera à lire le manuscrit avant publication et elle dira oui, « si c'est littéraire ». Et ça le sera, Oliver, on est d'accord.

J'ai enfin eu Lisbeth P. Destivel, et c'est là qu'est l'os ! Je pensais que c'était apaisé, notre crêpage de chignon érotico-théâtral, mais non. Elle m'en veut encore. Pour elle, pseudo ou pas pseudo, il est hors de question qu'elle jette sa vie privée « en pâture » pour qu'en plus j'en « retire les bénéfices ». Je n'ai pas insisté. Je vais essayer de créer un autre personnage qui remplira la même fonction (drôlerie, coquinerie), mais j'ai peur que ce soit mission impossible. On va avoir une sacrée perte, là...

Reste Adeline. Je ne sais pas comment elle va accueillir ça, mais j'ai confiance. Elle est intelligente, et entre Candis et le Songe, elle verra la différence, elle verra là où elle sera le mieux respectée.

Et reste... moi. J'ai pris ma décision et j'assume. Comme convenu, je m'avancerai à découvert, sous mon nom. Je veux juste protéger toutes les personnes concernées, qu'aucune n'ait à en souffrir.

Ce n'est pas une petite affaire, ce roman. Les mails existent, bien sûr, ils sont notre matière première, mais il va y avoir de la réécriture, de la réorganisation, de la chronologie, de la nuance...

Voilà, je n'ai pas pu m'empêcher de te tenir au courant de mes avancées, mais je te propose de mettre le projet en pause aussi longtemps qu'Adeline n'a pas refait surface. J'attends de la retrouver, entière si possible.

Je t'embrasse.

Pierre-Marie

La nouvelle maison de Sotto ne manquait pas de charme avec ses murs de pierre et ses volets blancs entourés par le lierre. Il l'avait voulue petite et ancienne et elle était les deux. Au rez-de-chaussée se trouvaient la salle, la cuisine et la chambre d'amis. C'est cette dernière que Jon avait occupée dès son arrivée. Or, en ce samedi 20 avril (que Sotto ne serait pas près d'oublier), il y était toujours. Ce robuste Viking avait en effet trouvé amusant de prendre un long bain de soleil torse nu sur la terrasse, le dimanche précédent, et il y avait gagné une bronchite carabinée qu'il avait finalement choisi de soigner ici plutôt que dans son studio de 29 m^2 à Montreuil. « Si ça ne te gêne pas, papa, bien sûr. » Non, ça ne gênait pas Sotto du tout, au contraire. Son fils diffusait autour de lui, et par sa simple présence, un détachement, une tranquillité, un optimisme, enfin autant de choses qui ne lui étaient pas naturelles, à lui Sotto, et qu'il admirait.

Il avait donc saisi l'occasion de goûter, pour la dernière fois sans doute, ce plaisir contradictoire et subtile qu'il y a à s'occuper de son enfant malade. Avec cette différence que le petit torse maigrichon qu'on massait autrefois délicatement avec de l'essence de lavande s'était transformé en un coffre puissant couvert de poils et que le malade frictionnait lui-même. Mais c'était toujours la même tendresse. Le père et le fils jouaient là depuis bientôt une semaine une étrange comédie, et s'ils y mettaient par pudeur de l'humour et de la désinvolture, ils éprouvaient l'un et l'autre, sans rien en dire, une sacrée nostalgie douce-amère.

À l'étage, il y avait une chambre sur l'avant et une autre, celle de Sotto, sur l'arrière. Plus un petit bureau au soleil levant, du côté de Dieulefit. Il s'y trouvait justement ce matin-là vers 10 heures et il venait d'envoyer le mail à Oliver quand il entendit quelqu'un l'appeler.

— Monsieur Sotto, vous êtes là ?

Il poussa la fenêtre déjà entrouverte.

— Oui ?

Un homme se tenait près de la porte de l'atelier, la main en visière pour se protéger de la lumière.

— J'ai sonné, mais apparemment… alors j'ai fait le tour et…

— Ah oui, la sonnette ne marche pas. Les gens frappent. Je peux vous aider ?

— Je voudrais vous parler, monsieur Sotto.

— Je n'ai besoin de rien, je travaille, là.

— Je ne suis pas un démarcheur. Je voudrais juste vous parler. Deux minutes.

En descendant, il s'en voulut de ne pas avoir éconduit ce type qui ne s'était même pas présenté. Il se promit de le recevoir sur la terrasse et de ne pas lui laisser mettre le pied dans la porte.

Pierre-Marie Sotto n'avait vu Benjamin Wyatt dit Ben qu'une seule fois, le jeudi 21 mars de la même année, devant le n° 14 de la Palmerston Avenue à Toronto, et cela avait été très fugitif. Il portait alors un anorak bleu, capuche remontée, des gants d'hiver noirs et il avait marché vers sa Lincoln avec l'allure résolue du type qui n'a pas de temps à perdre dans la vie. Une fois dans la voiture, il avait lancé le dégivrage et patienté en consultant son portable, puis il avait déboîté avec assurance et s'en était allé à bonne allure. Sotto avait pensé : *Voici donc le type qui dort avec Adeline*, et il avait trouvé cela dégoûtant, presque contre nature.

La personne qu'il découvrit en poussant la porte d'entrée ne ressemblait en rien à l'homme du 21 mars. Wyatt n'affichait plus le même air conquérant, ni la même tenue. Il portait des chaussures de sport, un jean, un T-shirt *Save the whales* et il semblait hésitant, presque timide. Mais par-dessus tout, Sotto le trouva incroyablement jeune. D'après ce que lui avait dit Adeline, il avait 32 ans, or il en faisait à peine 25, moins que Jon.

C'est peut-être à cause de cette similitude que Sotto eut la faiblesse de dire : « Je vous en prie » quand l'autre demanda : « Je peux entrer s'il vous plaît ? Je n'en aurai pas pour longtemps. »

Ils entrèrent, donc.

Wyatt était mince et grand, presque autant que Sotto qui, lors de sa dernière visite à son médecin avait dû admettre que son fameux 1,92 m s'était réduit à 1,88 m. Il se tassait.

Il désigna le canapé à son visiteur dont le front brillait de sueur, et qui était apparemment arrivé à pied, en tout cas aucune voiture ne stationnait sur le chemin.

— Asseyez-vous.

Wyatt s'assit.

— Un verre d'eau ?

— Je veux bien, merci.

C'est seulement dans la cuisine que Sotto prit conscience de sa propre stupeur et qu'il l'éprouva physiquement, dans le ventre. De quoi ce type déjanté était-il capable ? Que venait-il chercher ici ? Il revint dans la salle avec deux grands verres d'eau qu'il posa sur la table basse et il s'assit sur une chaise, en face de Wyatt. Celui-ci but lentement et s'éclaircit la voix.

— Vous savez qui je suis, je suppose ?

Il s'exprimait sans aucun accent, comme un francophone. Sotto acquiesça et garda le silence.

— Je vous ai écrit un mail de Toronto et vous ne m'avez pas répondu, mais je ne vous en veux pas. Il était maladroit. Je vous prie de bien vouloir me le pardonner.

Le cerveau de Sotto, qui s'était mis en éveil, traduisit aussitôt par : *Ce petit malin ne sait pas que j'y étais, à Toronto.*

— Je ne réponds pas aux lettres de menaces, dit-il aussi tranquillement que possible. Vous avez traversé l'Atlantique pour vous excuser ?

Wyatt sourit.

— Non. Je suis venu en France pour m'entretenir avec Mme Wyatt à propos de nos affaires conjugales, qui traversent une mauvaise passe. Vous voyez, je ne vous cache rien.

— Pour cela, il y a le courrier électronique, ironisa Sotto, ça marche très bien entre les deux continents.

— Oh, le courrier électronique, vous êtes bien placé pour en connaître les limites. Rien ne vaut une vraie rencontre. J'aimerais parler à Mme Wyatt et j'avoue que je comptais sur vous pour m'aider à la joindre. Savez-vous où elle se trouve ?

L'assurance lui revenait. Il avait joué la comédie pour entrer dans la place et maintenant qu'il y était, il apparaissait peu à peu sous son vrai jour. Sotto détestait cette façon qu'il avait d'appeler Adeline « Mme Wyatt ». Il laissa passer quelques secondes.

— Je ne sais pas où elle est.

— Oh, c'est dommage, fit Wyatt, dont le visage lisse se crispa une fraction de seconde. Vous n'en avez aucune idée ?

— Aucune.

— Oh, c'est dommage. Vraiment dommage.

Il regardait autour de lui, maintenant, avec nervosité, comme s'il cherchait quelque chose dans la pièce, ou plutôt en lui-même. Il se contrôla.

— Mais peut-être correspondez-vous avec elle par courrier électronique, justement ?

— Tout à fait, répondit Sotto, nos courriers se sont un peu espacés ces derniers temps, mais nous correspondons, en effet.

— Eh bien alors, je vous serais très reconnaissant de me donner son adresse mail.

— Si elle ne vous l'a pas donnée elle-même, commença Sotto, c'est sans doute aussi…

C'est à cet instant précis que Wyatt commença à se transfigurer. Il avait tenu bon jusque-là. Il s'était contenu, mais c'était maintenant au-dessus de ses forces. Il se leva et se mit à marcher en se grattant la tête avec vigueur, puis à renifler et à siffloter. L'adrénaline montait en lui à vue d'œil. Il marmonna en anglais et à voix basse une longue phrase dont Sotto ne comprit pas un mot.

Jon, bon Dieu, qu'est-ce que tu fous ? pensa Sotto, *tu te réveilles ?* et il se demanda s'il devait l'appeler.

— Donnez-moi cette adresse, monsieur Sotto ! Ne me mettez pas en colère. Si vous ne l'avez pas en tête, regardez sur votre ordinateur, mais donnez-moi cette putain d'adresse !

Sotto eut alors la sensation d'être passé en quelques secondes du calme de son bureau à la tension d'un film de Hitchcock ou même à la frénésie d'un Tarentino. Il estima qu'il fallait d'urgence calmer le jeu. Il se leva, marcha vers Wyatt, les mains ouvertes, et il adopta le ton le plus conciliant et paisible dont il était capable dans son état de stress.

— Écoutez-moi, jeune homme. Je ne vous donnerai pas l'adresse postale d'Adeline parce que je ne la connais pas, et je ne vous donnerai pas son adresse mail parce que je ne le veux pas. Vous êtes entré chez moi, je vous ai reçu, écouté, mais je ne peux rien faire pour vous. Je vous demande de bien vouloir vous en aller. Ne nous mettons en colère ni l'un ni l'autre. Ça ne servirait à rien.

Wyatt ne semblait plus l'entendre. Il fit un geste des mains vers le haut, comme s'il voulait saisir son adversaire au col, mais au dernier moment il descendit sur ses jambes et faucha violemment les deux chevilles de Sotto qui s'écroula d'un bloc. La soudaineté de l'attaque le stupéfia. Il eut le temps de penser à Max qui n'avait pas eu l'ombre d'une chance, pas plus que lui maintenant. La douleur dans le coude gauche lui coupa le souffle et il ne put que râler :

— Jooooon…

Déjà Wyatt l'avait plaqué sur le ventre, lui avait retourné le bras droit dans le dos et il répétait :

— Donnez-moi l'adresse, monsieur Sotto ! La ville ! La rue ! Le village ! Donnez-la-moi !

Il ne savait pas qu'une main pouvait remonter aussi haut dans un dos. Ses doigts touchaient ses cheveux sur sa nuque et c'était une sacrée découverte. Tout son bras le brûlait, à présent, du poignet à l'épaule, et l'autre augmentait la torsion.

Jon… essaya-t-il de crier, mais la voix lui manquait. Et c'était vain de toute façon. La chambre était au bout du couloir, au-delà de la buanderie, et il avait expérimenté qu'on entendait très mal de là-bas. Plusieurs fois, dans la semaine, après avoir appelé Jon, il avait dû aller toquer à sa porte pour lui signaler que le repas était prêt.

Sa joue gauche était écrasée sur ce même tapis tissé à la main qu'il avait déjà à Dieulefit. *La dernière fois que je me suis allongé dessus et que j'étais au corps à corps avec quelqu'un, se dit-il, c'était avec Lisbeth, il y a quatre ans, mais c'était bien plus agréable qu'aujourd'hui.* Il eut une pensée très tendre pour cette femme qui ne lui avait pas du tout tordu le bras dans le dos.

— Je vais vous casser le bras, monsieur Sotto, donnez-moi cette adresse, avant que ça craque.

Il pensa qu'il allait s'évanouir de douleur.

Jon… Jon… tu te réveilles, bon Dieu ! Viens au secours de ton vieux papa qui est en train de se faire humilier et briser à dix mètres de toi. S'il te plaît, je me suis levé deux cents fois la nuit pour toi quand tu étais petit, je t'ai câliné, je t'ai amené quatre mille fois au foot, au judo, je suis allé te chercher douze mille fois à la gare, s'il te plaît, viens me défendre, je suis très mal, là…

— Je n'ai pas l'adresse de votre femme… Je ne sais pas où elle est… parvint-il à murmurer.

Il sentit que quelque chose allait céder dans son épaule. Il décida de dire n'importe quoi à Wyatt : elle est à Grenoble, à Rennes, à Bourg-en-Bresse, elle est dans la chambre à l'étage, n'importe quoi pourvu qu'il relâche sa prise.

Il ouvrit la bouche pour le faire, mais trop tard : Wyatt força le coude de quelques centimètres supplémentaires vers le haut et l'articulation lâcha.

Sotto perdit connaissance un instant et quand il revint à lui ce fut pour entendre un fracas dont l'origine était impossible à déterminer, une sourde explosion. Il sentit l'étreinte se relâcher puis Wyatt s'effondrer sur lui en exhalant une sorte de rot, jusqu'à ce que quelqu'un fasse basculer le corps sur le côté.

Jon... Il était venu. Sans se faire voir. Sans doute était-il sorti par la fenêtre de sa chambre, puis il avait contourné la maison. Il était entré par la porte, dans le dos de l'intrus et il l'avait assommé.

— Jon... Détords-moi... J'ai mal...

— Je... je ne sais pas si je saurai faire... fit une voix inconnue. Je veux bien essayer...

Des mains saisirent son bras et le ramenèrent avec délicatesse au milieu de son dos puis contre sa hanche, à sa place.

Il pivota sur le côté, tenta de s'appuyer sur son coude gauche, mais la douleur, fulgurante, le fit retomber.

Le très bel homme, agenouillé près de lui, pouvait avoir la cinquantaine. Le teint hâlé, la chemisette, le pull vert pâle attaché sur les épaules, les longues mains soignées, tout en lui signalait le touriste en promenade dans la Drôme.

Il aida Sotto à se redresser, puis à s'asseoir par terre, adossé au canapé.

— Il vous a agressé ? demanda-t-il.

— Oui, répondit Sotto.

Il considéra Wyatt qui gisait au sol, inconscient, la tête baignant dans un épais liquide vert. Un bocal brisé en deux avait roulé un peu plus loin.

— Votre porte était ouverte et j'ai tout vu. J'ai cherché une arme, enfin quelque chose pour vous défendre, mais je n'ai rien trouvé, alors je suis entré dans votre remise, derrière, et j'ai pris ça sur une étagère…

— C'est de la confiture de tomates, balbutia Sotto, j'en ai fait quelques pots l'été dernier… Je vous remercie… Qui êtes-vous ?

— Je suis votre voisin. La maison d'en dessous.

Quand Jon se leva enfin, quelques minutes plus tard, il eut la surprise de trouver trois hommes dans le salon de son père. Le premier, allongé sur le tapis, était un grand type mince avec un T-shirt *Save the whales* maculé de taches vertes et une terrible bosse sur le crâne. Il était inerte, mais ses yeux restés ouverts semblaient poser la question : où suis-je exactement ? Le second, très pâle, assis par terre contre le canapé et tenant ses deux bras croisés contre sa poitrine, était son père. Il trouva que le troisième ressemblait incroyablement à un présentateur vedette d'une chaîne d'infos qu'il connaissait bien. C'était le seul debout et il épelait son nom au téléphone :

— Oui, c'est ça… comme le présentateur… Faites vite, je vous prie.

~

Le 21 avril 2019

De : Pierre-Marie
À : Adeline

Adeline,

Comme j'aimerais pouvoir t'appeler au téléphone ! Mais je n'ai plus de numéro. Et d'ailleurs je suis incapable de tenir un téléphone dans ma main. Si je t'écris au risque de te déranger c'est parce que tu es en danger et que je dois te prévenir.

Écoute-moi.

Ben est venu chez moi hier samedi en milieu de matinée, et il m'a agressé. Oui, chez moi, à La Bégude, tu ne rêves pas.

Il voulait que je lui dise où tu étais et il ne m'a bien sûr pas cru quand je lui ai affirmé que je n'en avais aucune idée. J'ai essayé de le calmer, mais tu le connais suffisamment pour savoir que c'est impossible.

Il m'a jeté au sol et tordu le bras dans le dos pour me faire parler. Jon, qui était encore chez moi (avec une bronchite) dormait dans sa chambre et il n'a rien entendu. J'ai été sauvé par mon voisin, le présentateur vedette de la télé, venu pour m'inviter à déjeuner chez lui le lendemain. On ne s'était jamais parlé en trois ans et la première fois qu'il s'aventure jusque chez moi, il me trouve couché sur le ventre dans mon salon avec un type qui est en train de me casser le bras.

Il l'a assommé avec un bocal de confiture de tomates. Ben n'a pas eu le crâne ouvert, il a juste perdu connaissance une ou deux minutes. Moi, j'ai une fracture du coude gauche (suite à la chute) et une luxation de l'épaule droite (suite à la torsion). Est-ce qu'à ton avis Benjamin Wyatt va continuer longtemps à démonter les membres supérieurs de tous les Français qui se dressent sur son chemin ?

Mon voisin le présentateur a appelé de son portable : la gendarmerie pour Ben et le Samu pour moi. Ils ont un peu tardé et ça a suffi à Ben pour s'enfuir. Je ne sais pas comment il a fait. Deux minutes avant il était dans le cirage et d'un seul coup il s'est transformé en bolide. C'est un diable, ton mec ! Jon était retourné dans sa chambre pour s'habiller et moi j'étais incapable d'intervenir. Le présentateur a bien essayé de le bloquer, mais il est plutôt frêle et il a reçu un coup de poing au foie qui l'a allongé pour le compte. Du coup le Samu a trouvé deux clients au lieu d'un en arrivant à La Bégude. Ben, lui, a filé comme un lapin.

Je ne sais pas s'il s'est égayé à pied dans la nature ou bien s'il avait sa voiture cachée dans un chemin. Toujours est-il qu'à cette heure, un jour plus tard donc, on ne l'a toujours pas arrêté.

Une certitude : il a la rage et il te cherche. Et s'il te trouve, j'ai peur qu'il ne se contrôle pas plus qu'il ne l'a fait avec moi. Mais comment pourrait-il te trouver ?

Je vais m'en tenir là pour cette fois. Taper sur le clavier m'est très pénible.

Pierre-Marie

P.-S. 1 : Tu as bien fait de ne pas me dire où tu étais, parce que j'aurais été très tenté de te trahir. Quand tes doigts touchent tes cheveux en passant par-derrière, je te jure que ça fait terriblement mal et je ne suis pas Jean Moulin.

P.-S. 2 : Avec mes deux bras en vrac, j'ai mis deux heures quarante à taper ce mail. Je devrais faire comme Max, renoncer aux majuscules, aux points, etc., mais je ne peux pas signer de mon nom un texte débraillé, en aucun cas. Je crois que si je devais écrire un SMS urgentissime, *Au secours !* par exemple, je serais capable de mettre ma vie en danger et de me faire choper avant de l'envoyer parce que j'aurais perdu quelques secondes fatales à vouloir à tout prix respecter l'espace entre le « s » de « secours » et le point d'exclamation.

P.-S. 3 : Je n'ai pu donner que ton adresse mail aux gendarmes. Où es-tu, Adeline ? Je ne te tordrai rien du tout pour que tu me le dises, mais j'aimerais au moins savoir que tu vas bien. Je m'inquiète pour toi.

~

Boissy-sous-Saint-Yon, Essonne
Lundi 22 avril 2019

Se lever avant le jour et partir. Tel était le programme. Le merveilleux programme.

Pendant que Joaquim fermait la maison, Adeline se tenait prête sur le pas de la porte, emmitouflée dans la veste polaire qu'il lui avait prêtée. Après deux journées passées là, entre les murs de ce pavillon de banlieue qui lui rappelait sa jeunesse, elle était impatiente de lever le camp. La tête de Joaquim jaillit soudain à la fenêtre de la chambre, au premier. D'une main, il brandit vers Adeline le sac en toile, celui qu'elle avait rempli à la va-vite, à peine un mois plus tôt, lorsqu'elle avait fui Palmerston Avenue.

— Tu n'oublies pas quelque chose ?

Elle secoua la tête.

— Sûr ? insista-t-il en haussant les sourcils.

Le sac contenait son ordinateur et son téléphone portable. Elle n'avait rallumé ni l'un ni l'autre depuis le Relais de l'Europe ; elle ne s'en portait pas plus mal.

— Absolument ! Le monde ne va pas s'écrouler en mon absence. Je prendrai de ses nouvelles au retour.

— Bon. Comme tu veux.

Joaquim commençait à s'habituer aux bizarreries et aux mystères de sa passagère clandestine. Il abandonna le sac sur le lit et la rejoignit dehors. Le Scania rutilant (ils avaient soigneusement lavé sa carrosserie la veille) les attendait, garé le long du trottoir. Dans quelques heures, remorque chargée à bloc, ils quittaient la zone cargo de Paris-Orly en direction du sud. Aux yeux d'Adeline, c'était pour l'instant tout ce qui comptait.

~

Le 22 avril 2019

De : Pierre-Marie
À : Adeline

Adeline,

Tu as reçu mon courrier d'hier ?

Je t'y disais que Ben est en France, qu'il m'a agressé et qu'il te cherche.

Je ne sais pas où tu es, je n'ai pas ton numéro de téléphone, je n'ai que cette adresse mail et tu ne réponds pas.

Pour ton information, c'est la DIPJ (Direction Interrégionale de la Police Judiciaire) de Lyon qui a repris cette affaire dite « sensible » ou « réservée », car elle concerne des personnalités publiques, c'est-à-dire moi (un peu) et le présentateur vedette (beaucoup) et qu'elle risque donc d'être très médiatisée. Ils essaient de te joindre. Tu as sans doute reçu un mail de leur part. Ils ont lancé une DNU (Diffusion Nationale d'Urgence), mais Ben est impossible à localiser. Soit il ne téléphone pas, soit (et c'est le plus vraisemblable selon la police à qui j'ai indiqué que c'était un geek), il est équipé d'un PGP (Pretty Good quelque chose), c'est un téléphone intraçable.

Réponds-moi, s'il te plaît.

Pierre-Marie

P.-S. : Pardonne le jargon. Si j'avais le cœur à plaisanter je m'amuserais à résumer ainsi mon mail : Chère AP, le DIJP a lancé une DNU, mais BW a un PGP. Signé PMS.

Parc d'activités, Limoges Nord
Mardi 23 avril 2019

Assise à l'avant du Scania, Adeline contemplait le ballet des poids-lourds autour de la plateforme logistique. Pièces auto, construction, domotique, électroménager, imprimerie, chimie, aéronautique, systèmes de pompage pour piscines, produits alimentaires, climatisation, signalétique… *Rien qu'ici*, songeait-elle, *à cette heure, au nord de Limoges, combien de tonnes de marchandises en transit ?* Elle aurait pu être effrayée, submergée par l'agitation de cette fourmilière humaine et mécanique ; elle était au contraire émerveillée. Parce que tout ça, ce bruit, ces odeurs de pneumatiques et de goudron, c'était de la vie. Et aucun spectacle n'est plus précieux lorsqu'on se croit soi-même à moitié morte.

— *Go* ! s'exclama Joaquim en se hissant dans la cabine pour reprendre sa place au volant.

Comme d'habitude il retira ses chaussures pour ne pas salir ce qu'il appelait « la moquette du salon » et mit le contact. La paperasse était en règle, le chargement arrimé.

— Tu connais la ZAC Albasud à Montauban ?

Adeline rit et secoua la tête.

— J'ai une adresse d'exception pour une entrecôte frites, par là-bas. Ça te dit ?

Il enclencha la première en même temps que Bruce Springsteen. Il faisait soleil. La journée commençait bien.

~

Le 23 avril 2019

De : Pierre-Marie
À : Adeline

Adeline,

As-tu dit à quelqu'un où tu étais ? Je veux dire quelqu'un que Ben pourrait trouver et faire parler. Il est venu chez moi et m'a torturé, appelons les choses par leur nom. Sans mon voisin, je ne sais pas où j'en serais aujourd'hui. Réfléchis bien et, si c'est le cas, préviens d'urgence ces personnes.

Pierre-Marie

~

Autoroute A64
Le 24 avril 2019

Un peu avant la frontière, Joaquim s'arrêta pour pisser et faire le plein de gasoil. Désœuvrée, Adeline s'attarda dans la station-service. Il était tard, mais c'étaient les vacances de Pâques et il y avait encore pas mal de monde entre les rayonnages de sandwichs et les machines à café. Dans la file d'attente des toilettes, elle remarqua une petite fille endormie dans les bras de sa mère. Elle était aussi blonde qu'Éliette était brune. Elle était plus petite et plus potelée, sûrement beaucoup moins drôle et vive qu'Éliette, mais rien qu'en la regardant, Adeline se sentit happée par un vortex.

Un instant plus tard, Joaquim la retrouva en larmes dans le camion. Il ne manifesta aucune surprise. Il ne fit pas de commentaire. Il démarra.

Cent kilomètres plus loin, alors qu'ils entraient en Espagne, que la nuit enveloppait tout et qu'Adeline pleurait toujours, il sortit de sa poche une photo qu'il lui tendit.

— C'était ma femme, dit-il. Maria. Elle est morte d'un cancer il y a dix ans.

Adeline observa le visage sur la photo. Jeune, beau, malicieux, plein de promesses.

— Depuis qu'elle n'est plus là, je roule. Ce camion, c'est mon calmant. Rouler, toujours rouler. La nuit, surtout.

Zarautz, Pays basque espagnol
Le 25 avril 2019

Le jour s'était levé sur l'océan. Joaquim était allé chercher des gâteaux dans une pasteleria et quand il revint s'asseoir sur le sable à côté d'Adeline, il avait la bouche pleine.

— Du beurre, de la crème, du sucre, énuméra-t-il. Si tu ne retrouves pas le sourire avec ça, je rends mon tablier.

Adeline le dévisagea avec gratitude. Elle déposa un baiser sur sa joue, piocha dans le pochon et mordit dans un délice saupoudré d'amandes grillées. Elle ferma les yeux. L'air était vif, transparent, nouveau. Déjà, les vagues entamaient leur lent travail d'érosion, s'attaquant à ce bloc de silence qui pesait sur sa poitrine depuis son retour en France.

~

Le 25 avril 2019

De : Pierre-Marie
À : Adeline

Adeline,
Qu'est-ce que tu fous, bon Dieu ? Réponds !

PM

~

Zone commerciale de Basauri, environs de Bilbao
Le 26 avril 2019

Joaquim verrouilla la cabine et tira les rideaux pour la nuit. Demain, ce serait le retour à Paris, ce qui signifiait la fin de cette étonnante parenthèse. La parenthèse Adeline. Il devinait que la nostalgie pèserait bientôt plus lourd que sa remorque.

Il grimpa sur sa couchette et se pencha vers celle du dessous.

— Bien installée ?

Il lui aurait bien proposé un câlin, mais il savait désormais trop de choses sur la vie en général et sur celle d'Adeline en particulier pour risquer de se prendre une veste. Car depuis quarante-huit heures qu'elle parlait enfin, elle n'avait qu'un nom à la bouche, et ce n'était malheureusement pas le sien.

— Merci pour tout, Joaquim, dit-elle.

— Serviteur.

— Je peux te poser une dernière question ?

— Vas-y.

— Pourquoi vous n'avez pas eu d'enfants, Maria et toi ?

Soupir. Silence. Re-soupir. Pirouette.

— On n'est pas obligés d'avoir des enfants pour être inséparables, tu n'es pas d'accord ?

Silence. Réflexion.

— On avait un chien, si tu veux tout savoir. Il est vieux, maintenant. C'est ma mère qui s'en occupe. J'éteins ?

Joaquim resta longtemps, dans le noir, les yeux ouverts.

Ça faisait un bail qu'il n'avait pas lu un bouquin, mais il avait l'esprit curieux et il se promit d'entrer dès que possible dans une librairie pour y rafler l'œuvre complète de ce Sotto qui semblait occuper tant de place dans le cœur de sa passagère.

~

Le 26 avril 2019

De : Pierre-Marie
À : Max

Salut gros,

Tu me fais doucement rire avec ta petite résinette à ton petit poignet. Moi j'ai les DEUX bras pétés ! Et par le même type que toi. Ben est venu à La Bégude et il m'a fait une fracture au coude gauche et une luxation à l'épaule droite. Il m'a pris au sérieux, moi !

Je te jure que c'est vrai.

Appelle-moi. J'arrive à appuyer sur la touche « répondre » de mon téléphone (avec le nez) et je mettrai le haut-parleur.

Pierre-Marie

La Bégude-de-Mazenc
Le 27 avril 2019

Ben évaporé, Jon rentré à Montreuil en milieu de semaine et Claude, le présentateur vedette à Paris, tous les héros de la terrible journée du 20 avril s'étaient dispersés, si bien que Sotto se retrouva seul dans sa maison de La Bégude. Seul et drôlement handicapé. Il ne pouvait rien faire de son bras gauche pris dans un plâtre sur lequel Zoé avait écrit au feutre un énorme « vive papy ! » censé le réconforter, et il ne parvenait à utiliser le droit, mis en écharpe, qu'avec une extrême prudence. On lui avait proposé une aide-soignante pour l'assister, mais il avait refusé en se figurant par avance toutes les situations humiliantes auxquelles il serait confronté. Il préférait mettre une heure pour aller aux toilettes tout seul plutôt que cinq minutes en compagnie.

Le silence d'Adeline le contrariait beaucoup. Il s'efforçait de croire qu'elle avait choisi pour un temps de ne plus relever ses mails, ou bien qu'elle se terrait quelque part au fond de la cambrousse, sans réseau. De cela il se serait accommodé sans trop de peine, mais il y croyait de moins en moins. La vérité était sans doute plus inquiétante : Adeline n'en pouvait plus de ces hommes qui lui avaient, les uns après les autres, pourri la vie. Son premier mari : une brute ; Vincent : un traître ; Ben : un pervers. Elle avait assez donné. C'était bon, maintenant. Il aurait voulu lui dire : attends, Adeline, je ne suis pas *les hommes*, moi, je suis différent, tu ne le vois pas ? Mais il l'avait bel et bien abandonnée et jetée dans les bras du pire de tous, un détraqué qui maintenant la recherchait pour la détruire. Quand il lui avait demandé, à Toronto, si elle pourrait un jour lui pardonner, elle avait répondu : « Je ne sais pas ». Et malgré sa main dans la sienne à cet instant-là, malgré leur complicité intacte, ce *je ne sais pas* signifiait peut-être la fin de leur voyage. Terminus tout le monde descend. Très bas. Et personne ne remonte.

Elle allait tout simplement disparaître, comme l'avait fait Véra neuf ans plus tôt. Il ne méritait sans doute pas mieux, mais cela mettrait sur sa vie une tristesse nouvelle, après celle de Léo, et une promesse de solitude, malgré tous les siens. En bref une sensation de ratage général, se dit-il. Il n'allait pas replonger, bon Dieu ! Cette perspective le terrifia. Seul son corps déjà en souffrance l'empêcha d'aller au placard mural et d'y donner un premier coup de tête, comme à Dieulefit.

C'est dans ce triste état que Laura le trouva chez lui ce samedi-là, en fin de matinée. Arnaud était parti pour le week-end à VTT avec des potes, elle était disponible, et de très bonne humeur. Elle avait apporté dans un Tupperware une ratatouille-saucisse qu'ils dégustèrent sur la terrasse avec un rosé de Provence. Elle le fit manger comme un enfant, un gros enfant de 106 kilos. Voyant comme elle s'occupait si bien de lui, et se rappelant comme il s'était lui-même si bien occupé de Jon la semaine précédente, il lui vint soudain une émotion si forte qu'il hoqueta, au bord du sanglot. Il prétexta une fausse route, mais Laura ne fut pas dupe.

— Ça va, papa ?

Une demi-heure plus tard ils étaient installés sur les relax, au soleil.

— Oui, je vais bien, enfin ça pourrait aller mieux…

L'agression dont il avait été victime avait fait la une du quotidien régional dès le lundi matin, avec une photo de lui datant d'au moins dix ans. Le journaliste, à défaut d'informations plus précises, avait évoqué un règlement de comptes. Afin que Laura comprenne, il commença donc à raconter Adeline et Toronto, mais elle l'interrompit :

— Te fatigue pas, papa, je sais tout. Jon m'a raconté ça en détail au téléphone, et moi je l'ai raconté à Ève. On se parle, dans la famille, tu sais. Je peux te dire que ça nous a bien fait rire. Il en a peut-être un peu rajouté. C'est vrai que Max faisait des pompes dans la chambre d'hôtel pour s'entraîner ? Mais on vous a admirés, aussi. Surtout toi. On s'est dit qu'avoir un père capable de traverser l'Atlantique à 67 ans pour sauver son amoureuse, c'était quand même une sacrée chance. C'est quand que tu deviendras vraiment adulte ?

Elle éclata d'un rire clair. Un rire qu'il n'avait pas entendu dans sa gorge depuis quatre ans. Un rire oublié. À cet instant précis, il se demanda si elle n'était pas en train, mètre après mètre, de s'arracher aux ténèbres.

Autoroute A10
Le 27 avril 2019

Pendant les trois quarts du trajet de retour, Joaquim fit bonne figure, parlant de tout, de rien, chantant à tue-tête sur le Boss « Is a dream a lie if it don't come true ? », puis, passé Orléans, il cessa de chanter, ne prononça plus un mot et, morose, il coupa la radio. Pris dans un trafic de plus en plus dense, le Scania progressait à la queue leu leu sur la file de droite, coincé entre un DAF néerlandais et un Mercedes slovaque. Quand il se mit à pleuvoir, le moral des troupes dégringola tout à fait.

Adeline avait froid, mais elle n'osa pas remettre la polaire de Joaquim ; le moment était venu pour chacun de reprendre ses affaires. Elle réfléchissait. Elle s'était accordée cette escapade, très bien. Elle y voyait désormais un peu plus clair en elle-même et elle se préparait à affronter les difficultés : la colère légitime de Pierre-Marie, puis celle non moins légitime de Guylaine Bellecombes quand celle-ci apprendrait qu'Adeline voulait dynamiter la parution de *Prière pour ceux qui restent*, les tracas administratifs, les problèmes d'argent et la question la plus épineuse : où allait-elle dormir, à présent ?

Elle sortit de sa poche le papier que sœur Élisabeth de la Trinité lui avait donné lorsqu'elle avait quitté l'abbaye et le relut pour la dixième fois. C'était l'adresse d'un avocat parisien. Un « excellent avocat », avait pris la peine de préciser la bonne sœur de sa petite écriture penchée. « Attention, avait-elle ajouté, il ne me connaît que sous mon nom profane, Laurence Deras. Nous étions très proches pendant nos études. Si vous le contactez de ma part, il vous recevra vite. »

Adeline replia le papier. Un avocat, c'était sans doute une bonne idée dans sa situation. Et puisque Me Ulivucci exerçait dans le 14e, la prochaine étape du voyage était toute trouvée.

Hôtel Delambre, Paris, 14e arrondissement
Le 28 avril 2019

Des nuits courtes, Adeline en avait connu, mais cela faisait longtemps qu'elle n'en avait pas passé une complètement blanche. Arrivée à l'hôtel peu avant minuit, tout juste installée dans sa chambre, elle s'était connectée au reste du monde. L'avalanche de mails et de messages catastrophés lui avait totalement ôté le sommeil.

Au petit jour, n'en pouvant plus de gamberger toute seule, elle pianota sur les touches de son téléphone, priant le ciel pour que Pierre-Marie décroche. Elle tomba sur son répondeur. Après une brève hésitation, d'une petite voix enrouée, elle lui laissa un message.

« Euh Pierre-Marie, c'est moi. Adeline. Je suis... sincèrement désolée pour tout. J'étais partie, en fait. Je n'avais plus de force. Je te raconterai. Je te demande pardon pour ce très long silence et pour ce qui t'est arrivé entre-temps. Les deux bras, merde... J'espère que tu ne souffres pas trop. Écoute, j'ai tellement de choses à te dire, le mieux c'est que tu me rappelles. 07 89 91 XX XX. C'est mon numéro définitif, promis. (Silence.) Je n'en reviens pas. Je savais que Ben pouvait être dangereux, mais je n'aurais jamais pu imaginer... (Soupir.) C'est vraiment un cauchemar. Rappelle-moi vite, d'accord ? »

Elle manquait d'air. Elle alla ouvrir la fenêtre.

Sa chambre donnait sur la rue, et bien qu'on soit dimanche, le quartier de Montparnasse commençait déjà à bourdonner. Stationné devant l'entrée de l'hôtel, un camion livrait des chariots de linge propre et emballé. Elle resta de longues minutes immobile à observer le manège du jeune homme qui, en sens inverse, chargeait les ballots de linge sale. Elle repensait à la mine désolée de Joaquim lorsqu'il l'avait déposée à la gare RER d'Arpajon, la veille. « Si un jour tu as de nouveau besoin de voir la mer, fais-moi signe. » Après une nuit pareille, elle aurait adoré ! Elle tenta de visualiser l'océan, les vagues, le ressac, mais l'apaisement ne vint pas.

Comment se détendre maintenant qu'elle savait Ben ici, en France, et plus déterminé que jamais à... À quoi, d'ailleurs ? se demanda-t-elle subitement. Car à ce stade, il n'avait plus rien à obtenir d'elle. Alors à quoi bon la pourchasser si ce n'était pour assouvir un pur désir de vengeance ? Une chose était sûre : comme en attestaient les messages accumulés dans ses différentes boîtes mails, Ben n'était pas près de la lâcher.

Le 17 avril, c'était d'abord les locataires de la maison d'Espère qui lui avaient écrit pour se plaindre de la visite « étrange et inquiétante » de son mari. Selon eux, Ben avait débarqué sans prévenir, insistant pour savoir si Adeline était passée récemment, si elle leur avait donné un nouveau numéro de téléphone, etc. N'obtenant pas ce qu'il cherchait, il avait prétexté vouloir récupérer quelque chose au sous-sol. Les locataires l'avaient laissé descendre. Le lendemain, il n'y avait plus une goutte d'eau chaude dans la maison. Une pièce du ballon électrique avait cédé pendant la nuit, inondant tout ce qui était entreposé en bas.

Dans la foulée, toujours le 17 avril, c'était Mme Jeanlin, à l'agence immobilière de Mercuès, qui avait vu Ben débouler dans son bureau avec les mêmes questions. « Ma femme est-elle venue vous voir récemment ? Vous a-t-elle contactée ? Il me faut son nouveau numéro, elle est dépressive, je m'inquiète pour elle. » Comprenant que la malheureuse ne savait rien, Ben avait pété les plombs d'une manière qu'Adeline ne connaissait que trop bien. Il s'était emparé d'une agrafeuse sur son bureau, et il s'était mis à agrafer tout ce qu'il trouvait – dossiers, contrats, actes de vente, et même les rideaux ! – sous les yeux d'une stagiaire terrorisée qui avait fondu en larmes.

C'est donc dans cet état de rage qu'il s'était ensuite rendu à La Bégude-de-Mazenc où il avait sauvagement agressé Pierre-Marie et éclaté le foie de son voisin célèbre.

Le mail suivant, signé d'un certain lieutenant Gracq, pressait Adeline de prendre contact de toute urgence avec lui à la DIPJ de Lyon. Mais ce n'était pas le plus préoccupant. Le plus préoccupant, c'étaient les deux derniers mails.

D'abord celui de Guylaine Bellecombes, daté du 26 avril, dans lequel l'éditrice lui racontait la surprise qu'elle avait eue de voir M. Wyatt se présenter chez Candis Éditions, boulevard Poissonnière. Même stratégie, Ben s'était fait passer pour le mari fou d'inquiétude à la recherche de sa femme maniaco-dépressive, et il avait fini, cette fois, par obtenir le dernier numéro d'Adeline. « Il m'a presque fait peur. J'espère ne pas avoir commis d'impair », concluait-elle. Tu parles d'un impair ! En quarante-huit heures, Adeline avait reçu plus d'une douzaine d'appels masqués. Si elle ne voulait pas être harcelée, elle allait devoir laisser son téléphone éteint. Sauf qu'elle attendait l'appel de Pierre-Marie !

Le dernier mail reçu datait de la veille. Elle l'avait relu tant de fois durant cette nuit blanche qu'elle aurait pu le réciter par cœur. Il lui avait été envoyé par Kelly.

Le 27 avril 2019

De : Kelly Thornton
À : Adeline Parmelan

Bonjour Adeline,

Je prie pour que tu consultes encore cette boîte mail et que ce message te parvienne à temps. Il se passe des choses graves. Voilà :

J'ai eu ton beau-père, j'ai failli dire *notre* beau-père, Sydney, mardi matin au téléphone. Je n'ai pas été si surprise parce qu'il a toujours été très bienveillant avec moi. Et il t'a appréciée de la même façon, tu le sais. Il doit se demander comment son tordu de fils arrive à lever de chouettes filles comme nous ! Mais qu'importe.

J'ai entendu à sa voix qu'il était en état de choc. Et pour cause ! La police française avait appelé la veille. Comme Sue était sortie faire des courses, c'est lui qui a répondu. Ils lui ont demandé où se trouvait son fils Benjamin Wyatt. Il leur a dit qu'il était sans doute à son travail, à Toronto. Alors ils l'ont informé que non, qu'il était en France, présumé coupable d'une agression avec coups et blessures sur deux personnes, et recherché. Sydney leur a promis de les alerter s'il apprenait quoi que ce soit qui puisse les aider.

Il n'en a pas dit un mot à Sue quand elle est rentrée. Il estime (à raison) que sa femme est aussi fêlée que son fils. Et c'est donc moi qu'il a appelée mardi. Il était complètement effondré, mais on est tombés d'accord là-dessus : ça devait arriver.

Depuis ton départ Ben est fou de rage, incontrôlable. On s'est croisés une fois par hasard, sur Queen Street. Il m'a hurlé dessus et insultée. Il me fait tellement peur avec sa haine.

Il en veut au monde entier et à toi en particulier à cause de ta lettre à charge. Elle s'est avérée dévastatrice : il va perdre la garde d'Éliette.

J'ignore où tu te trouves, mais tu dois savoir qu'il te cherche.

Et ce n'est pas tout. Tiens-toi bien.

Sydney s'est à son tour envolé pour la France !

Il est parti en cachette de Sue. Elle est sidérée. Elle ne comprend plus rien à son mari. Il faut dire qu'après le coup du passeport rendu, il a enchaîné : il tient tête, il n'a plus peur.

J'ai essayé de le dissuader, mais il n'a rien voulu entendre. Il n'a qu'une obsession, arrêter la cavale de son fils. Il veut le convaincre de se rendre à la police avant le pire. Mais il n'y arrivera pas, je n'y crois pas une seconde. Ben est dans son délire, il marchera sur n'importe qui et il ira au bout. Seulement, Sydney s'accroche à l'idée qu'il pourra l'attendrir. Il va pleurer, il va l'appeler « Benno », son gentil nom de petit garçon, il va le supplier. Ça ne servira à rien. Au mieux Ben acceptera de le voir dix minutes.

Sydney est arrivé à Paris ce vendredi et je suis très inquiète pour lui. Il a 71 ans et de gros problèmes rénaux, tu le savais ? Cette histoire va le tuer. Tu as son téléphone, appelle-le, retrouve-le et parle-lui si tu peux. Il t'écoutera peut-être mieux que moi.

Je ne sais pas comment tout ça va finir. C'est une folie, ces deux hommes.

Prends garde à toi, Adeline. J'espère de tout cœur que tu vas bien.

Kelly

P.-S. : Éliette t'envoie un gros *kiss*. Je te mets en pièce jointe ce dessin qu'elle a fait pour toi.

~

La Bégude-de-Mazenc
Le 28 avril 2019

— Laura, peux-tu jeter un œil à mon portable qui est sur mon bureau et regarder si j'ai un message ?

Ils prenaient leur petit déjeuner dans la cuisine, avec France Inter en sourdine et les conseils dominicaux de l'incollable jardinier. La jeune femme monta l'escalier.

— Tu as un message vocal, lança-t-elle d'en haut, l'appel a été passé ce matin à 5 h 10, pourquoi se gêner ?

Elle redescendit et lui tendit l'appareil avant de se rappeler qu'il était incapable de lever la main plus haut que son coude.

— Tiens, écoute, dit-elle en lui plaquant l'appareil contre l'oreille.

La voix d'Adeline semblait charrier des siècles d'insomnies ou bien un grand épuisement. « Je suis sincèrement désolée pour tout, disait-elle... je n'avais plus de force... je te demande pardon... » Et elle disait surtout : « Rappelle-moi vite, d'accord ? »

À ces mots, Laura vit le visage de son père se métamorphoser. C'était comme si la lumière y était revenue, irradiant dans toute la cuisine, puis, au-delà, dans tout le village de La Bégude-de-Mazenc, puis dans toute la Drôme provençale et enfin dans tout le midi de la France.

Il fallut s'organiser. Sotto resta assis sur sa chaise. Laura se plaça debout à côté de lui, s'enfonça deux boules Quies dans les oreilles pour la discrétion, pressa la touche d'appel et positionna l'appareil. L'échange dura peu de temps, mais Laura pressentit qu'elle n'oublierait sans doute jamais ces quelques minutes pendant lesquelles elle avait eu à tenir un téléphone contre la joue mal rasée de son père afin de lui permettre de parler à son amoureuse.

Elle ne l'entendit pas dire : « Viens chez moi, Adeline, viens ici, Ben ne reviendra pas, tu seras en sécurité. Viens. »

Elle n'entendit pas davantage Adeline lui répondre : « Je viendrai, Pierre-Marie, mais pas encore, j'ai beaucoup à faire ici à Paris. Je dois voir un avocat, et je dois voir Sydney qui vient d'arriver à Roissy. Tu ne rêves pas : il est en France. »

Elle n'entendit pas son père dire : « J'ai très peur pour toi, Adeline, je préférerais vraiment que tu viennes, mais si décidément tu ne veux pas, alors promets-moi de faire très attention à toi, je t'en supplie. »

Et comme les boules Quies étaient bien en place et très performantes, elle n'entendit pas, un peu plus tard, que la conversation était finie, que le silence était revenu dans la cuisine. Il fallut que Sotto donne un petit coup de tête vers l'arrière pour le lui faire comprendre. Elle raccrocha et lui demanda si tout allait bien.

— Je ne sais pas, dit-il, je ne sais plus si tout va très bien ou si tout va très mal… On va finir le petit déjeuner et je te raconterai après, d'accord ?

— D'accord, dit-elle.

Elle remit le volume de la radio au moment où Alain Baraton suggérait à une auditrice la bouillie bordelaise pour sauver son cerisier à bigarreaux.

~

Paris, hôtel Delambre

La communication était terminée depuis cinq bonnes minutes, mais Adeline n'avait pas bougé de la chaise sur laquelle elle s'était effondrée plus qu'assise pour répondre à l'appel de Pierre-Marie. Ils ne s'étaient pas reparlé depuis Toronto, et son cœur avait fait une embardée quand il avait prononcé son prénom. Adeline. Dans la bouche de Pierre-Marie, ces syllabes familières prenaient une dimension différente. C'était un peu comme le ciel du Canada, difficile à qualifier. Plus ample, plus ouvert, plus...

A. De. Li. Ne.

S'écrire est une chose, mais entendre le souffle de l'autre, le grain de sa voix, sa douceur, son inquiétude, son désir... Entendre « je suis là pour toi ». Entendre « je t'attends ». Chaque mot avait la force d'une promesse, celle de tout recommencer, de tout réparer. Adeline avait peur d'y croire de nouveau, oh oui, elle avait peur ! Mais c'était précisément ce qui lui donnait des ailes, aussi.

Impossible de dormir, décida-t-elle. Elle prit une douche très chaude, se lava les cheveux deux fois, vida un échantillon de lait corporel sur ses grandes et grosses jambes, enfila des vêtements propres et quitta l'hôtel sans petit-déjeuner. Il fallait qu'elle marche.

Le cimetière du Montparnasse venait d'ouvrir. Attirée par les arbres, Adeline y pénétra par l'entrée principale.

D'abord désertes et silencieuses, les allées se peuplèrent bientôt de touristes et de Parisiens matinaux. Elle passa, pensive, devant plusieurs sépultures portant des noms illustres d'artistes et de généraux d'Empire. Elle s'arrêta soudain devant une pierre tombale toute simple sur laquelle était posée une fine plaque de marbre rouge :

Marcel Broquin-Lacombe
Notre jardinier
1921-2012

Elle demeura immobile devant ce mystère poétique, la vie d'un homme ainsi résumée à ces deux mots, songeant que même Pierre-Marie n'aurait pas su écrire si belle épitaphe. Puis il commença à pleuvoir, alors elle s'en alla par la rue Froidevaux et trouva à s'abriter sous l'auvent d'un café.

C'est de là qu'elle appela Sydney.

Le 29 avril 2019

De : Adeline
À : Pierre-Marie

Cher manchot,

Conformément à ta demande, je t'écris pour t'éviter une gymnastique pénible avec le téléphone.

Bon. Ça y est, j'ai vu Sydney. Je l'ai rejoint hier soir dans le hall de son hôtel près de la place de la Madeleine puis nous sommes allés manger dans un restaurant juste à côté. Déjà, à Toronto, il me faisait de la peine, cet homme. Hier, c'était encore plus vrai. Son visage portait la fatigue du voyage, bien sûr, mais pas seulement. C'était une fatigue plus ancienne – celle d'une vie entière, en vérité.

Je lui ai dit combien Kelly était inquiète de le savoir à Paris, tout seul. Il a soupiré. « À mon âge, il serait temps que je prenne enfin mes décisions et mes responsabilités, non ? C'est pour ça que je suis venu. Pour faire mon devoir et convaincre Ben de se rendre à la police. »

Je lui ai demandé comment. Vu qu'il l'avait trahi à Toronto, Ben ne risquait pas de lui faire confiance à Paris ! Et puis, comment le joindre puisqu'il semblait avoir tout prévu pour se rendre invisible ? Sydney a souri et m'a dit qu'il lui avait écrit un mail. Un mail si convaincant que Ben avait fini par l'appeler. « *Damn'it*, je suis son père ! Je lui ai tenu la main quand il apprenait à marcher. Je l'ai accompagné à ses leçons de piano. Je l'ai soigné quand il s'écorchait les genoux. Même quelqu'un comme lui s'en souvient. »

Je n'étais pas franchement convaincue, jusqu'à ce que Sydney m'annonce qu'ils s'étaient fixé un rendez-vous, Ben et lui. Mon sang n'a fait qu'un tour. Un rendez-vous ? Quand ? « Bientôt », a dit Sydney. Ce « bientôt » m'a fait tressaillir. J'ai eu l'impression de sentir la présence de Ben, toute proche, presque son souffle sur ma nuque. J'ai vérifié que mon téléphone était bien éteint, et j'ai balayé la salle du restaurant d'un œil de biche traquée.

Pendant ce temps, Sydney répétait qu'il allait le raisonner, que son fils avait certes des problèmes, mais qu'il n'était pas irrécupérable. « Regarde, je lui ai même apporté une photo d'Éliette pour l'attendrir. Il faut qu'il pense à elle ! »

Comme tu peux l'imaginer, j'ai reçu la photo en plein cœur. En revanche, j'étais certaine que Ben, lui, ne se laisserait pas émouvoir. Depuis quand le bien-être de sa fille avait-il la moindre importance à ses yeux ?

J'ai demandé à Sydney s'il savait dans quel hôtel mon mari avait pris une chambre. Il l'ignorait. J'étais de plus en plus oppressée et mes pensées viraient à la paranoïa. Ben pouvait parfaitement avoir suivi Sydney. Ou pire, l'avoir convaincu de me piéger ! Qui pouvait me garantir qu'il n'allait pas surgir là, devant notre table, s'emparer d'une fourchette et me la planter dans la gorge ?

Par chance, il ne s'est rien passé, mais je n'ai pas pu finir mon assiette et j'ai pris un taxi pour rentrer à l'hôtel.

Ce matin, à la première heure, j'ai appelé le lieutenant Gracq à la DIPJ de Lyon. Je lui ai expliqué tout ce que je savais, il a rédigé le procès-verbal par téléphone et il m'a mise en relation avec un de ses collègues du 3e district de la PJ de Paris à qui j'ai répété les informations : la conversation avec Sydney, le nom de son hôtel, tout.

Voilà. C'est donc Sydney qui va jouer l'appât sans le savoir. Je suis sincèrement désolée pour lui, mais quel autre choix avais-je ? J'espère juste que Ben ne va pas changer d'avis et qu'il ira à ce rendez-vous. Parce que, s'il pose un lapin à son père, le prochain appât… ce sera moi. Tu crois que je devrais envoyer un mot aux sœurs de Notre-Dame de Venière pour qu'elles mettent des cierges ?

Je t'embrasse. Fort.

Adeline

P.-S. : J'espère que tu trouveras le moyen de me répondre. Et par pitié, laisse tomber la ponctuation !

~

Le 29 avril 2019

De : Pierre-Marie
À : Adeline

Laisser tomber la ponctuation ? JAMAIS ! Plutôt crever. Je suis prêt à renoncer à la bicyclette, au sexe, au bordeaux, mais à la ponctuation, jamais ! Imagine un peu à quoi ressemblerait une phrase sans point final

Ah, tu as vu ? C'est insupportable. Tu marches sur un joli chemin, en toute confiance, et soudain tu sens le sol qui se dérobe sous tes pieds, tu es précipité dans le vide. Il n'y avait même pas une petite barrière pour t'empêcher d'aller plus loin et de faire le pas de trop.

Et le point d'exclamation ! Ne crois pas qu'à Iéna, en lançant ses grognards contre la garnison prussienne du duc de Brunswick, Davout leur a susurré : CHARGEZ.

Bien sûr que non ! Il a braillé : CHARGEZ ! Sinon personne n'aurait bougé et je t'écrirais peut-être ce mail en allemand à l'heure qu'il est.

Et ces modestes parenthèses (pareilles à deux menottes) qui entourent et protègent une petite offrande que l'on fait en plus de ce qui est dû, juste pour le plaisir.

Je me rappelle m'être autrefois déchaîné contre ces malheureux points de suspension. Je n'y voyais que paresse et dérobade. Mon jugement a changé. Dans les points de suspension, il y a le non-dit, les secrets, la pudeur. Ils sont finalement très érotiques, je trouve...

À ce propos, comment vivre sans les points d'interrogation ? Prenons une question complètement au hasard. Si je te demande par exemple :

Adeline, veux-tu venir vivre avec moi à La Bégude-de-Mazenc.

Sans point d'interrogation, je vais à l'échec garanti, alors que si j'écris :

Adeline, veux-tu venir vivre avec moi à La Bégude-de-Mazenc ?

je peux peut-être espérer... surtout si j'y mets le ton qui convient.

Bon, je devrais avoir honte. Tu es en danger et moi je te soûle avec mes histoires de ponctuation. Si c'est le cas, pardonne-moi. Considère que j'espérais juste te distraire une minute de tes angoisses.

Mais nous sommes dans Hitchcock, ma parole ! Ça y est, nous y sommes ! Moi dans le rôle de l'estropié immobilisé dans son plâtre, comme James Stewart dans *Fenêtre sur cour*, tandis que toi, telle Grace Kelly, tu es dans le feu de l'action, car, si je comprends bien, tu as réussi à attraper Sydney qui court après Ben qui court après toi (qui cours après moi ?).

À moins que ce ne soit du Tex Avery ? On s'attend à voir les personnages s'embrouiller dans leurs courses, ne plus savoir s'ils sont poursuivis ou poursuivants, s'emmêler les pinceaux, s'arrêter, repartir dans l'autre sens. Pardon, tu as sans doute moins envie d'en rire que moi, mais je ne peux pas m'en empêcher. Laura a raison, je ne serai jamais adulte, je suis un garnement. Pire : un écrivain.

Elle (Laura) est repartie ce matin après m'avoir préparé les repas pour deux jours. Elle revient mercredi. Je ne me débrouille pas trop mal tout seul, je m'organise, je me contorsionne, je sais que je vais mettre vingt minutes pour me déshabiller ce soir et autant pour m'habiller demain matin, mais ce qui me contrarie le plus, c'est de ne rien pouvoir faire pour t'aider.

Ce qui me rassure, en revanche, c'est que tu as prévenu la police. Tu as eu mille fois raison ! Je comprends que ça te chagrine de l'avoir fait dans le dos de Sydney, mais tu dois te protéger ! Donne-moi très vite de tes nouvelles, Adeline.

Je t'embrasse, moi aussi.

Pierre-Marie

P.-S. : J'ai retrouvé dans mon grenier un petit soldat de plomb dont la base a exactement la dimension de la touche Maj de mon clavier. Il me fait des super MAJUSCULES !

~

Paris
Le 29 avril 2019

En lisant cette tirade, Adeline éclata de rire. Elle aurait pu en vouloir à Pierre-Marie de tourner en dérision ce qu'elle vivait, elle, sur le mode du drame, mais il n'en fut rien. Car ce qu'elle aimait chez lui, c'était justement ça : cette capacité à voir du cocasse là où elle n'en voyait pas, à transformer le réel selon sa convenance, à jouer avec, comme un sale gosse avec des pétards. Qui d'autre que lui pouvait, dans un même paragraphe, convoquer Tex Avery, Hitchcock et un héros des guerres napoléoniennes ? Qui d'autre pour imaginer que la destinée d'une nation puisse dépendre d'un simple signe typographique ? Après ce qu'il avait traversé de malheurs, Pierre-Marie avait tous les droits. Y compris celui de militer pour la sauvegarde des virgules pendant que d'autres se coltinaient la poisse, les procès-verbaux de commissariats, les rendez-vous chez les avocats, toutes les vicissitudes de l'existence que seule la fantaisie des écrivains permettait d'ailleurs de supporter.

Si ces derniers mois, Pierre-Marie s'était lancé dans des rôles de composition (celui de l'amoureux transi, celui du chevalier blanc et du héros polyglotte), elle trouvait extrêmement rassurant qu'il revienne aux fondamentaux, c'est-à-dire à lui-même.

Alors comme il était tard, qu'elle tombait (enfin) de sommeil et qu'elle devait se lever tôt le lendemain, elle lui fit cette réponse brève.

Le 29 avril 2019

De : Adeline
À : Pierre-Marie

Ne change rien tu es parfait comme tu es en tout cas pour moi bonne nuit Adeline

Paris
Le 30 avril 2019

L'ascenseur déposa Adeline sur un vaste palier. La porte du cabinet était ouverte, elle entra.

Et si je voyais les choses avec les yeux d'un écrivain ? voulut-elle se convaincre. *Si j'adoptais la philosophie de Pierre-Marie ? Son détachement ?*

Peine perdue. Quand elle pénétra dans la salle d'attente, elle avait les mains moites et un sens de l'humour proche du néant. Car ce rendez-vous ravivait de pénibles souvenirs. Il lui donnait surtout l'impression de n'avoir tiré aucune leçon de ses erreurs passées. Trois mariages, trois naufrages. Trois avocats. Chaque fois une montagne de paperasse et de complications. Qu'est-ce qui clochait à ce point chez elle ?

Deux autres personnes attendaient déjà, sagement assises sur leurs chaises. La première était un nain. La seconde, une femme au teint gris, avec une minerve cervicale. Adeline s'installa dans un coin. Pour calmer le tourbillon de ses pensées, elle essaya d'imaginer ce qui pouvait amener ce nain et cette femme accidentée chez Me Ulivucci. Pour le premier, une discrimination à l'embauche, peut-être ? Pour la seconde, un refus de priorité ? Une collision avec un imbécile en trottinette électrique ? Hélas, elle ne parvint pas longtemps à se distraire de ce qui l'amenait, elle, à ce rendez-vous. Il avait beau être l'ami de sœur Élisabeth de la Trinité et s'être montré très cordial au bout du fil, Me Ulivucci serait-il en mesure de l'aider à divorcer de Ben, mais également de Candis Éditions ? Était-il compétent en droit civil autant qu'en droit d'auteur ? Combien de temps cela prendrait-il ? Combien d'argent ? Combien de rendez-vous ? Combien de courriers et de pièces justificatives faudrait-il produire ? Et pour quel résultat ?

Au bord du découragement, Adeline ralluma son portable pour consulter l'heure et tordit le nez. Me Ulivucci avait déjà un retard de vingt bonnes minutes. Elle eut un espoir, car la porte s'ouvrit, mais non. C'était un nouveau client, un jeune père aux traits tirés, avec son fils dans une poussette. Problème de garde alternée, diagnostiqua Adeline sans hésiter. Le jeune père dit bonjour, déplaça une chaise et cala la poussette. Puis le silence si particulier des salles d'attente reprit son cours, froissements des pages d'un magazine cent fois feuilleté, quintes de toux, soupirs, et l'esprit d'Adeline se remit à vagabonder.

Malgré elle, ses pensées glissaient vers la Drôme, produisant des visions éthérées dignes d'un présentoir de cartes postales. Beauté des villages perchés sur leurs mamelons rocheux. Géométrie odorante des champs de lavande. Verticalité équivoque des cyprès à l'entrée d'un mas. Et pour finir, Pierre-Marie l'attendant sur sa terrasse dans les derniers rayons du soleil couchant…

Soudain, la porte d'un bureau laissa échapper les bribes d'une conversation qui touchait à sa fin. « Et pas de surmenage, madame Leroy. Du repos, le Gludex chaque matin et je vous revois dans un mois, c'est d'accord ? – Parfait, merci, docteur. »

Adeline tressaillit. Docteur ? Elle regarda autour d'elle d'un air égaré.

— Excusez-moi, souffla-t-elle en direction de la femme à la minerve, à quel étage sommes-nous ?

Le 30 avril 2019

De : Adeline
À : Pierre-Marie

Statut : brouillon – courrier non envoyé

Tu as raison, Pierre-Marie ! Bon sang, comme tu as raison de te moquer de la réalité ! J'en ai ma claque moi aussi, si tu savais ! Alors c'est décidé : j'envoie tout balader ! La police n'a pas besoin de moi pour arrêter Ben. Et moi, j'en ai assez d'organiser ma vie en fonction de ce taré. Il me fallait un déclic. Je l'ai eu tout à l'heure après un acte manqué plus gros que moi, je te raconterai.

J'ai regardé les trains pour DEMAIN. 1er Mai oblige, il ne reste plus beaucoup de choix, mais il y a un Paris-Valence avec une correspondance en car qui m'amène à Montélimar à 22 h 45, est-ce que ça irait ? Si tu me dis oui, je fonce ! De Montélimar, je trouverai bien un taxi, non ? Et puis, de chez toi, je trouverai bien quelqu'un pour m'aider à mettre de l'ordre dans mes affaires ? Tu m'aideras ? En échange, je t'aiderai à t'habiller (et à te déshabiller). Je te cuisinerai un pot-au-feu auvergnat digne de Françoise ! Je taillerai tes haies (j'ai appris chez les sœurs), je tondrai ta pelouse et si tu as besoin d'une secrétaire pour passer tes coups de fil, je

Hôtel Delambre, Paris
Le 30 avril 2019

Adeline cessa soudain de martyriser les touches de son clavier.

Du feu de l'enthousiasme, elle venait de passer sans prévenir à la glace, à l'angoisse. Qu'était-elle en train d'écrire, là ? Quelle camelote était-elle en train de vendre à Pierre-Marie ? Avait-il passé une annonce pour un factotum ? Non ! Avait-il besoin d'elle comme un enfant d'une mère ? Non ! Avait-il émis le désir qu'on lui talque les fesses ? Qu'on lui ratisse ses allées ? Non et non ! Pas le moins du monde !

Attention, Adeline, attention !

Elle prit une respiration, se leva de sa chaise, tourna plusieurs fois en rond dans sa chambre d'hôtel et se frappa les joues. Pouvait-elle enfin considérer que sa simple présence suffise au bonheur de quelqu'un d'autre ? ELLE était le cadeau ! Inutile d'en faire des tonnes, elle pesait bien assez lourd comme ça.

Elle allait donc effacer cette litanie de promesses stupides quand son portable (qu'elle avait oublié d'éteindre) sonna. Elle s'empara de l'appareil comme s'il risquait de lui exploser au visage, mais ce n'était pas l'inquiétant numéro masqué qui s'affichait. C'était le nom de Sydney Wyatt et elle décida de décrocher.

La voix de son futur ex-beau-père était atone. Désemparé, il lui annonça que Ben ne s'était pas présenté à leur rendez-vous. Cela faisait plus de deux heures qu'il l'attendait dans une brasserie des Champs-Élysées, il lui avait laissé en vain message sur message, il ne savait plus quoi faire.

— Je pense qu'il s'est méfié de moi, Adeline. Il n'a plus confiance en personne. Je crois que j'ai définitivement… perdu mon fils.

La détresse et la résignation de Sydney lui firent mal au cœur. Elle chercha les mots pour le consoler, mais comment aurait-elle pu le faire sans lui mentir ? Elle se tut.

— Il faut appeler la police, reprit Sydney, la mort dans l'âme.

— D'accord, mais pour leur dire quoi ? soupira Adeline. Nous ne savons pas où Ben se planque.

En disant cela, elle eut un flash. Elle se rappela les mots de Ben, lors de leur escale parisienne en janvier, juste avant qu'ils embarquent pour Toronto. L'évidence la cloua sur place. Soudain, Adeline n'était plus dans la peau de la biche traquée fuyant devant le prédateur, non ! Par la grâce d'une simple pensée, les rôles venaient de s'inverser !

— Sydney, s'écria-t-elle, je sais où Ben se cache ! Vous avez raison, je raccroche et j'appelle la police ! Rentrez à votre hôtel, reposez-vous, je m'en oc…

— Non, l'interrompit Sydney. Je ne rentre pas à l'hôtel, je ne suis pas fatigué, je veux voir Ben. Dites-moi où il est.

Le ton était calme, tranchant, sans appel. *Damn'it*, il était son père ! Et pour une fois dans sa vie d'homme effacé, d'homme bâillonné, s'il fallait que quelqu'un l'écoute, c'était bien elle ! Alors, même si c'était risqué, même si c'était sans doute la dernière chose à faire, Adeline n'eut pas la force de s'opposer à la volonté du vieil homme.

— Ok, dit-elle. Sautez dans un taxi et demandez-lui de vous déposer dans le 5e, devant le square Saint-Médard, sur la place où il y a la fontaine. Vous m'avez bien comprise ? Le square Saint-Médard. Je ne vous laisse pas tout seul, Sydney. J'y serai avant vous.

Quand elle raccrocha, Adeline était survoltée et follement sûre d'elle. Pierre-Marie avait raison : elle n'avait pas perdu sa magie. Son instinct était là, intact sous des couches de poussière, lui dictant quoi faire. À cet instant, il lui disait ceci : la meilleure défense, c'est l'attaque. Et qui mieux qu'un jaguar pour attaquer sa proie dans son habitat naturel, la jungle ?

Dans le taxi qui la conduisait vers la petite place tout en bas de l'avenue des Gobelins, elle appela l'officier de la PJ de Paris à qui elle avait parlé la veille. Elle lui décrivit l'immeuble, le charmant deux-pièces au fond de l'arrière-arrière-cour, et il lui promit d'envoyer rapidement une équipe sur place. Bien sûr, il lui ordonna aussi de rester à l'écart de tout ça. Et bien sûr, elle dit d'accord, sans préciser qu'elle était déjà en route, prête à mordre.

La chape de plomb et de peur qui l'avait écrasée jusqu'ici avait volé en éclats. Elle se sentait plus forte que jamais. Mais surtout, plus forte que Ben.

Le 1er mai 2019

De : Adeline
À : Pierre-Marie

PIERRE-MARIE, BEN A ÉTÉ ARRÊTÉ ! Ça s'est passé hier soir ! Si tu avais vu ça ! Un grand grand moment, je t'assure ! Il faudra que je te raconte tout en détail de vive voix (avec gestes et bruitages), mais là, ça me fait trop plaisir de te raconter brièvement l'essentiel. D'un seul coup, hier après-midi, j'ai compris où était Ben. Avenue des Gobelins, c'était quasiment sûr ! J'ai appelé la police et j'ai retrouvé Sydney sur place. En attendant l'arrivée de la voiture banalisée, on est entrés, lui et moi, dans la boutique la plus proche du n° 8. C'était un opticien, on a passé un bon moment à essayer des montures en surveillant discrètement la rue à travers la vitrine. Finalement, trois flics en civil se sont pointés. On les a vus passer le porche, et après ça, on n'a même plus fait semblant d'être des clients. Sydney tournait en rond au milieu des présentoirs de Ray-Ban, il bouillait, pâle à faire peur ; je peux te dire qu'aucun employé de la boutique ne s'est avisé de lui demander s'il avait besoin d'aide ! Au bout de vingt minutes, les policiers sont ressortis. Deux encadraient Ben, le troisième lui maintenait fermement les bras dans le dos. Je n'ai pas eu le temps de dire ouf : Sydney est sorti comme une fusée. Je l'ai suivi sur le trottoir. Et là, juste avant que les flics fourrent Ben dans leur voiture, je l'ai entendu crier le nom de son fils. Le groupe d'hommes s'est retourné, un miracle que personne n'ait sorti son arme, et c'est Sydney qui a dégainé le premier. Tu aurais vu la paire de claques qu'il a flanquée à Ben ! Ma-gis-trale ! Oh le bonheur ! Oh le sentiment de libération ! Ben n'en est pas revenu ! Et moi, je n'en reviens toujours pas non plus ! On aurait pu finir au poste, mais ça s'est arrangé, et à l'heure qu'il est, je te l'affirme, ton agresseur est en garde à vue. Tu vas pouvoir partager avec Max ce plaisir de le savoir bientôt au trou, ce sale con !

Notre cauchemar est terminé, Pierre-Marie. Et moi, je vais enfin pouvoir te rejoindre. Je t'envoie des baisers !

Signé : la femme jaguar

~

Le 2 mai 2019

De : Pierre-Marie
À : Adeline

Chère prédatrice,

Qu'on me pince, qu'on me réveille ! Après avoir lu ton mail, j'ai failli briser mon plâtre afin de pouvoir vous applaudir. Je l'ai relu une deuxième puis une troisième fois et je suis éperdu d'admiration pour vous deux. Pour toi d'abord, parce que tu as eu cette intuition qui a permis de débusquer Ben, et pour Sydney ensuite, parce qu'il a brisé les murs de sa prison. Et surtout il a fait ce que nous avons tous rêvé de faire, toi, moi, Max : lui en coller une bonne sur le nez !

Pierre-Marie

Le 2 mai 2019

De : Pierre-Marie
À : Adeline

Adeline, tout s'emballe !

Figure-toi que je suis convoqué à Lyon en compagnie de mon voisin présentateur. Nous devons nous rendre au bureau du juge d'instruction pour y être confrontés à notre agresseur. Un taxi va venir me chercher chez moi et m'y ramener. Ça va être surréaliste, cet épisode. Et assez désagréable. Tu as de la chance, tu ne reverras jamais Ben de ta vie puisque tout passera désormais par vos avocats, tandis que moi, je vais le revoir de près et dès demain vendredi ! Mais bon, encore un petit effort.

Je suis bien sûr incroyablement heureux que tu viennes à La Bégude, mais je me demande comment tu vas réagir en voyant l'état du bonhomme. Si on considère la partie haute de ma personne, j'ai la motricité d'un pingouin et la grâce qui va avec. Je lèche mon assiette, je ne me suis pas brossé les dents depuis bientôt deux semaines, je me fais gratter sous le plâtre avec une aiguille à tricoter, bref tu l'auras compris, il m'est arrivé d'être sexuellement plus aguichant. Je te dirais bien d'attendre que je sois plus présentable, mais ça va être encore désespérément long : une semaine à droite et un mois à gauche ! À toi de voir.

Laura est revenue aujourd'hui seulement parce que j'ai eu hier la visite d'Ève et de Zoé. Je me plains, mais je ne devrais pas, elles s'occupent tellement bien de moi, les deux. Faites des filles !

J'ai hâte de te revoir.

Pierre-Marie

P.-S. : Je viens de relire mon mail et je note (c'est une déformation professionnelle, une véritable tare, je l'avoue) que j'ai utilisé cinq adverbes en « ment » : incroyablement, sexuellement, désespérément, seulement et tellement. Honte à moi ! Georges Simenon conseillait aux écrivains de secouer leur manuscrit achevé pour en faire tomber les adverbes. Sage principe, mais tant pis pour cette fois, je n'ai pas le temps de faire le ménage.

~

Le 2 mai 2019

De : Adeline
À : Pierre-Marie

Cher pingouin,
Je suis désolée que tu sois soumis aux suites de la procédure judiciaire, surtout dans ton état. Pour te donner du courage, dis-toi que ce plâtre et cette écharpe de contention qui t'empêchent de te brosser les dents (depuis deux semaines, vraiment ? Oh *Gosh* !) vont peser lourd dans le dossier de Ben. Rajoutes-en une couche au besoin. Explique qu'à cause de tes blessures tu développes des phobies. Que tu as peur de rester seul chez toi, que tu as perdu le goût d'écrire, que tu veux te mettre au tricot... Je ne sais pas, invente ! Le but, c'est que Ben reste en prison le plus longtemps possible. Parce que je

te connais, avec ton grand cœur et tes principes, tu serais encore capable de lui trouver des circonstances atténuantes ! IL N'EN A PAS ! Pense à Max, pense à moi, pense… à nous.

Sydney devrait être bientôt capable de supporter le retour en avion vers Toronto. Et c'est tout vu, dès qu'il sera parti, je prendrai à mon tour un billet aller (sans retour) pour Montélimar. J'espère arriver chez toi dimanche. Ça tomberait bien, non ? Tu croyais peut-être que j'allais oublier ton anniversaire, vieux taureau ?

Je te tiens au courant. Tu me raconteras la confrontation ?

Une bise sur ta barbe de trois semaines (je suppose !)

Adeline

P.-S. 1 : Je n'ai toujours pas osé reprendre contact avec Guylaine chez Candis, ça m'angoisse. Elle doit commencer à se poser de sérieuses questions. Tu as dit à Oliver que j'étais d'accord pour faire jouer la clause de repentir ?

P.-S. 2 : Quand j'aurai réglé la note de ma chambre d'hôtel, je dois t'avouer que je n'aurai plus un rond ou presque. Autant que tu t'y prépares, ton cadeau d'anniversaire sera versé en nature. Mais si tu ne peux pas en profiter tout de suite, la maison Parmelan est généreuse, il restera valable autant que nécessaire ;-)

Le 3 mai 2019

De : Pierre-Marie
À : Adeline

Chère jaguar !

Me voilà de retour de Lyon, durement éprouvé. De toute la confrontation, Ben n'a levé les yeux ni sur moi ni sur le juge d'instruction. Il avait l'air plutôt frais pour un homme en cavale, mais il portait le même T-shirt *Save The Whales* que le jour de l'agression. Il ne s'est adressé qu'au juge. C'était tendu. Dans ces situations, je t'assure qu'il n'y a pas de *small talk*. On va à l'essentiel.

— Reconnaissez-vous vous être rendu le 20 avril 2019 à 10 heures à La Bégude-de-Mazenc au domicile de…

— Oui.

— Reconnaissez-vous l'avoir agressé en le jetant au sol et…

— Oui.

Et quand il fallait développer, Ben a prononcé le minimum de mots :

— Je voulais retrouver ma femme.

— Pourquoi vouliez-vous la retrouver ?

Silence.

C'est idiot, mais aussi longtemps qu'a duré la rencontre j'ai eu peur que Ben s'enfuie en sautant par la fenêtre, même si on était au troisième étage.

À un moment, le présentateur (qui s'appelle Claude) en a eu assez et lui a dit :

— Ça vous dérangerait de regarder les gens dans les yeux quand vous leur parlez ?

Alors Ben a tourné la tête vers lui et lui a jeté avec un total mépris :

— Je peux vous regarder aussi longtemps que vous voudrez, monsieur.

C'était glaçant et je te jure que c'est Claude qui a baissé les yeux.

Comme il n'a rien contesté, c'est allé assez vite, mais j'étais très content de me retrouver dans le taxi.

Je vais dormir.

Je suis rincé, et d'autant plus que j'ai appris à Lyon que dans cette affaire il s'agissait de violences volontaires aggravées du fait de… l'âge de la victime (moi).

Mathusalem

P.-S. 1 : Oui, j'ai dit à Oliver que tu te « repentais ». Il doit te contacter bientôt.

P.-S. 2 : Je lui ai aussi indiqué que tu approuvais la proposition

Adeline Parmelan
Pierre-Marie Sotto
Prière pour ceux qui restent

Il promet qu'il n'y aura aucune pelote de laine sur la première de couverture.

P.-S. 3 : De ton côté, il faut d'urgence que tu stoppes le processus chez Candis. Ne traîne pas !

Paris, aéroport de Roissy – Charles-de-Gaulle
Le 4 mai 2019

Adeline avait prévu large, histoire de ne pas bousculer Sydney et de prendre un dernier café-croissant à l'aérogare. Elle installa son futur ex-beau-père au fond du self, devant les baies vitrées qui donnaient sur les pistes, et alla passer commande au comptoir. Quand elle revint, elle surprit Sydney qui essuyait une larme, et elle décida de ne pas faire semblant.

— C'est une bonne chose de pleurer, dit-elle. Je vois bien que vous vous retenez depuis trois jours. Si vous continuez, vous allez finir par vous noyer de l'intérieur, Sydney.

Il lui jeta un regard en coin, et fit une moue piteuse.

— Je n'ai jamais été très fort, c'est vrai. Mais je n'ai jamais pleuré devant ma femme.

— Ça tombe bien, je ne suis pas votre femme.

— Ça, c'est bien dommage, tenta de plaisanter Sydney en essuyant ses yeux tant et plus. Vous êtes si gentille et compréhensive !

Adeline hocha la tête. Eh oui, elle était gentille ! Eh oui, elle était compréhensive ! C'était ce qui avait attiré Ben, d'ailleurs. Une bonne poire, peu sûre d'elle et trop âgée pour avoir des enfants : la gourde idéale pour un manipulateur dans son genre. Quand elle refaisait le film à l'envers, elle voyait à présent toutes les chausse-trappes, toutes les ficelles, et elle se demandait comment elle avait pu s'aveugler au point de s'embourber si profondément dans cette sale histoire. La réponse tenait en seul mot, une seule petite bouille d'amour : Éliette.

— Qu'est-ce que vous allez faire ? demanda Adeline en offrant les deux croissants à Sydney.

Il poussa un soupir et pendant un instant s'absorba dans la contemplation des véhicules de service, des convoyeurs à bagages et des escaliers automoteurs qui quadrillaient les pistes.

— J'ai 71 ans, Adeline. Ma vie est comme elle est. Je ne peux pas changer grand-chose.

— Bien sûr que si. J'ai un ami qui a presque le même âge que vous et qui s'apprête à le faire.

— Vraiment ?

Adeline hocha vigoureusement la tête. C'était la première fois qu'elle évoquait l'existence de Pierre-Marie devant Sydney. Elle sentit son cœur palpiter.

— Lui, il aime bien réparer ce qu'on croyait cassé, parce qu'il pense que ça en vaut la peine. Mais parfois, il vaut mieux bazarder les trucs qui ne marchent plus. C'est moi qui vous le dis.

Elle se pencha par-dessus la table et saisit les mains tremblantes de Sydney.

— Arrêtez de croire que vous n'avez pas voix au chapitre. Mercredi, avenue des Gobelins, je vous ai vu bien plus fort que vous ne le dites !

— C'est vrai, rigola Sydney. Peut-être que je suis en train de changer…

— Il n'est pas trop tard, vous voyez ! Vous êtes là. Fier et vivant, comme moi !

— Vivant, répéta Sydney, un peu abasourdi.

Il but son espresso et engloutit les deux croissants. C'était son unique nourriture depuis qu'il avait giflé son fils : matin, midi et soir, croissants.

— Dès mon arrivée à Toronto, je vais aller chez Kelly, dit-il, et je vais passer du temps avec Éliette. Le plus de temps possible. Ça aidera Kelly et ça m'aidera, moi aussi.

— Oui, dit Adeline. Très bonne idée. À défaut de père, Éliette aura besoin d'un bon modèle de grand-père.

— On vous écrira, elle et moi, promit Sydney.

Il prit une profonde inspiration, se leva, contourna la table, vint enlacer le grand et gros corps d'Adeline, puis ce fut l'heure du check-in et ils traversèrent sans rien dire le hall du terminal 2D.

Le 4 mai 2019

De : Adeline
À : Pierre-Marie

Pierre-Marie,

Après quatre années de silence suivies de cinq mois et sept jours d'échanges intenses, une sorte de timidité m'envahit et je ne sais plus comment m'adresser à toi aujourd'hui. Cher Pierre-Marie ? Très cher ami ? Cher pingouin ? Rien ne sonne juste. J'aurais pu commencer par les deux petits mots très simples qui me brûlent les lèvres, mais j'ai eu peur qu'ils ne te fassent peur, c'est pourquoi j'ai finalement estimé que le mieux, c'était juste Pierre-Marie.

Je reviens à l'instant de Roissy.

Quand le crâne chauve de Sydney a disparu derrière les portiques de sécurité de la zone d'embarquement, j'ai éprouvé un vertige. Il y a trois mois et demi, je passais ces mêmes portiques au bras d'un beau jeune homme qui était mon mari, tandis qu'en parallèle, nos meubles faisaient le voyage par la mer. Je me racontais une histoire, celle de la gamine de Deuil-la-Barre qui part à la conquête du Nouveau Monde, et je voulais y croire. Aujourd'hui, l'histoire est terminée. Pas de conquête. Retour à la case départ. Les meubles prennent la poussière dans la grande maison sans âme de Toronto. Le jeune et beau mari dort à la maison d'arrêt de Lyon-Corbas. *The End.*

Je pensais encore à tout ça dans la rame du RER B qui me ramenait vers Paris, je regardais défiler les stations – Sevran, Aulnay-sous-Bois, Drancy, Aubervilliers – et j'ai été brusquement prise d'un fou rire. Je me suis dit : *Adeline, si tu avais voulu faire ton intéressante aux yeux d'un écrivain de 1,92 m en mal d'inspiration, tu n'aurais pas pu inventer un scénario aussi tordu !* J'ai ri jusqu'à Gare du Nord.

Pierre-Marie, c'est ça dont j'ai besoin maintenant : rire ! Je ne veux plus pleurer et je ne veux plus qu'on me fasse pleurer, est-ce que tu m'entends ? Je n'ai plus aucune réserve de désespoir disponible. Le seul carburant qui me reste, c'est celui de la joie et je compte bien le brûler sans compter. Est-ce que ce programme te convient ?

Dis-moi vite.

Adeline

P.-S. 1 : Tu n'es pas vieux, Mathusalem, tu as l'expérience de la vie. Nuance.

P.-S. 2 : Tu m'expliqueras comment je dois m'y prendre avec Candis ? Je suis un peu perdue.

P.-S. 3 : Je sais que notre correspondance va nous manquer. Alors soyons joyeusement fous : inventons un moyen de continuer à nous écrire, même si nous dormons dans le même lit !

Le 4 mai 2019

De : Pierre-Marie
À : Adeline

Chère formidable et bouleversante héroïne !

Comment as-tu réussi à renverser le sort de façon aussi magistrale ? Comment as-tu fait, dis-moi ? Depuis Espère en décembre dernier jusqu'à cette chambre du 14ᵉ à Paris aujourd'hui, je t'ai vue tour à tour malheureuse, désespérée, rongée par le doute, seule, résignée, incertaine, malmenée, puis torontisée, congelée, fiévreuse, bafouée, menacée, humiliée, sens dessus-de-Sue, isolée, éliettisée, évanouie de chagrin, séquestrée, enfin rapatriée, cédricisée, paupérisée, abandonnée, nonnifiée ! Et voilà que soudain tu surgis de tes cendres et des profondeurs, pétaradante de vie et remplie d'espérance. Il y a du phénix en toi !

Et tu es LIBRE. Peut-être pas indemne, mais libre. Quel joli mot, nom d'une pipe ! Et si agréable à prononcer : libre !

Un autre joli mot, c'est : rire ! Oh oui, je suis partant ! Ton programme me convient ! Longtemps je me suis dit que je mourrais sans avoir pu décider au juste si la vie était une tragédie ou une grosse poilade. Aujourd'hui je sais qu'elle n'est ni l'une ni l'autre. Elle est juste là, sidérante d'inventivité, parfois difficile à tordre, mais parfois si incroyablement, miraculeusement, éperdument (merde pour les adverbes)... belle.

Au moment où je t'écris, je vois par la fenêtre tourner le couple d'hirondelles qui niche sous mon toit, et un bout de branche que le vent fait bouger, et ça me renverse. Mes doigts sur le clavier sont bien trop lents pour mon cœur qui s'emballe. Il s'emballe à cause des hirondelles, de la branche, et surtout parce que tu reviens.

Je veux fêter ça et te fêter comme tu le mérites ! On s'en fiche, de mon anniversaire, disons que ce sera un prétexte. Je ne voulais pas, moi, ce sont Ève et Laura qui ont tout comploté en douce, mais finalement j'en suis très content.

Voilà, je te propose de prendre demain dimanche le TGV de 8 h 07 à la Gare de Lyon. Il te mettra à 11 h 20 en gare de Montélimar et là quelqu'un t'attendra pour te conduire à La Bégude. Ce quelqu'un ou cette quelqu'une sera une des dix personnes (sans compter les enfants) qui partageront avec nous cette journée de dimanche.

Ce sera donc peut-être Ève, ou Benoit.

Ou bien Laura, ou Arnaud.

Ou Catherine (*On y va Minou*) que je revois assez souvent depuis Léo, ou son nouveau mari.

Ou Gloria. Elle descend aussi ! Je serai très heureux de la voir avec son amoureux argentin.

Ou Max. On lui a enlevé son plâtre ! Ou Josy. Ils ont fait le voyage et sont déjà là aujourd'hui, au moment où je t'écris.

Rien que des gens que j'aime, qui vont t'adorer aussi, je le sais par avance, et succomber raides sous ton charme.

Et je serai tellement fier d'être ton amoureux. Je ferai très attention à ce que tout le monde le sache et le voie bien.

Bonne nouvelle : depuis ce matin, j'arrive à soulever suffisamment mon bras droit pour m'alimenter et boire tout seul. Je me suis même brossé les dents avec un dentifrice verveine-citron qui permettra dès maintenant aux personnes qui le souhaitent de m'embrasser sur la bouche.

Selon Google Maps, il faut vingt-quatre minutes pour aller de la gare de Montélimar à La Bégude en voiture. Si le train est à l'heure et qu'on ajoute huit minutes pour te récupérer, tu devrais te garer devant ma maison vers 11 h 52.

Fais un beau voyage.

Je t'attends.

Pierre-Marie

P.-S. : Oui, j'aimerais bien aussi qu'on puisse continuer à s'écrire. Je suis sûr que ça nous a terriblement manqué quand nous étions ensemble.

Quelques mois plus tard

Après plusieurs jours de pluie et de vent, le temps s'était remis au beau et Sotto goûta le plaisir retrouvé de marcher au soleil jusqu'au bout du chemin de terre. Il s'arrêta à la boîte aux lettres et fit tourner une petite clé plate dans la serrure. Il y avait cinq enveloppes. Il élimina les trois premières, à caractère administratif. La quatrième était du Songe. La cinquième fit battre son cœur. Il y avait plus de dix jours qu'il n'avait plus de nouvelles et c'était bien trop long. Il se força à revenir lentement. Il souriait malgré lui. La journée commençait très bien.

Il se rassit à la table de la cuisine, avala une gorgée de café et décacheta l'enveloppe avec soin grâce à un couteau. La lettre avait été postée la veille de La Bégude-de-Mazenc, elle se composait de trois feuillets remplis recto et verso. L'écriture était élégante et légère, féminine.

Cher Pierre-Marie,

Le vent s'est levé au milieu de la nuit et le volet de la cuisine s'est mis à taper. Le bruit m'a réveillée. Bien sûr, il a aussi réveillé Hitchcock qui m'a suivie en bas, croyant, tout content, qu'on allait se promener. J'ai eu beau lui montrer la pendule du micro-ondes qui affichait 3 h 50 et lui expliquer que c'était la tempête dehors, il est resté au moins dix minutes à geindre devant la porte comme une âme en peine.

J'ai raccroché le volet, mais je sais que je n'arriverai pas à me rendormir. Me voilà donc assise dans la cuisine, à attendre les premières lueurs du jour tandis que d'autres, sourds à la fureur des éléments, dorment d'un sommeil sans faille. Ces bienheureux ont peut-être besoin d'une prothèse auditive ? À moins que leur surdité ne soit la fâcheuse conséquence d'un abus du Ruinart Blanc de Blanc dont les Éditions du Songe n'ont pas été avares l'autre soir ? Dis-moi, est-ce toujours aussi étourdissant, la sortie d'un livre ? Ou bien celui-ci, qui marie nos deux noms sur sa couverture, a-t-il des pouvoirs particulièrement grisants ?

La lettre continuait sur ce ton, entre taquinerie et tendresse. Il lut ce long passage dans lequel Adeline se rappelait une promenade solitaire qu'elle avait faite un après-midi, là-bas, en Amérique. Elle s'était alors persuadée, en levant les yeux vers le grand ciel blanc qui la noyait, puis en les baissant sur les eaux grises du lac Ontario, que tout ce qui avait réchauffé sa vie jusqu'à ce jour était sans doute perdu à jamais. Il s'en était fallu de peu pour qu'elle rejoigne Philémon, cet après-midi-là. *Si j'avais su*, écrivait-elle… Et la lettre se terminait plus légèrement :

Hier, comme j'avais besoin de romarin pour mon ragoût d'agneau, je suis sortie en couper quelques brins au fond du jardin. En passant près de l'atelier, j'ai entendu des bruits. « Bzzziii », « toc toc », « bziii ». Je me suis approchée discrètement, je me suis hissée sur la pointe des pieds, et par le fenestron entrebâillé, pardonne ma curiosité, je t'ai observé un moment. Tu étais penché sur l'établi, en train de réparer les barreaux vermoulus de la petite échelle de jardin. Tu avais mis la radio et entre deux coups de scie sauteuse, on entendait chanter Jacques Higelin. Tombé du ciel, *faisait sa voix bondissante*, à travers les nuages, quel heureux présage… *Bziii, un coup de perceuse, toc un coup de maillet, et soudain, à mon grand ravissement, tu t'es mis à chanter avec lui.* Tomber à terre, pour la fille qu'on aime, se relever indemne, et retomber amoureux… Tomber sur toi, tomber en pâmoison… *Quand je suis retournée vers la cuisine, j'avais l'air dans la tête et les larmes aux yeux. Je me suis arrêtée sur la terrasse. J'ai regardé au loin, les arbres, les nuages, j'ai repensé à tout ce qu'on avait traversé, et j'ai senti un immense relâchement intérieur. Alors oui, je le sais, rien ne tombe du ciel comme dans les chansons. Mais peut-être réussirons-nous, toi et moi, à créer quelque chose qui ressemble à la paix ?*

P.-S. : Tu es au courant que le Chœur bégudien cherche des barytons ?

Sotto sourit. Il leva les yeux vers Adeline qui étalait de la confiture de mûres sur une tartine, de l'autre côté de la table, mais qui le surveillait en douce depuis le début.

— Tu as du courrier ? demanda-t-elle.

— Oui, mais c'est personnel, cela ne te regarde pas.

— C'est une femme ?

— Oui, une femme que j'adore.

— Grrr… fit-elle en mimant la jalousie, mais elle rentra ses griffes quand il vint l'embrasser dans le cou.

Puis il monta à son bureau, disposa une feuille de papier A4 devant lui, prit dans le pot à crayons un bon vieux stylo Bic à 50 centimes et commença à écrire :

Chère Adeline…

Nos remerciements vont à :

Laetitia Doré, pour son éclairage juridique en matière d'édition ; Patrick Carrère, médecin toujours de garde pour nous ; Erik Lhomme pour la météo drômoise et « l'explosion jaune des forsythias » ; Scarlett Reeves, pour l'anglais américain idiomatique ; Fred Anscombre pour la leçon de shorinji kempo ; à E. pour son expertise policière de terrain ; Nino pour « tomber du ciel » ; et à Rachel, Emma et Colin qui ont su lire par dessus nos épaules.

Merci aussi à Christophe Mauri, qui a su mettre le manuscrit de *Et je danse, aussi* entre les bonnes mains voici cinq ans ; à Xavier d'Almeida, le propriétaire de ces bonnes mains ; et bien sûr à Marie-Christine Conchon et à toute la virevoltante équipe d'Univers Poche qui nous ont adoptés, choyés, dorlotés.

page 57

~~Chère Sue,~~

Sue,

Désolée pour mon anglais, mais je suis sûre que vous comprendrez l'essentiel.

Je sais que vous êtes en colère contre Ben et moi parce que nous nous sommes mariés en France, ~~sans votre bénédiction~~.

Mais maintenant, je suis là. Je suis la femme de votre fils. Même si je suis plus vieille que lui ! Même si vous ne m'aimez pas !

Voilà où je veux en venir : je vous serais vraiment reconnaissante de ne plus venir ici sans prévenir comme hier. J'ai besoin de mon intimité ! Et s'il vous plaît, laissez-nous régler les problèmes au sujet d'Eliette et Kelly. Ben est un adulte. Moi aussi.

~~Merci de votre compréhension,~~

Adeline.

Page 137

2. Mais, mais… Ben ne m'a rien dit !
3. Il n'était pas au courant. C'est une surprise !
4. Et que fêtons-nous ?
5. Rien, ma chère ! C'est juste comme ça !

Page 138

6. Alors, cuisinons !
7. Eliette sera contente ! Elle adore la cuisine française, vous savez ?
8. Une varicelle très contagieuse
9. Quel dommage ! Pauvre petite ! Mais ça ne fait rien. Cuisinons pour la famille !

Page 139

10. Maman ? Toi, ici ? Quelle surprise !

Page 181-182

11. Tu m'aides plus, hein, Papa !
12. Je peux recommencer ?

13. Tu ne t'es pas trompée, ma puce. Pas du tout ! Tu as très bien joué ! On reprendra la leçon demain, d'accord ?

14. En plus, il est temps de se préparer pour aller à Legoland ! Va te brosser les dents et commence à t'habiller, je te rejoins !

Page 204

15. Je voudrais parler à Ben Wyatt. S'il vous plaît. C'est très urgent.

16. Oh, désolé, Ben est parti il y a une heure.

Page 205 :

17. Comment avez-vous fait ça ?

18. Il est tombé.

19. Non, il est juste tombé.

Page 213

20. Pile à l'heure ! Regarde, j'ai même eu le temps de prendre des donuts chez Uncle Betty's !

Composé par Facompo, Rouen

Imprimé en France par CPI
en février 2020
N° d'impression : 157350

R14435/01